DEBBIE MACOMBER
Nubes de otoño

Editado por Harlequin Ibérica.
Una división de HarperCollins Ibérica, S.A.
Núñez de Balboa, 56
28001 Madrid

© 2011 Debbie Macomber. Todos los derechos reservados.
NUBES DE OTOÑO, Nº 129 - 1.3.12
Título original: 1105 Yakima Street
Publicada originalmente por Mira Books, Ontario, Canadá.
Traducido por Victoria Horrillo Ledesma

Todos los derechos están reservados incluidos los de reproducción, total o parcial. Esta edición ha sido publicada con permiso de Harlequin Enterprises II BV.
Todos los personajes de este libro son ficticios. Cualquier parecido con alguna persona, viva o muerta, es pura coincidencia.
™ TOP NOVEL es marca registrada por Harlequin Enterprises Ltd.

® y ™ son marcas registradas por Harlequin Enterprises Limited y sus filiales, utilizadas con licencia. Las marcas que lleven ® están registradas en la Oficina Española de Patentes y Marcas y en otros países.

I.S.B.N.: 978-84-9010-325-8
Depósito legal: B-2439-2012
Impresión: LIBERDÚPLEX
Imágenes de cubierta:
Mujer: YURI ARCURS/DREAMSTIME.COM
Paisaje: SUBBOTINA/DREAMSTIME.COM

Para mis primas especialísimas, Teresa Seibert y Cherie Adler

LISTA DE PERSONAJES:

Algunos vecinos de Cedar Cove, Washington:

Olivia Lockhart Griffin: juez de familia de Cedar Cove. Madre de Justine y James. Casada con Jack Griffin, director del *Cedar Cove Chronicle*. Viven en el número 16 de Lighthouse Road.

Charlotte Jefferson Rhodes: madre de Olivia y Will Jefferson. Casada con el viudo Ben Rhodes.

Justine (Lockhart) Gunderson: hija de Olivia. Madre de Leif. Casada con Seth Gunderson y propietaria, junto con su marido, del restaurante The Lighthouse, destruido en un incendio. Justine abrió luego el Salón de Té Victoriano. Los Gunderson viven en el número 6 de Rainier Drive.

James Lockhart: hijo de Olivia y hermano menor de Justine. Vive en San Diego con su familia.

Will Jefferson: hermano de Olivia e hijo de Charlotte. Divorciado y anteriormente instalado en Atlanta, tras su jubilación regresó a Cedar Cove, donde compró la galería de arte de la localidad.

Grace Sherman Harding: mejor amiga de Olivia. Bibliotecaria. Viuda de Dan Sherman. Madre de Maryellen Bowman y Kelly Jordan. Casada con Cliff Harding, un ingeniero jubilado y criador de caballos instalado en Olalla, cerca de Cedar Cove. Antes vivía en el 204 de Rosewood Lane (ahora en alquiler).

Maryellen Bowman: hija mayor de Grace y Dan Sherman. Madre de Katie y Drake. Casada con Jon Bowman, fotógrafo.

Zachary Cox: contable, casado con Rosie. Padre de Allison y Eddie Cox. Viven en Pelican Court, 311. Allison estudia en la universidad de Seattle y su novio, Anson Butler, ha ingresado en el ejército.

Rachel Peyton (antes Pendergast): trabaja en un salón de belleza. Casada con el viudo Bruce Peyton, que tiene una hija, Jolene. Separada recientemente. Los Peyton viven en el número 1105 de Yakima Street.

Nate Olsen: suboficial de Marina, regresó hace poco a Cedar Cove y anteriormente mantuvo una relación con Rachel.

Bob y Peggy Beldon: jubilados, son los dueños de la pensión Thyme and Tide, en el número 44 de Cranberry Point.

Roy McAfee: detective privado y ex agente de la policía de Seattle. Tiene dos hijos adultos, Mack y Linnette. Casado con Corrie. Viven en la calle Harbor, número 50.

Linnette McAfee: hija de Roy y Corrie. Vivía en Cedar Cove y trabajaba como auxiliar de enfermería en la nueva clínica médica. Después de su boda con Pete Mason, se fue a vivir a Dakota del Norte.

Mack McAfee: bombero y auxiliar médico, se trasladó a Cedar Cove y posteriormente se casó con Mary Jo Wyse. Tienen una hija, Noelle, y viven en el 1022 de Evergreen Place.

Gloria Ashton: ayudante del sheriff de Cedar Cove. Hija natural de Roy y Corrie McAfee.

Chad Timmons: trabajó en la clínica de Cedar Cove. Tiene una relación intermitente con Gloria.

Troy Davis: sheriff de Cedar Cove. Viudo. Padre de Megan. Ahora casado con Faith Beckwith, su novia del instituto. Faith se instaló en Cedar Cove después de enviudar y alquiló el número 204 de Rosewood Lane.

Bobby Polgar y Teri Miller Polgar: él es un ajedrecista de renombre internacional; ella, peluquera en el salón de belleza del pueblo. Viven con sus trillizos en Seaside Avenue, 74.

Christie Levitt: hermana de Teri Polgar. Vive en Cedar Cove y está casada con James Wilbur, amigo y chófer de Bobby Polgar.

Dave Flemming: pastor metodista del pueblo. Casado con Emily. Viven en Sandpiper Way, 8 y tienen dos hijos varones.

Shirley Bliss: viuda y pintora, madre de Tannith (Tanni) Bliss. Tiene una relación amorosa con el pintor Larry Knight.

Miranda Sullivan: amiga de Shirley. También viuda. Trabaja como ayudante de Will Jefferson en la galería de éste.

Shaw Wilson: amigo de Anson Butler, Allison Cox y Tanni Bliss. Estudia Bellas Artes en California.

Linc Wyse: hermano de Mary Jo (Wyse) McAfee. Anteriormente radicado en Seattle, abrió un taller mecánico en Cedar Cove. Casado con Lori.

Lori Wyse (antes Bellamy): procede de una rica familia de la zona.

Leonard y Kate Bellamy: padres de Lori, viven en Bremerton.

Beth Morehouse: adiestradora de perros y propietaria de un vivero de árboles de Navidad. Se trasladó a Cedar Cove recientemente. Divorciada y madre de dos hijas que estudian en la universidad. Vive en el 1225 de Christmas Tree Lane.

CAPÍTULO 1

El sol se estrellaba en las ventanas del café del paseo marítimo de Bremerton. Sentada a una mesa, Rachel Peyton miraba la calle y de vez en cuando bebía un sorbito del zumo de manzana que había pedido. Era viernes a última hora de la tarde y había quedado allí con un amigo después del trabajo. No dejaba de pensar en su matrimonio con Bruce, de preguntarse por qué se había desintegrado tan rápidamente. Se habían casado precipitadamente en diciembre anterior y menos de diez meses después ya se habían separado. Rachel volvió la cabeza para mirar hacia Cedar Cove. El pueblo estaba situado al otro lado de la bahía de Sinclair, pero podía haber estado al otro lado del Pacífico.

Sentía que no podía volver a casa, a Cedar Cove, a Yakima Street, y sin embargo no tenía elección. Se había marchado tras su última discusión con Jolene, su hijastra. Bruce era consciente de la tensión que había entre ellas, pero nunca había intentado afrontarla adecuadamente, convencido de que se resolvería por sí misma con el tiempo. Se había ofrecido de mala gana a ir a terapia con Jolene o (más probablemente) sin ella. Pero eso era poco, y llegaba demasiado tarde. Nada había cambiado y, como resultado de ello, la tensión en la casa se había vuelto insoportable. Ahora que estaba embarazada, Rachel había decidido marcharse, por el bien de su cordura y por el de su salud y la del bebé. Había mentido a Bruce; le había dicho que tenía un sitio donde quedarse, en casa de una amiga cuyo nombre no le había dado. Pero se había registrado en un hotel de Bremerton.

El problema era que necesitaba conservar su empleo si quería mantenerse sola, lo que significaba que tenía que encontrar un apartamento en Cedar Cove o cerca de allí. Todo se complicaba, además, porque el embarazo no estaba siendo fácil. Sufría fuertes mareos matutinos y tenía la tensión peligrosamente alta. Era comprensible, teniendo en cuenta la crispación que reinaba en su casa. De no ser por el bebé, tal vez hubiera encontrado fuerzas para soportar a Jolene. Quizás hubiera estado dispuesta a dedicar todas sus energías a desentrañar la complicada maraña de emociones de su hijastra y ofrecerle el refuerzo constante que parecía necesitar.

La situación se había vuelto mucho más difícil desde que Jolene sabía que estaba embarazada. Rachel no sólo era ya, a sus ojos, una rival por el afecto de Bruce, sino que había cometido una falta mucho peor al aportar a la familia otro hijo o hija que le robaría parte de la atención que quería sólo para sí.

Lo que más asombraba a Rachel era lo unidas que habían estado antes de su boda con Bruce. Ella, que había crecido sin su madre, se había interesado especialmente por Jolene y había sido para ella en parte una amiga y en parte una figura maternal. Entre ellas se había establecido un vínculo fuerte cuando la niña tenía apenas seis años, un año después de que su madre muriera en un accidente de tráfico. Bruce la había llevado a la peluquería para que le cortaran el pelo y Jolene le había contado con tristeza cuánto echaba de menos a su mamá. Rachel se había sentido inmediatamente atraída por ella porque se identificaba con su situación. Aún recordaba con viveza lo que había sentido cuando murió su madre y tuvo que marcharse a vivir con su tía, una mujer a la que apenas conocía.

Con el paso de los años, Jolene y ella habían estado cada vez más unidas... hasta que Rachel cometió el error de casarse con su padre. A decir verdad, Jolene había querido que Rachel y Bruce esperaran hasta que hubiera tenido tiempo de hacerse a la idea. Bruce, sin embargo, no había querido ni oír hablar del asunto. Quería que se casaran. Y ella también, aunque le había pedido que retrasaran la boda para no molestar a Jolene. Pero, al final, la inercia de sus planes se había impuesto sobre cualquier otra consideración.

Al principio, después de su primer encuentro con Bruce, Rachel no había pensado que pudiera ser algo más que un amigo. Era el padre de Jolene y confiaba en ella para que la ayudara con la niña. Durante años no había habido el más mínimo indicio de interés amoroso por ninguna de las dos partes. Rachel estaba saliendo con Nate Olsen, un brigada de la Marina al que había conocido después de pujar por él en una gala benéfica de una asociación humanitaria local: la Subasta del Perro y el Soltero. Nate había sido destinado fuera del estado poco después de su boda con Bruce, pero ahora había vuelto. Últimamente habían estado en contacto y era con él, de hecho, con quien había quedado en encontrarse allí.

Durante un tiempo habían pensado seriamente en casarse. Pero para cuando Nate le pidió por fin que tomara una decisión, ella se había dado cuenta ya de que estaba enamorada de Bruce. Y sorprendentemente, casi como un milagro, Bruce la quería también. A partir de ahí, todo se había precipitado.

Rachel tenía que reconocer que era cierto lo que se decía sobre las bodas hechas con tantas prisas. Había estado demasiado dispuesta a creer a Bruce cuando le aseguraba que Jolene se acostumbraría. A fin de cuentas, decía él, no eran dos desconocidas.

Jolene, sin embargo, no se había acostumbrado. El cariño que le tenía a Rachel se había transformado en una actitud pasiva-agresiva y, después, en franca hostilidad. Rachel, que no quería disgustar a su marido, se había esforzado por desviar el rechazo de su hijastra. El embarazo no había sido planeado, y había confiado en mantenerlo en secreto unos meses, pero Bruce se había empeñado en decírselo a Jolene. Otro error. Un error que había conducido a aquello.

Se abrió la puerta de la cafetería, pero Rachel no levantó la vista hasta que Nate Olsen se deslizó en el asiento, frente a ella.

—¿Rachel?

Ella levantó los ojos y lo obsequió con una débil sonrisa. Nate entornó ligeramente sus ojos azules.

—¿Estás bien? —preguntó, preocupado.

—No hace falta que lo digas. Tengo un aspecto horrible.

—No, horrible, no —contestó—. Es sólo que estás... muy pálida.

Nate le había enviado un e-mail al regresar a Bremerton. Creía que debía avisarla de que había vuelto, por si se encontraban por casualidad. Como tenía tantas cosas en la cabeza, Rachel no había prestado mucha atención a su mensaje, ni había contestado. Había querido a Nate hacía tiempo. Pero ahora era una mujer casada.

Después, estando ya en el hotel, sin nada que hacer, había ido a un centro de negocios para conectarse a Internet y echar un vistazo a su cuenta de correo. Movida por un impulso había contestado al mensaje de Nate, diciéndole que su matrimonio se estaba desmoronando. Tras cambiar un par de mensajes breves, Nate había sugerido que se encontraran. Ella había aceptado su invitación.

—La última vez que estuve en el médico supe que tenía anemia —tampoco ayudaba que no fuera capaz de retener nada en el estómago. Los mareos de por la mañana se prolongaban casi todo el día, y tenía el estómago tan revuelto y estaba tan incómoda que apenas podía comer. Había perdido peso cuando debía estar ganándolo.

—Me alegro de que me hayas escrito.

—Seguramente no debería haberlo hecho —pero no sabía con quién más hablar. No podía recurrir a sus amigas; serían las primeras personas a las que iría a ver Bruce. La separación ya iba a ser bastante difícil sin necesidad de involucrar también a sus amistades.

—Lo que te decía iba en serio —continuó Nate—. Si alguna vez necesitas algo, llámame. Tú sabes que haré todo lo que esté en mi mano.

Cuando la camarera se acercó a la mesa con una jarra de café, Nate dio la vuelta a su taza de cerámica y la camarera procedió a llenarla.

A Rachel se le saltaron las lágrimas al oírlo.

—Lo sé.

—¿Qué puedo hacer?

Ella no estaba segura.

—Como te decía en mi e-mail, he... he dejado a Bruce y a Jolene —no hacía falta decir que aquello encajaba perfectamente en los planes de su hijastra. No había duda de que Jolene estaría eufórica por volver a tener a su padre para ella sola.

—¿Así están las cosas, entonces?

Rachel bajó la mirada y su cabello oscuro cayó hacia delante.

—Hablé... hablé con Teri y quiere que me vaya a vivir con ella.

—¿Vas a hacerlo?

—No puedo. Será el primer sitio donde vaya Bruce. Le dije que iba a mudarme a casa de una amiga. Al principio pensé en tomarle la palabra a Teri, pero no puedo hacerle eso. Bobby y ella no paran, tienen tres hijos.

—¿Tres?

—Teri tuvo trillizos.

Nate se echó a reír. Era la reacción habitual cuando la gente se enteraba de lo de los trillizos.

—Teri siempre lo hace todo a lo grande, ¿eh? —murmuró.

Conocía a Teri, así que sabía también que, si alguien podía afrontar aquella situación, era su amiga. Pero, por capaz que fuese, Teri no necesitaba en casa a una amiga destrozada, además de tener que ocuparse de tres bebés.

—Entonces, si no te vas a casa de Teri, ¿adónde irás?

—No sé —lo único que importaba era salir de la casa lo antes posible. Tenía una habitación en un hotel, pero era una solución demasiado cara para ser permanente. A aquel paso, acabaría con sus ahorros en una semana. Además, Bruce no tardaría en descubrir dónde estaba y, cuando lo descubriera, haría todo lo posible por convencerla de que regresara a casa. Y Rachel no estaba dispuesta a que eso ocurriera mientras no se resolviera la situación con Jolene.

Nate bebió café en silencio, pensativo. Por fin dijo:

—También podrías venirte a vivir conmigo.

Rachel levantó la cabeza bruscamente. No podía ni pensarlo. Si Bruce se enteraba de que vivía con Nate, se sentiría traicionado. Y Jolene tendría más munición que usar contra ella.

—Te agradezco el ofrecimiento, de verdad, pero no puedo hacer eso.

—¿Por qué?

—No puedo, Nate. ¿Qué pensaría Bruce?

—¿Tienes que decírselo?

—Yo... —abrió la boca para protestar, pero se limitó a decir—: Querrá saberlo.

—Claro que querrá saberlo, pero no tienes que contárselo todo. Lo importante es que estés en un lugar cómodo donde puedas cuidarte.

Rachel se quedó mirándolo.

—¿Estás sugiriendo que mienta a mi marido?

—No que le mientas, exactamente. Lo que digo es que no le des todos los datos. Da la casualidad de que la casa en la que vivo es de un amigo mío. Yo tengo una habitación, pero hay otra disponible. Por desgracia Bob está destinado fuera ahora mismo, así que estaríamos solos. Así que entiendo que no te sientas cómoda con la idea.

Ella suspiró. Se sentía dividida. Parecía una buena solución, pero no se imaginaba cómo reaccionaría Bruce si averiguaba la verdad. Nate y él no se tenían mucho aprecio, por razones obvias.

—Tal vez te sea más fácil decidir si te digo que estoy saliendo con alguien.

Así fue, en efecto.

—¿Vais en serio? —preguntó Rachel.

Nate se encogió de hombros.

—Bastante, sí. Paso la noche con Emily tres o cuatro noches por semana. Así que tendrías la casa para ti sola casi todo el tiempo.

—¿Cuánto te cobra Bob por el alquiler?

Nate mencionó una cifra más que razonable y añadió:

—No tendrías obligación de cocinar, ni de limpiar, ni nada por el estilo, si estás pensando en eso.

—Ah —se mordisqueó el labio mientras sopesaba su oferta.

—Antes de que contestes, ¿por qué no vienes a echar un vistazo a la casa? —Rachel titubeó—. Te gustaría desaparecer una temporada, ¿verdad? —así era, y Nate lo sabía—. ¿Irte a algún sitio donde Bruce y su hija no vayan a buscarte?

Rachel asintió despacio.

—Por mí no tienes que preocuparte —añadió Nate—. Te quise mucho, Rachel, pero eso es cosa del pasado. Aun así, me importas, y por eso te ofrezco esto. Si lo que te preocupa es lo que pueda pasar entre nosotros por vivir en la misma casa, permíteme asegurarte que ahora mismo no va a pasar nada.

—De acuerdo — musitó ella—. Iré a ver la casa.

—Bien —Nate dejó dinero para pagar las bebidas y se deslizó del asiento.

Rachel se levantó y enseguida se sintió mareada. Se habría tambaleado si Nate no la hubiera agarrado del brazo.

—¿Cuánto tiempo llevas sin comer?

Ella cerró los ojos e intentó recordar.

—Un poco. Pero estoy bien.

—No, no estás bien. Escucha, y no me lleves la contraria. Después de ver la casa, te prepararé algo de comer.

—¿Sabes cocinar?

—Me sorprende que no recuerdes mis muchos talentos.

Su sonrisa era el bálsamo que necesitaba Rachel; su amistad, el sostén gracias al que superaría aquel revés.

Siguió a Nate hasta la dirección de Bremerton que le dio. La casa estaba en un barrio cercano a la base de la Marina. Construida tras la Segunda Guerra Mundial, tenía dos plantas, un gran porche y contraventanas. Estaba pensada para una familia.

Rachel sintió una extraña emoción al verla. Su madre había sido madre soltera y su tía nunca se había casado. Ella había anhelado toda su vida formar parte de una familia. Al casarse, sintió que por fin había encontrado su sitio. Tenía un marido y una hijastra, y el amor los unía a los tres. Aquel sueño no tardó mucho en hacerse añicos y ahora estaba de nuevo fuera...

El bebé se movió y Rachel apoyó la mano sobre su vientre y deseó que su hijo llegara a conocer algún día el cariño de un padre, una madre y una hermana mayor.

—¿Quieres entrar? —preguntó Nate, asiéndola de nuevo del codo como si temiera que fuera a caerse sobre la acera.

Ella no contestó, pero lo acompañó por el camino de entrada, hasta los escalones.

—Hago lo que puedo por tener la casa limpia, pero ten presente que soy un chico y que las tareas domésticas no ocupan los primeros puestos en mi lista de prioridades.

Rachel esbozó una sonrisa.

—Lo recordaré.

La casa no estaba en mal estado. Había unos cuantos periódicos y revistas aquí y allá, pero no había platos sucios en el fregadero, ni trastos en el cuarto de estar. Los muebles eran grandes y oscuros, muy poco de su gusto, pero estaban bien.

—Voy a enseñarte la habitación que está libre —dijo Nate, y la llevó por el largo pasillo. Se rió.

—¿Qué pasa? —preguntó ella, curiosa.

—Te he prometido que no iba a haber nada romántico entre nosotros, y lo primero que hago es llevarte al dormitorio —sacudió la cabeza—. Perdona, pero es muy irónico.

Rachel se rió suavemente.

—Supongo que suena un poco... comprometedor.

La habitación que le enseñó era muy sencilla. Tenía tan poca personalidad que podría haber sido la habitación de un hotel. No había ni un solo cuadro en las paredes, ni signo alguno de que alguna vez hubiera estado ocupada. La colcha parecía gastada; seguramente la había comprado Bob, hacía años.

—Ya te he dicho que no era nada del otro mundo.

Rachel se fijó en las puertas del pasillo.

—¿Dónde está la tuya? —preguntó.

—Arriba. Los otros dos dormitorios están en la planta de arriba.

Eso significaba que posiblemente no se tropezarían en plena noche, lo cual la hacía sentirse un poco menos culpable ante la perspectiva de engañar a su marido.

—Bueno —dijo él, y se apoyó en la jamba de la puerta con los brazos cruzados—, ¿qué te parece?

—Yo... —se detuvo. Se imaginó de nuevo lo que diría Bruce si descubría que vivía allí. Eso complicaría las cosas mucho más de lo que ya lo estaban. Claro que, como había dicho Nate, no tenía por qué contárselo todo a Bruce. Al menos, de momento. Sólo tenía que decirle una cosa: que estaba bien.

—Eres un buen amigo, ¿lo sabías? —lo decía en serio. Creía en la sinceridad de Nate, aunque le hubiera dolido que prefiriera a Bruce.

Él sonrió.

—Haría cualquier cosa por ti, Rachel, ya lo sabes.

—De acuerdo, acepto. Ya tienes compañera de casa. Pero con una condición.

—Claro.

Lo miró a los ojos.

—No puedes decirle a nadie que vivo aquí. A nadie, ¿de acuerdo?

Nate arrugó el ceño y se frotó la barbilla.

—La casa es de Bob, así que a él no puedo ocultárselo, y creo que debo decírselo a Emily, pero puedo pedirles que no se lo digan a nadie.

—Está bien, puedes decírselo a Bob y a Emily, siempre y cuando estén dispuestos a ser discretos.

—Se lo dejaré claro. Pero ¿a quién crees que podríamos decírselo?

—A tus amigos, o a los suyos. Te asombraría ver a qué velocidad vuelan las noticias en Cedar Cove. Puede que se lo digas sin darle importancia a un compañero de trabajo y esa persona conozca a Bruce y que una hora después mi marido se presente aquí. No es un hombre agresivo, ni violento, pero creo que no se tomaría bien saber que compartimos casa.

—Está bien, trato hecho —Nate le tendió la mano.

—Yo también cumpliré mi parte del trato —prometió ella, sacudiendo la cabeza—. Procuraré ser una buena compañera de casa. Pagaré mi parte del alquiler a tiempo y...

—Eso no me preocupa, Rachel —la interrumpió él—. Imagino que no puedes decírselo a Teri, ¿no?

Eso iba a ser doloroso. Rachel se lo contaba todo a Teri. Era su mejor amiga desde hacía años. Pero Nate tenía razón; no podía decírselo a nadie, ni siquiera a Teri. Bruce sin duda le preguntaría, y ella no podía arriesgarse a que Teri divulgara accidentalmente dónde vivía. Lo que no sabía no podía contarlo.

—No, creo que no voy a decírselo —dijo.

Por duro que le resultara, era necesario.

CAPÍTULO 2

Cuando sonó la alarma en el parque de bomberos de Cedar Cove, Mack y sus compañeros se pusieron de inmediato en acción. Les dieron la dirección en el momento en que Mack saltaba al camión. Le sonaban las señas, pero no tuvo tiempo de pensar en ello. Sólo cuando el camión enfiló la avenida Eagle Crest se dio cuenta de que era la casa de Ben y Charlotte Rhodes.

Mack había estado allí muchas veces para llevar a su hija Noelle a ver a sus abuelos. El humo que salía de la casa procedía de la parte de atrás, donde estaba la cocina.

Mack y otros dos bomberos sacaron la manguera y corrieron hacia la casa llevándola entre los tres. El camión llevaba casi dos mil litros de agua, lo cual les permitía comenzar a apagar el fuego sin perder el tiempo conectando la manguera a un hidrante. Unos minutos después llegaría otro camión cuyos bomberos conectarían la manguera a la boca de riego más próxima.

El corazón de Mack latía con violencia mientras corría hacia la parte trasera de la casa, sosteniendo la gruesa manguera. Oía ya la otra sirena a lo lejos.

Ben, Charlotte y algunos vecinos estaban en la calle, contemplando la escena. Charlotte tenía una expresión horrorizada, como si no pudiera creer lo que estaba pasando. A su lado, Ben le rodeaba el hombro con el brazo con aire protector. Parecía igual de impresionado que su esposa.

Ocupado con el incendio, Mack no tuvo oportunidad de hablar con ellos hasta que consiguieron extinguir el fuego, unos minutos después. Por suerte sólo parecía dañada la cocina. El jefe de la brigada habló con Ben mientras Charlotte se retorcía las manos. Parecía tan nerviosa y angustiada que Mack se le acercó con la esperanza de poder tranquilizarla.

—¡Ay, Mack! ¡Cuánto agradezco que estés aquí! —exclamó Charlotte con los ojos llenos de lágrimas.

—No te preocupes —dijo él en tono sedante—. El fuego ya está apagado.

—Ha sido culpa mía —sollozó ella—. Seguro que he hecho algo. Ay, ¿por qué no habré tenido más cuidado? Últimamente me distraigo tan fácilmente...

—Aún no se ha determinado el origen del incendio —dijo Mack diplomáticamente, a pesar de que sospechaba que Charlotte tenía razón—. Las causas podrían ser varias.

En una casa tan vieja, eran frecuentes los problemas eléctricos.

—Pero era yo quien estaba en la cocina —dijo Charlotte con una vocecilla.

—Puede que haya sido un cortocircuito —respondió Mack con la esperanza de que se calmara. Un instante después un coche paró al otro lado de la calle y de él se apeó Olivia Griffin. Llevaba traje y tacones y estaba claro que acababa de salir del juzgado, donde trabajaba como magistrada.

—¡Mamá! ¡Mamá! —gritó mientras cruzaba corriendo la calle sin pararse siquiera a ver si había tráfico.

Charlotte se volvió y corrió hacia ella. Se abrazaron con fuerza un momento.

—¿Estáis bien?

—Sí, sí —le aseguró Charlotte mientras las lágrimas rodaban por sus pálidas mejillas.

—¿Y Harry?

Mack no había visto al gato de la familia, y había estado demasiado ocupado para acordarse de él.

—Ben lo sacó de casa —explicó Charlotte. Miró a su alrededor como si no estuviera segura de dónde se había escondido—. Pobre Harry, estará aterrorizado. Ya sabes que no suele salir... —su voz se desvaneció.

Mack conocía poco al gato. Cada vez que iba de visita con Mary Jo y Noelle, Harry les dejaba muy claro que estaba dispuesto a tolerarles, pero nada más. Tras aceptar los saludos respetuosos a los que se creía con derecho, solía ignorarlos por completo y se retiraba a su lugar de costumbre en el respaldo del sofá. También le gustaba mucho tumbarse en el alféizar de la ventana que daba al jardín delantero. Seguramente estaría escondido en alguna parte, debajo del porche o entre los arbustos. Si no aparecía pronto, Mack ayudaría a buscarlo.

El jefe de la brigada parecía haber acabado de hablar con Ben, que se reunió con ellos.

—Mack —dijo, aturdido. Llevaba desordenado el cabello blanco, normalmente bien peinado, como si se hubiera pasado los dedos por él una y otra vez—. Gracias por cuidar de Charlotte —dijo con voz ronca.

Mack no creía haber hecho nada fuera de lo normal.

—Mack, ¿qué hay de los daños de la casa? —preguntó Olivia.

—Los están valorando —contestó—, pero parece que el fuego sólo ha afectado a la cocina.

—¡Cuánto me alegro de que hayáis llegado a tiempo! —murmuró Charlotte.

—Mamá, Ben... —su hijo, Will Jefferson, subió corriendo el último tramo de la calle empinada y cruzó el césped. Por lo visto había llegado corriendo desde su galería en Harbor Street, donde vivía y trabajaba. Estaba sólo a unas manzanas de distancia, pero cuesta arriba.

—No ha pasado nada —le dijo Olivia—. Mamá, Ben y Harry salieron a tiempo.

—Gracias a Dios —Will se inclinó y se puso las manos en las mejillas, resoplando mientras intentaba recuperar el aliento—. No sabía qué pensar cuando me llamaste —le dijo a Olivia.

—La señora Johnson me dejó un mensaje en el juzgado —le dijo Olivia a su madre—, y luego llamé a Will.

—Espero no haberte asustado demasiado —dijo la vecina de al lado con la frente fruncida. Estaba a unos pasos de distancia—. Vi el fuego y llamé a los bomberos, pero Ben había avisado ya. Luego pensé que, si fuera mi casa, querría que mis hijos supieran lo que estaba pasando. Por eso llamé al juzgado. Espero no haber metido la pata.

—Claro que no —contestó Olivia con convicción—. Si algo les pasa a mi madre o a Ben, no dude en avisarme. Sea lo que sea —añadió con énfasis.

—Lo mismo digo —dijo Will.

—Sí —dijo Charlotte, buscando el brazo de su hija—, me siento mucho mejor ahora que mis hijos están aquí.

—¿Qué ha pasado? —preguntó Will, todavía un poco jadeante. Miró a Ben y a Mack y viceversa.

—No estoy seguro —contestó Ben, y se volvió hacia Charlotte.

—Preparé la comida como hago siempre, sopa de pollo con fideos, y luego me senté con Ben. Estábamos leyendo cuando Ben dijo que olía a humo —Ben asintió—. Yo no olía nada, así que no me preocupé. Acababa de recibir mi nueva revista de cocina, con veintiocho recetas nuevas para preparar los calabacines, y estaba concentrada leyendo. Luego, de pronto, Ben dio un grito y soltó su libro...

—Sí —dijo su marido, retomando el relato—. Vi llamas.

—Por suerte él supo reaccionar, porque a mí me entró pánico. Lo primero que pensé fue que teníamos que apagar el fuego, pero entonces se prendieron también las cortinas de la cocina y... y ya era demasiado.

Mack hizo una mueca: intentar apagar el fuego por su cuenta era el mayor error que solían cometer los propietarios de las casas que se incendiaban.

—Enseguida me di cuenta de que no podíamos hacer nada —prosiguió Ben—, así que saqué a Charlotte y a Harry de la casa y llamé a emergencias desde mi móvil.

Mack se alegró de que Ben hubiera conservado la calma. Había mucha gente que se quedaba dentro de la casa para llamar a los servicios de emergencias, poniéndose así en mayor peligro.

—Es lo mejor que podías haber hecho —dijo—. Lo primero es siempre sacar a todo el mundo de la casa y luego llamar a los bomberos.

—¿Qué va a pasar ahora? —le preguntó Olivia.

—El departamento de bomberos investigará la causa del incendio —les dijo él.

—¿Cuándo llegará el perito? —preguntó Ben.

—Dentro de un par de horas, normalmente.

—¿Qué hay de la olla eléctrica? —preguntó Charlotte de repente, agarrando el brazo de Ben—. Tenía la cena dentro. ¿No deberíamos intentar encontrarla?

—Mamá, creo que no debes preocuparte por la cena —contestó Will—. Yo diría que no vas a recuperarla.

Mack no recordaba haberla visto, pero había estado concentrado en apagar el fuego.

—¿Puedes darme algún consejo para hablar con los del seguro? —le preguntó Ben—. ¿Se pondrán ellos en contacto con nosotros o tengo que avisarles?

—Tendrás que notificárselo.

—La información de contacto está en casa —masculló Ben.

—¿Es la misma compañía con la que tienes contratado el seguro del coche?

—Sí.

—Entonces el número estará en la tarjeta.

La normativa del estado de Washington exigía que se llevara en el coche un documento acreditativo de que se tenía seguro de automóviles, de modo que Ben debía de tener la tarjeta en la cartera o en la guantera del coche.

—Claro —Ben hizo una mueca—. Creo que estoy más aturdido de lo que creía.

—Es comprensible —dijo Mack. Miró hacia atrás para asegurarse de que no lo necesitaban y vio que había llegado Andrew McHale, el perito experto en incendios. Antes de que pudiera decirles quién era, Andrew desapareció al otro lado de la casa.

—¿Cuánto tiempo vamos a tener que estar aquí fuera? —preguntó Charlotte—. Espero que a las cinco se haya ido todo el mundo. A Ben le gusta ver su serie favorita a esa hora.

—Mamá... —Olivia le palmeó suavemente la mano—. No vais a poder quedaros en casa de momento. Va a haber que reformar la cocina por completo. Es posible que pasen varias semanas antes de que la casa vuelva a estar habitable.

—¿No podemos volver? —preguntó su madre, confusa—. ¿En varias semanas? ¿Por qué?

Mack se dio cuenta de que no había comprendido lo que le había dicho su hija.

—La cocina está destrozada —dijo Will, hablando despacio y con claridad.

—Ya lo sé, querido, pero el resto de la casa está bien.

—Aun así, no podéis vivir ahí dentro hasta que no esté reparada la cocina.

—Pero... —Charlotte se volvió hacia Ben como si le pidiera ayuda.

Mack comprendió que estaba confusa y desorientada. No parecía comprender la gravedad de lo sucedido.

—Pero... ¿adónde vamos a ir? —preguntó con aire desvalido.

—Dependiendo de la cobertura que tengáis, la aseguradora puede pagaros la estancia en un hotel mientras se hacen las reparaciones necesarias —explicó Mack.

—¿En un hotel? —Charlotte sacudió la cabeza como si la idea le repugnara.

—Podéis quedaros en mi casa, mamá —dijo Will—. Está cerca de aquí y...

—No es buena idea, Will —terció Olivia—. Tú vives en la galería de arte. No es sitio para mamá y para Ben. Se quedarán con Jack y conmigo.

Su marido apareció justo en ese instante, como si Olivia lo hubiera llamado. Jack Griffin, el editor del periódico local, también cubría noticias cuando era necesario. Seguramente había reconocido la dirección. Se acercó a ellos acompañado por un fotógrafo. Su omnipresente gabardina ondeaba junto a sus costados mientras atravesaba el césped.

—Imagino que os estaréis preguntando por qué he convocado esta reunión —dijo, poniendo una nota de humor.

Mack sofocó una carcajada.

—Jack, no es momento para bromas —dijo Olivia, y lo abrazó. Parecía aliviada por que estuviera allí.

—¡Ay, Jack! Dicen que no podemos volver a entrar —se lamentó Charlotte—. Me temo que todo esto es culpa mía.

—Nadie te está culpando —dijo Will.

—Quiero que mamá y Ben se queden en casa con nosotros hasta que esté arreglada la casa —insistió Olivia.

—Por supuesto que sí —Jack sacó una libreta de reportero, un cuaderno de espiral, y dijo al fotógrafo que tomara instantáneas de los bomberos, que se preparaban para marcharse.

—¡Jack! —Olivia lo miró con furia.

—¿Qué pasa?

—No irás a entrevistar mi madre, ¿verdad? ¿Es que no ves lo disgustada que está?

—Eh... —Jack Griffin tuvo el buen sentido de mirar compungido a su suegra—. Soy periodista, Olivia, y esto es una noticia.

—No me molesta, cariño —le dijo Charlotte a su hija, dándole palmaditas en el brazo—. Ben es nuestro héroe, nos ha salvado a Harry y a mí... Ay, cielos. ¿Dónde está Harry?

—Nosotros lo buscaremos, mamá —Olivia se volvió hacia su marido—. ¿Por qué no hablas con Mack? —sugirió—. Él puede explicártelo todo.

Mack sacudió la cabeza. Lo más apropiado era que Jack hablara con el jefe de la brigada.

—Estoy seguro de que el jefe Nelson contestará encantado a sus preguntas —le indicó al jefe de la brigada y Jack se alejó con el bolígrafo en la mano.

Mack lo vio tomar notas diligentemente y asentir con la cabeza varias veces mientras hablaba con el bombero. En cierto momento miró hacia su suegra y arrugó el ceño, y Mack comprendió que seguramente la culpa del incendio la había tenido Charlotte, como se temía. Debía de haberse distraído y haber dejado algo al fuego; quizá la sopa de la que había hablado.

—Vais a venir a casa con nosotros —estaba diciendo Olivia cuando Mack volvió a fijarse en ellos.

—Pero Olivia...

—Mamá, no podéis quedaros aquí, ni tampoco en casa de Will. ¿Dónde dormiríais?

—Lo mejor será que vayáis a casa de Olivia —dijo Will mientras Ben asentía—. Mi apartamento es muy pequeño y sólo hay un dormitorio. Yo puedo dormir en el sofá si hace falta, pero la verdad es que es más lógico que os quedéis en casa de Olivia.

Charlotte asintió con un gesto.

—Tengo que recoger unas cuantas cosas. Ben, ¿puedes buscar a Harry?

—Voy contigo —se ofreció Mack—. Es preferible que no os acerquéis a la cocina hasta que el perito acabe el atestado y los del seguro se pasen por aquí.

Luego, Mack y Ben se fueron a buscar al gato. Lo encontraron unos minutos después, escondido debajo del porche delantero.

—Todo esto es culpa mía —estaba diciendo Charlotte cuando regresaron. Meneaba la cabeza como si quisiera borrar el recuerdo de esa tarde—. ¡Harry! —estiró los brazos para tomar al gato—. Ay, mi pequeño... —acarició la ancha cabeza del gato y miró a Olivia—. Sigo sin saber qué ha pasado.

—No te preocupes, mamá.

—Si vamos a pasar varias semanas en tu casa, te ayudaré todo lo que pueda —prometió su madre—. Limpiaré y haré la comida y no os molestaremos ni pizca.

—Mamá, no sois ninguna molestia.

—Haré dulces para Jack —dijo Charlotte, y se le iluminaron los ojos—. Ya sabes cuánto le gustan mis dulces.

—Jack no necesita que le hagas dulces, mamá.

—Entonces le haré un asado. A Jack le encantan mis asados.

—A Jack le encanta la comida, mamá —dijo Olivia—. La verdad es que no se me ocurre ni una sola cosa que hagas que no se coma como si estuviera muerto de hambre.

Charlotte sonrió con orgullo.

—Jack tiene mucho criterio. ¿No lo he dicho siempre?

—En efecto —Olivia puso los ojos en blanco—. Vamos, mamá, Mack y yo os ayudaremos a recoger lo que necesitéis, empezando por el transportín del gato. Luego nos iremos a casa.

—¿Estás segura? —preguntó Charlotte.

—Claro que sí —respondió Olivia, y enlazó a su madre por la cintura.

Ben y Charlotte Rhodes estarían bien, se dijo Mack mientras los seguía. Tenían familia.

CAPÍTULO 3

Chad Timmons se paseaba de un lado a otro por su apartamento de Tacoma, tan absorto en sus pensamientos que estuvo a punto de chocar con la pared. Lo cual venía a demostrar su teoría de que aquella mujer era para él una distracción sin remedio.

Desde el momento en que había conocido a Gloria Ashton, su relación había sido intermitente. Como un viento impredecible, Gloria soplaba a veces fría y a veces caliente. Lo peor de todo era que él lo había aguantado. Pero ya estaba harto. No pensaba seguir soportando sus juegos. Porque eso eran: juegos. Juegos en los que él siempre llevaba las de perder, porque Gloria cambiaba constantemente las normas. Un día no quería saber nada de él. Y al siguiente se le echaba encima.

Muy bien. Chad había decidido acabar de una vez con aquella situación. Y se había atenido a su decisión. Hasta que Roy McAfee había entrado en su vida como un meteorito a su paso por la Tierra. El cráter que había abierto era lo bastante grande para enterrarlo.

Gloria estaba embarazada... de él. Estaba a punto de ser padre.

Eso sí que era cambiar las normas...

De pronto todo tenía sentido. Después de pasar la noche con ella, Chad estaba seguro de que podían resolver sus diferencias. Estaba eufórico, tenía la cabeza en las nubes, era un tópico andante. Luego, al descubrir que ella se había marchado sin decir palabra, se había sentido abandonado y estúpido. Gloria le había escrito una nota, sí, pero eso no explicaba nada. Así pues, Chad había decidido terminar con ella de una vez. Se había despedido de la clínica de Cedar Cove, se había mudado a Tacoma y aceptado un empleo como médico de urgencias.

Incluso había empezado a salir con otra mujer. Joni Atkins era mucho menos caprichosa e indecisa que Gloria.

Un bebé...

Todavía le costaba trabajo asimilar la noticia que le había dado Roy. Si él estaba asombrado, podía imaginarse la reacción de Gloria. Sus sentimientos hacia él y ante la posibilidad de tener un futuro juntos parecían, como poco, indecisos y ambivalentes. Se había trasladado a la zona del estuario de Puget hacía un par de años, en busca de sus padres biológicos. Los adoptivos habían muerto en un accidente de avioneta y prácticamente no le quedaba familia. Después había descubierto algo que le había sorprendido. Sus padres adoptivos se habían casado finalmente, y tenía un hermano y una hermana.

Gloria le había contado todo aquello la primera noche que habían pasado juntos, la noche que se conocieron. Habían pasado de ser perfectos desconocidos a ser amantes a velocidad pasmosa. Gloria se avergonzaba de ello y, francamente, él también.

Después, ella le había pedido tiempo para intentar trabar relación con su familia biológica. Lo había logrado, pero eso no había cambiado nada entre ellos. Cada vez que Chad intentaba acercarse a ella, se encontraba con una férrea resistencia. Luego volvió a suceder: Gloria aceptó salir con él y acabaron en la cama, después de lo cual ella volvió a mostrarse avergonzada y arrepentida.

Y ahora estaba embarazada.

No se lo había dicho, aunque Chad imaginaba que había ido a darle la noticia el día en que se encontraron en el aparcamiento del hospital. Pero ¿cómo iba a adivinar él lo que quería? Por lo que a él respectaba, habían acabado. Eso era lo que ella quería, a juzgar por la nota que le había dejado. Si había cambiado de idea, era demasiado tarde, o eso sentía Chad en aquel momento. Había pasado página y le había aconsejado que ella hiciera lo mismo.

Roy, el padre biológico de Gloria, había corrido un gran riesgo al ir a verlo. Gloria les había pedido que no le dijeran nada de su embarazo, y Corrie, su madre biológica, había accedido a ello. Pero Roy no.

Corrie McAfee se quedó embarazada estando en la universidad y Roy no supo que era padre hasta que su hija ya había sido adoptada. Al parecer, aquello seguía siendo una herida abierta entre los padres de Gloria. Roy no estaba dispuesto a que volviera a repetirse la historia, pero Corrie creía que esa decisión sólo podía tomarla Gloria. Finalmente, Roy se había asegurado de que Chad recibía la noticia, en contra de los deseos de su mujer y su hija.

Chad no había decidido aún qué iba a hacer. Le preocupaba que Gloria, que trabajaba como ayudante del sheriff, padeciera demasiado estrés en el trabajo. Debían pasarla a oficinas. Quería hablar con ella, explicarle lo importante que era que se cuidara, que comiera bien, que tomara vitaminas y fuera al médico con regularidad. Y aunque sabía racionalmente que ella sin duda estaba haciendo todo lo que debía, quería que se lo confirmara, no podía remediarlo.

Echó mano de las llaves del coche. Hacía varias semanas que su vida había dado un vuelco y, de momento, no había hecho otra cosa que enfurecerse, angustiarse e intentar decidir qué podía hacer. Había llegado el momento de hacer algo.

Al llegar a Cedar Cove, se detuvo en la librería del pueblo y compró un libro de nombres de bebés y algunos otros que solía recomendar a sus pacientes. Quizá fuera derrochar el dinero, porque Gloria ya podía tenerlos, pero no le importó. Así se sentía mejor. Pero, como sabía que Gloria no quería verlo, pensó en pedirle a Roy McAfee que le diera los libros.

Sacó la dirección del despacho del detective privado de la tarjeta que le había dado el propio Roy. Aparcó en la empinada colina y contempló el paseo marítimo, que aquel día de septiembre era un hervidero. Cedar Cove había sido su hogar durante cinco años, y no se había dado cuenta de lo mucho que lo echaba de menos.

El tótem de la biblioteca llamó su atención. Abría sus alas de águila como si quisiera abrazar a todo el pueblo. Chad había almorzado muchas veces en el parque del paseo marítimo. Otra de sus actividades favoritas era visitar el mercado de los sábados. Recordaba haber comprado verduras tan frescas que aún tenían tierra prendida a las raíces. Vio a un par de piragüistas remando cerca del puerto deportivo. Sus golpes de remo, rítmicos y precisos, levantaban ondas tras ellos. La calle Harbor estaba llena de gente que iba de compras o salía del trabajo.

Chad respiró hondo antes de apartar la mirada que se extendía allá abajo. Cuadró los hombros, echó a andar hacia la oficina de Roy y entró.

El mostrador de recepción estaba vacío. En la sala de espera había unas cuantas sillas pegadas a la pared y una mesa con algunas revistas atrasadas.

—¿Eres tú, Mack? —preguntó Roy McAfee desde el despacho del fondo.

Chad siguió el sonido de su voz.

—Soy Chad Timmons —dijo antes de entrar en el despacho. Se quedó junto a la puerta, indeciso.

—Chad... —McAfee se levantó de su silla y le tendió la mano—. Me alegro de verte. Me preguntaba cuánto tardarías en aparecer.

—Posiblemente más de lo que debería —confesó Chad. Se dejó caer en la silla, delante de McAfee y dejó la bolsa de libros sobre la moqueta. El despacho estaba decorado austeramente. Un escritorio, una silla de piel y un par de librerías. Las paredes estaban desnudas, salvo por un gran plano de la ciudad.

—Imagino que la noticia te descolocó un poco.

Chad soltó un bufido.

—Eso es poco —luego preguntó—: ¿Cómo está Gloria?

—Por lo que me dice Corrie, tiene mareos por la mañana, pero aparte de eso parece estar bien —hizo una pausa y añadió—: Claro que en estos momentos mi mujer no me tiene mucho aprecio. Todavía no me ha perdonado que te lo haya dicho.

—Lo siento.

—No te preocupes. No es problema tuyo —Roy le quitó importancia al asunto haciendo un ademán.

—¿Sabe Gloria que lo sé?

Roy se inclinó hacia delante y meneó la cabeza.

—Yo no se lo he dicho, y dudo que Corrie lo haya hecho.

—En otras palabras, probablemente no.

Roy hizo un gesto de asentimiento.

—Yo diría que no.

Chad no se sorprendió.

—Hay una cosa que me gustaría que le dieras —levantó la bolsa de libros.

Roy le echó un vistazo; luego volvió a mirar a Chad.

—¿Estás seguro de que no quieres dárselo tú?

Chad no estaba seguro de nada.

—Creo que por ahora lo mejor será que me quede en segundo plano. Por lo que me dijo Gloria, no quiere saber nada de mí. Así que creo que conviene que se lo des tú.

Roy tardó unos segundos en responder mientras observaba a Chad.

—No estoy de acuerdo —dijo por fin.

Se abrió la puerta de la calle.

—¿Papá?

Roy se puso en pie.

—¡Aquí!

Mack McAfee entró en le despacho y se detuvo de golpe al ver a Chad.

—Perdón, ¿interrumpo algo? —preguntó, mirándolos alternativamente.

—En absoluto —contestó su padre mientras volvía a sentarse.

Mack entornó los ojos.

—Nos conocemos, ¿no?

Chad dijo que sí con la cabeza.

Mack se sentó a su lado.

—Ah, sí, ya me acuerdo. Saliste una temporada con mi hermana Linnette.

—Muy poco tiempo —y había sido un desastre. Lo había complicado todo. Mientras Gloria trababa relación con su hermana, que ni siquiera sabía que eran familia, Linnette se había encaprichado de él. Y al ver lo que Linnette sentía por él, Gloria se había retirado.

—Chad me ha pedido que le dé unos libros a Gloria —explicó su padre.

—¿A Gloria? —Mack giró la cabeza para mirarlo—. ¿Por qué a Gloria?

—Bueno, la verdad es que... también he salido con ella.

Mack sonrió.

—Parece que tienes mucho éxito.

Chad respondió con una sonrisa débil.

—Sí, eso parece.

—No sabía que a mi hermana le gustara leer —comentó Mack, relajándose en su silla y apoyando el tobillo en la rodilla contraria—. Pero ¿por qué no le das tú los libros si habéis salido juntos?

—Son un par de libros sobre el embarazo y otro sobre nombres para bebés —dijo Chad.

—¿Qué? —Mack bajó la pierna—. ¿Gloria y tú...? ¿Quieres decir que...? ¿Que tú eres el padre?

Chad se limitó a asentir con un gesto.

Mack no supo cómo reaccionar por un instante. En su cara se reflejaban emociones contradictorias: enfado, confusión y, por último, duda.

—Te aseguro que para mí también fue una sorpresa —dijo Chad e intercambió una sonrisa con Roy.

—Pero... pero tú eres... eres médico —tartamudeó Mack—. Si alguien sabe de métodos anticonceptivos, tendrías que ser tú.

—Tienes toda la razón —respondió Chad—. Pero ocurrió.

—Ésa tiene que ser la excusa más patética del mundo. ¿Qué piensas hacer al respecto? —preguntó Mack con aspereza.

Su enfado estaba justificado, y Chad se lo tomó a pecho.

—Eso depende de Gloria. Por ahora ni siquiera sabe que lo sé.

—¿Por qué no?

Mack lo miró con rabia y Chad miró a Roy con la esperanza de que respondiera él.

—El caso es que tu hermana nos pidió expresamente que no se lo dijéramos a Chad. Tu madre aceptó, pero yo me negué.

—¿Y se lo has dicho a espaldas de mamá? —Mack sacudió la cabeza como si ya supiera la respuesta y le pareciera mal—. ¡Y a espaldas de Gloria!

—Le dije a tu madre lo que iba a hacer. Y no le gustó. De hecho sigue sin gustarle —Roy se reclinó en la silla con el ceño fruncido—. Le llevaré los libros a Gloria y le explicaré que te lo he dicho.

Chad arrugó el entrecejo. No estaba preparado para que Gloria lo supiera...

—Es hora de que le cuente a mi hija que fui a verte.

—No —dijo Chad bruscamente—. Todavía no.

Roy parpadeó.

—¿Por qué no?

Chad intentó aclarar sus ideas.

—En primer lugar, porque quiero que sea ella quien venga a verme. En algún momento se dará cuenta de que me necesita. Aunque sólo sea para firmar los papeles de adopción. Los tiempos han cambiado, Roy. Ahora los padres también tienen derechos. Además, estoy pensando en criar al bebé yo solo —la idea se le había ocurrido hacía unos días. Aún no había tomado una decisión, pero esa posibilidad iba cobrando fuerza.

—Espera... ¿Gloria ha decidido dar al bebé en adopción? —preguntó Mack. Cerró los puños y miró a su padre con dureza—. No se lo permitirás, ¿verdad?

—No es decisión nuestra —le recordó Roy.

—Sí, pero... Está bien, pero antes de que eso pase prefiero que lo criemos Mary Jo y yo —dijo en tono crispado—. Si Chad no lo quiere —obviamente, creía que Chad era muy capaz de rehuir aquel deber—. Ese bebé es de nuestra propia carne.

—Más mía que vuestra —murmuró Chad. Pero no tenía sentido discutir la cuestión hasta que supieran cuáles eran las intenciones de Gloria.

Roy parecía ligeramente divertido por la reacción de su hijo.

—¿No crees que deberías hablarlo con Mary Jo antes de ofrecerte a algo así?

Mary Jo estará de acuerdo conmigo.

—No tiene sentido hablar de eso —dijo Chad—. Nadie saber qué va a hacer Gloria. Quizá cuando se decida tengamos que hablar otra vez.

Ambos asintieron.

—De momento —añadió Chad—, lo único que os pido es que le deis estos libros a Gloria.

—¿Quién le digo que se los envía? —preguntó Roy.

Chad se encogió de hombros.

—Deja que crea que son tuyos.

—¿Estás seguro? —preguntó Mack.

—Sí, estoy seguro. Quiero que sea ella quien me lo diga. No, lo necesito. Fue ella quien se marchó. Puede que sea mi orgullo el que habla, no lo sé, pero me sentiría mucho más cómodo si ella tomara la iniciativa.

Roy dejó que sus palabras quedaran suspendidas en el aire un momento antes de responder:

—Esperaré un poco, si eso es lo que quieres. Pero, por el bien de mi matrimonio, creo que conviene que confiese cuanto antes.

Chad lo entendía.

—De acuerdo. Adelante, díselo a Gloria —no le apetecía, pero Roy ya le había hecho un favor.

—Yo le llevaré los libros —se ofreció Mack—. Últimamente hablamos mucho.

—¿Ah, sí? —Roy levantó las cejas, extrañado.

Roy también sentía curiosidad, pero no se atrevía a preguntar.

—Gloria tuvo que decirle al sheriff Davis que está embarazada, y a partir de la semana que viene estará en las oficinas.

Chad se sintió aliviado al saberlo. Pero Mack desvió la mirada mientras hablaba, y eso le indujo a pensar que se estaba callando algo.

—¿Por algún motivo en concreto?

—Bueno, es el protocolo habitual cuando una agente se queda embarazada —Mack se removió en su asiento, visiblemente incómodo por el giro que había dado la conversación—. Pero, bueno, la verdad es que Gloria tiene treinta y cinco años y su ginecólogo quiere que sea especialmente cauta.

—¿Se lo ha dicho a su madre? —preguntó Roy.

—Creo que sí.

Roy suspiró y Chad dedujo que Corrie no le había dicho nada porque todavía estaba enfadada con él.

—El médico le ha mandado una ecografía.

—¿Para cuándo? —Chad procuró contener su ansiedad. Había tratado muchos embarazos y a muchos bebés a lo largo de su carrera, pero ninguno de ellos era suyo. Y aunque sabía que muchas mujeres tenían bebés a edad tardía, no podía evitar preocuparse por Gloria.

—No puedo decírtelo.

—¿No puedes porque no lo sabes o porque ella no estaría de acuerdo? —preguntó Chad ásperamente.

—No puedo porque no lo sé. Pero no es nada fuera de lo normal —contestó Mack—. Eso tengo entendido, por lo menos. Es sólo que, cuando se trata de alguien muy cercano, te preocupas más, supongo. Pero al menos a partir de ahora estará a salvo, sentada detrás de una mesa.

Conociendo a Gloria, odiaría estar en la oficina. Nada le gustaba más que ser policía, acudir a llamadas de emergencia e interactuar con la gente de Cedar Cove. A Chad le parecía curioso que se hubiera decantado por el trabajo policial, siguiendo los pasos del padre al que no había conocido.

—¿Quieres que te llame si me dice cuándo es la ecografía?

Chad asintió.

—No te preocupes, hijo —dijo Roy, y Chad se sintió reconfortado por su tono y sus palabras—. Todo saldrá bien. Entre Corrie y yo todo se arregló, y estoy seguro de que entre Gloria y tú pasará lo mismo.

Chad se relajó en su silla. Necesitaba creer a Roy y convencerse de que Gloria y él tenían una oportunidad.

CAPÍTULO 4

Hacía una semana que se había ido Rachel y Bruce estaba perplejo por que no hubiera vuelto. Había intentado ser paciente, darle el espacio y el tiempo que decía necesitar. Pero quería que volviera con él y con Jolene inmediatamente, a su casa, al lugar al que pertenecía. Aún tenía un nudo en el estómago que no desaparecería hasta que ella volviera.

Todavía no sabía adónde había ido. Había hablado con sus amigas. Ni siquiera Teri parecía saber dónde estaba, y parecía sincera. Saltaba a la vista que estaba preocupada por ella.

—Papá, ¿me ayudas con esto? —preguntó Jolene, entrando en la cocina con un libro de Matemáticas agarrado contra el pecho.

Había estado tumbada en el jardín de atrás, bajo una gran sombrilla a rayas, hablando por teléfono y fingiendo que hacía deberes. Bruce levantó la mirada de la mesa a la que estaba sentado.

—Ya sabes que no se me dan bien estas cosas —el verdadero problema era su poca paciencia. Se le agotaba enseguida cuando se trataba de explicar Matemáticas básicas. Los programas de ordenador eran otra cosa. Con ésos sí sabía manejarse; era la teoría lo que lo sacaba de quicio. En parte por falta de interés. Las cosas iban mucho mejor cuando Rachel estaba allí para intervenir.

—No es más que un repaso, papá. El año pasado me ayudaste, ¿te acuerdas? —ladeó la cabeza y lo miró con expresión suplicante—. Aprobé el examen. No lo habría aprobado si no me hubieras ayudado.

—No fui yo —le recordó él—. Fue Rachel.

La sonrisa de su hija se borró al instante.

—No, no fue Rachel. Me ayudaste tú. A Rachel no le dejo ni que se acerque a mis deberes.

—Pues esa vez le dejaste —contestó él con más energía. Recordaba bien aquella ocasión. Jolene le había llevado sus deberes de Álgebra y él había intentado ayudarla. Sólo cuando se hizo evidente que no entendía muy bien el concepto aceptó su hija la ayuda de Rachel. Lo que resaltaba en su memoria era lo bien que había salido esa noche. La tensión entre Jolene y su esposa había menguado, y tanto Rachel como él habían tenido la esperanza de que la chica se estuviera acostumbrando por fin a su matrimonio.

—Al menos podrías intentarlo —replicó Jolene.

—Está bien, voy a intentarlo.

—Gracias, papi —dijo ella, toda dulzura otra vez.

Sonó el teléfono cuando acababa de poner el libro sobre la mesa y Bruce se levantó de un salto, rezando por que fuera Rachel. Había llamado un par de veces, pero sus conversaciones siempre eran cortas. Ella le aseguraba que estaba perfectamente y evitaba darle cualquier respuesta concreta. Había bloqueado los números de Bruce para que él no pudiera llamarla. Si era Rachel, estaba dispuesto a prometerle cualquier cosa con tal de que volviera a casa. La quería y la echaba de menos. Había aceptado ir a terapia, pero Jolene no quería ni oír hablar del asunto, y Bruce lo había dejado pasar tontamente. Le avergonzaba la idea de airear sus problemas delante de un extraño. Había supuesto que todo se arreglaría por sí solo, pero se había equivocado y su error le había costado muy caro.

—Diga —dijo al agarrar el teléfono, con el corazón brincándole en la garganta.

—Soy David Miller —comenzó a decir una voz grabada— y me presento a senador por el estado. ¿Está cansado de oír hablar de déficit gubernamental? Si es así, necesito su voto...

Bruce desconectó la línea sin oír nada más. Sin soltar el aparato, bajó la cabeza mientras intentaba contener su decepción.

—Papá —masculló Jolene—, querías que fuera Rachel, ¿verdad?

—Sí —no iba a negarlo.

—No la necesitamos —insistió Jolene, mirándolo desde la mesa de la cocina—. Estamos mucho mejor desde que se fue. Llevo toda la semana haciendo la cena, ¿no?

Brucen no dijo nada. Jolene había hecho todo lo que podía, y aunque la comida no siempre estaba sabrosa, al menos lo había intentado.

—Ya sé que los macarrones con queso se me quemaron...

—Casi no me di cuenta —contestó Bruce, y era cierto, porque había cubierto todo el plato con kétchup.

—Pero el pastel de carne estaba bueno, ¿a que sí?

—Lo hiciste de maravilla —no exactamente, pero por lo menos se podía comer, aunque fuera otra vez con kétchup.

Jolene sonrió, llena de orgullo.

—Lo que yo te decía: no necesitamos a Rachel.

No eran los guisos de Rachel lo que Bruce echaba de menos, era a Rachel misma. Echaba de menos abrazarla y charlar en la cama. Echaba de menos ponerle la mano sobre la tripa y transmitir en silencio su amor y su emoción al bebé de los dos. Echaba de menos la sonrisa de Rachel cuando entraba en casa al final del día y cómo lo abrazaba ella para darle la bienvenida. Llevaban poco tiempo casados, pero Rachel había llenado todos los espacios y todos los recovecos de su mundo. No se había dado cuenta de lo solo que estaba hasta que ella entró en su vida. Sin ella, nada tenía sentido.

—Papá, mis deberes, ¿recuerdas?

—Sí —haría lo que pudiera, pero ojalá hubiera estado allí Rachel para ayudar a su hija...

Le costó casi una hora. No era un pedagogo por naturaleza y varias veces tuvo que apretar los dientes, pero al menos consiguió pasar aquel calvario sin perder la paciencia. Aun así, cuando acabó, estaba agotado y deseando irse a la cama.

Al entrar en el dormitorio miró con desaliento las sábanas arrugadas y la colcha amontonada en el suelo. Rachel hacía la cama todas las mañanas antes de irse a la peluquería. Al parecer la tía con la que se había criado insistía en que la hiciera, y desde entonces no había perdido la costumbre. Después, cada noche, quitaba los almohadones decorativos y retiraba la colcha doblándola pulcramente.

La ropa de cama arrugada y retorcida deprimió a Bruce. Se dejó caer sobre el borde del colchón y tomó una decisión. Al día siguiente iría a la peluquería e intentaría convencer a Rachel de que le diera otra oportunidad. Necesitaba creer que ella también lo echaba de menos. Seguro que quería volver a casa. Esa creencia era lo único que lo sostenía durante el día.

El viernes por la mañana, Bruce se despertó con buen ánimo. Hizo café y preparó el zumo de naranja de Jolene antes de que su hija saliera de su cuarto. Jolene se quedó mirándolo un momento antes de tomar el vaso.

—Pareces muy contento esta mañana.

—¿Sí? —iba a ver a Rachel y no podía evitar sentirse ilusionado.

—Papá... —Jolene lo miró con escepticismo—. No irás a ver a Rachel, ¿verdad?

Bruce no contestó.

—Fue ella quien nos dejó, ¿recuerdas? Si quisiera volver, ya estaría aquí, ¿no crees?

Él no le hizo caso.

—¿Tienes dinero para el almuerzo?

—Deja de evitar el tema.

—Tengo que marcharme ya o llegaré tarde a mi primera cita.

—¡Papá!

Bruce no la estaba escuchando. Recogió sus llaves y salió, dejando que Jolene se adelantara. Si salía del trabajo a las cuatro, como pretendía, podía estar en la peluquería a las cuatro y media, como muy tarde. Era autónomo y su horario lo marcaba él. Y aunque hacía todo lo posible por mantener contentos a sus clientes, tenía sus prioridades. Sí, vería a Rachel y, en cuanto ella supiera cuánto la echaba de menos, cuánto la necesitaba, regresaría a casa.

Bruce lo estaba deseando. Se descubrió canturreando, pero se detuvo al ver que Jolene lo miraba con mala cara. No le importaba, pero tampoco quería hacerla enfadar.

A las cuatro en punto estaba en su coche de vuelta a Cedar Cove tras acudir a un aviso en Gig Harbor.

Dejó el coche en el aparcamiento del centro comercial y se pasó los dedos por el pelo. Necesitaba un buen corte. Rachel llevaba varios años cortándole el pelo. Y a Jolene también. Tarde o temprano, su hija se daría cuenta de lo mucho que aportaba Rachel a sus vidas. Y no sólo por los cortes de pelo gratis. Sólo esperaba que Jolene entrara pronto en razón.

Escogió la entrada más cercana a la peluquería. El escaparate del local daba al interior del centro comercial y Bruce se quedó allí unos minutos, viendo trabajar a Rachel. Tenía la impresión de que el corazón iba a salírsele del pecho. Amaba a su mujer.

Un momento después Rachel pareció sentir su mirada,

porque se giró y sus ojos se encontraron. El cepillo se le cayó al suelo. Bruce notó que había perdido peso, lo cual no era buena señal. Comprendió que no comía bien y que el embarazo estaba minando su salud. Su primer impulso fue reprocharle que no se cuidara. Estaba, además, increíblemente pálida. Stephanie había tenido anemia cuando estaba embarazada de Jolene y Bruce se preguntaba si Rachel también la tendría.

Mientras esperaba, Rachel acabó con su clienta y luego salió a su encuentro a la puerta del salón de belleza.

—¿Qué estás haciendo aquí? —susurró antes de que Bruce tuviera ocasión de saludarla.

—¿No es evidente? —contestó, incapaz de dejar de mirarla—. He venido a verte.

—Dijiste que no vendrías.

—¿Sí? —no se acordaba de eso. Además, si lo había prometido había sido bajo presión y había cambiado de idea después—. Te echo de menos —murmuró, y tomó su mano.

Rachel bajó la mirada, pero Bruce vio que tenía lágrimas en los ojos.

—Yo a ti también.

—Vuelve a casa, Rachel —le suplicó mientras acariciaba el dorso de su mano con el pulgar—. Haré todo lo que me pidas. Pero vuelve a casa.

—¡Ojalá fuera tan sencillo!

—Pero si lo es...

—Jolene...

Rachel apenas había empezado a hablar cuando la chica dobló la esquina con dos de sus amigas del colegio.

—¡Ya me lo imaginaba! —exclamó, poniendo los brazos en jarras. Bruce reconoció a sus amigas, pero no se acordaba de sus nombres—. Sabía que ibas a venir a ver a Rachel —la miró con enfado—. No me importa lo que diga mi padre, yo no te quiero en nuestra casa nunca más.

—¡Jolene! —exclamó Bruce—. Te estás poniendo grosera y tu comportamiento es inaceptable. Esto es algo entre Rachel y yo. Ahora márchate, por favor. Hablaremos luego —dijo en el tono más amenazador de que fue capaz.

—Tengo tanto derecho a estar aquí como cualquiera —sus ojos brillaban de indignación. Estaba claro que se sentía envalentonada por la presencia de sus amigas, que seguían a su lado formando una barrera silenciosa. Se volvió para encararse con Rachel y añadió—: Es genial que no estés en casa y no quiero que vuelvas.

—¡Jolene! ¡Para inmediatamente! —gritó Bruce, y agarró a su hija de los hombros—. Ya te he dicho que esto es entre Rachel y yo.

—No, no es verdad —insistió su hija—. Yo también vivo en casa, y tendrás que elegir, o ella o yo, porque si ella vuelve, yo me marcho.

—¿Y adónde irás, exactamente?

—Me escaparé.

—Basta de una vez los dos —dijo Rachel, tapándose la boca para sofocar un sollozo.

Jane, la encargada de la peluquería, se acercó.

—Os agradecería que os fuerais a hablar a otra parte. Tenemos clientes y estáis dando un espectáculo.

Bruce no se había dado cuenta de que había dos o tres señoras en la sala de espera, a unos pasos de allí.

Tomando a Rachel de la mano, la hizo salir. Las clientas, sin embargo, seguían viéndolos con toda claridad. Estaban llamando mucho la atención. Todo el mundo en el centro comercial parecía estar mirándoles.

Rachel también lo notó.

—Creo que lo mejor será que os marchéis —dijo, evitando sus miradas. Luego levantó la cabeza para mirar a los ojos a Jolene.

—No puedo dejarte así —masculló Bruce—. Si alguien tiene que irse, son Jolene y sus amigas —miró a su hija con enfado, exigiéndole que les dejara un poco de intimidad.

Jolene cruzó los brazos con petulancia y se negó a moverse.

—De eso nada.

—Marchaos —dijo Rachel en tono suplicante, apartándose de Bruce—. Estáis dando un espectáculo, como dice Jane.

—No me importa —ignoró a su hija y se concentró en Rachel. De pronto se daba cuenta de que no había sabido calibrar el egoísmo de Jolene. Ignoraba cómo había llegado a aquel extremo la hostilidad que Jolene sentía hacia Rachel. Tampoco sabía por qué habían empezado a distanciarse. Habían estado tan unidas...

—No te preocupes, Jolene —dijo Rachel—. Puedes quedarte con tu padre para ti solita.

La sonrisa de su hija podría haber iluminado todo el centro comercial.

—Estupendo —para asombro de Bruce, sus amigas y ella entrechocaron las manos.

Rachel comenzó a alejarse. Luego, de pronto, pareció cambiar de idea y se volvió.

—Bruce, será mejor que no vuelvas por aquí.

—Eso no puedo prometértelo.

—Si vienes, me buscaré trabajo en otra parte. Esta situación es muy violenta para mí —Bruce negó con la cabeza—. Si vuelve a pasar una cosa así, Jane buscará una excusa para despedirme.

A Bruce le costaba creerlo. Pero antes de que pudiera responder, su hija lo agarró de la mano.

—Vamos —dijo—. No necesitamos a Rachel.

—Yo sí —replicó él, desasiéndose—. Y nuestro bebé necesita a su padre.

—¿Y yo qué? —preguntó Jolene con aspereza—. ¿Qué hay de lo que necesito yo?

Rachel y Bruce se miraron.

—No vengas más.

—Está bien, pero tenemos que hablar.

—No, no tenéis que hablar —dijo Jolene.

—Jolene, déjanos en paz —respondió Bruce, furioso. Se negaba a permitir que su hija interfiriera así en su vida. Ya era hora de que Jolene reconociera el papel que había desempeñado en la ruptura de su matrimonio. Y de que él admitiera que lo había consentido—. Tenemos que hablar —repitió. Quería que Rachel supiera lo importante que era para él. De algún modo encontrarían una solución.

—No —contestó Rachel, tajante—. Después de este... incidente estoy más convencida que antes de que hice bien en marcharme. No voy a volver a una casa llena de tensión y hostilidad. No es bueno para mí, ni para el bebé.

—Pero ¿y...?

Bruce no tuvo ocasión de acabar: Rachel lo dejó en medio del centro comercial, rodeado de miradas curiosas.

—Vamos, papá —dijo Jolene, toda dulzura—. Vamos a casa.

Bruce ni siquiera soportaba mirar a su hija. Temía no poder refrenar su cólera si abría la boca. Así que se limitó a dar media vuelta y a alejarse.

CAPÍTULO 5

—Mamá, otra vez tienes esa cara de pánfila —dijo Tanni Bliss al entrar a la cocina para elegir una manzana del frutero de la mesa.

—¿Qué cara? —preguntó Shirley, aunque sabía muy bien a qué se refería su hija. Acababa de pasar casi dos horas hablando por teléfono con Larry Knight, un pintor de renombre nacional... y el hombre con el que salía. Aunque «salir» no el término más adecuado, teniendo en cuenta lo mucho que viajaba él. Se habían conocido en el Museo de Arte de Seattle hacía unos meses, y desde entonces estaban en contacto frecuente.

Larry era viudo desde hacía cinco años, y ella hacía algo más de un año que había perdido a su marido en un accidente de moto. Después de la muerte de Jim, había creído que no se recuperaría jamás. Estaba convencida de que no volvería a enamorarse.

Luego había conocido a Larry... El problema era que él vivía en California y viajaba mucho: para sus exposiciones de pintura, para dar conferencias, impartir cursos o dar entrevistas. Hablaban todos los días y, entre conversación y conversación, se mandaban e-mails. Se veían siempre que podían; o sea, mucho menos de lo que ambos habrían querido.

—Bueno, ¿por dónde anda Larry ahora? —preguntó Tanni.

—Está en Nuevo México —para el caso, podría estar en la luna.

De no ser por el correo electrónico y el teléfono, se habría vuelto loca lentamente. O no tan lentamente. Había olvidado lo que era estar enamorada. Aún estaba en la universidad cuando conoció a Jim y se casó con él. Jim estaba por entonces en las Fuerzas Aéreas, pero estaba punto de licenciarse. Ansioso por encontrar trabajo en una línea aérea, había puesto sus miras en la costa noroeste del Pacífico. Y Shirley había accedido después de visitar la zona de Seattle. Era un lugar precioso para vivir y criar a sus hijos.

Después de que Jim entrara a trabajar para Alaska Airlines, se establecieron en Cedar Cove y convirtieron el sótano de su amplia casa en un estudio para ella. Shirley habría podido seguir así eternamente. Hasta que Jim tuvo el accidente...

Sin embargo, ni siquiera entonces pensó en marcharse. Pero conocer a Larry lo había cambiado todo.

—¿Cuándo vais a casaros? —preguntó Tanni, interrumpiendo sus cavilaciones.

—¡Casarnos! —exclamó su madre—. Pero si apenas nos conocemos.

—Vamos, mamá. No eres la misma desde el día que le echaste la vista encima.

No tenía sentido negar lo obvio.

—Lo sé.

—No creas que no lo he notado. Estás loca por Larry.

—Cierto.

—Así que ¿a qué esperas?

—Bueno, para empezar, Larry no me lo ha pedido.

—¿Ah, no? —preguntó Tanni en un tono que daba a entender que sabía más de lo que decía.

Shirley se sintió tentada de preguntarle si le estaba ocultando algo. Larry y ella hablaban con frecuencia, aunque Shirley había dado por sentado que su hija sólo quería preguntarle por Shaw, su ex novio. Larry había ayudado al chico a conseguir una plaza en el instituto de Bellas Artes de San Francisco.

—¿Te ha... te ha dicho que piensa pedirme que me case con él?

No se atrevió a mirar a los ojos Tanni. Se sentía culpable sólo por preguntárselo.

—No.

Vaya, qué chasco.

—Pero, si te lo propusiera, ¿qué le dirías? —preguntó su hija.

Tanni estaba de guasa. Shirley decidió seguirle la corriente y se encogió de hombros como si aquel asunto no le importara lo más mínimo.

—Seguramente le diría que es demasiado pronto y que antes deberíamos salir un año o dos.

Tanni rompió a reír.

—Estás de broma.

Sí, pero eso era irrelevante. Larry no se lo había pedido y, aunque lo hiciera, era demasiado pronto para dar un paso tan importante. Además, ella no podía mudarse a California así, sin más. A Tanni aún le quedaba un año de instituto, y su vida y su hogar estaban allí, en Cedar Cove.

—No, no es broma —dijo—. ¿Qué vas a hacer este fin de semana? —preguntó, cambiando de tema bruscamente.

—Creo que iré a ver a Kristen, y a lo mejor luego salimos con Jeremy.

En cierta época, Kristen había sido la enemiga jurada de su hija. Shirley no comprendía por qué Tanni la aborrecía tanto. Sospechaba que era porque Kristen era rubia, guapa y extremadamente popular. Los chicos se sentían atraídos por ella de un modo que a Tanni le resultaba ajeno. Shirley se preguntaba si su hija estaba resentida por haber tenido sólo un novio y por que la relación no hubiera progresado. Tanni se había sentido impotente. No quería perder a Shaw, aunque al echar la vista atrás fuera evidente que había sido lo mejor para ambos. Eran demasiado jóvenes y dependían demasiado el uno del otro.

—¿Estás saliendo con Jeremy o...?

—Mamá —la cortó Tanni—, sólo hemos hablado un par de veces, nada más. No le des más importancia de la que tiene, ¿vale? —dijo con irritación, un tono con el que Shirley se había familiarizado tras la muerte de Jim.

Shirley abandonó de inmediato aquel tema sensible.

—Miranda y yo hemos hablado de ir a ver una película —al oír mencionar a su mejor amiga, Tanni sonrió—. ¿De qué te ríes? —preguntó su madre.

—De Miranda.

—¿Qué pasa con ella?

Miranda y ella eran amigas desde hacía años. Miranda también era viuda y había estado casada con un pintor, por lo que entendía el temperamento artístico de Shirley. Shirley se lo pasaba bien con ella, y le agradecía su apoyo, su lealtad y su ánimo. Miranda podía ser muy obstinada y cabezota, pero eso no preocupaba a Shirley. Cuando no estaban de acuerdo, no le importaba discutir con ella, o ignorar sus puntos de vista.

—Creo que a Miranda le gusta Will Jefferson —comentó Tanni.

Miranda trabajaba desde hacía poco en la galería de Will. A Shirley le había sorprendido que aceptara el empleo, porque Will y ella parecían disentir en todo, y no precisamente en buenos términos.

Si lo que decía Tanni era cierto, y Shirley sospechaba que sí, la pobre Miranda iba a darse un batacazo. Shirley se había dado cuenta de qué tipo de hombre era Will Jefferson a los diez segundos de conocerlo. Guapo y encantador, estaba acostumbrado a que las mujeres revolotearan a su alrededor. Era, incluso, lo que esperaba que hicieran.

Shirley tenía que reconocer que Miranda no poseía la belleza clásica que solía atraer a hombres como Will Jefferson. Alta y robusta, medía casi un metro ochenta sin tacones y, con ellos (aunque rara vez se los ponía), casi un metro ochenta y cinco. Shirley tenía la impresión de que Will prefería a las mujeres con poca sesera con las que podía sentirse intelectualmente superior. Miranda, en cambio, era su igual en todos los sentidos. El hecho de que Will hubiera intentado ligar con ella con descaro era, a su modo de ver, más un insulto que un cumplido.

Hasta Tanni se había dado cuenta de que a Miranda le interesaba, y Shirley estaba preocupada por su amiga. Dudaba de que estuviera preparada para un Will Jefferson, o para el efecto que podía surtir sobre sus emociones.

—¿Qué película vais a ver? —preguntó su hija.

—Todavía no lo hemos decidido.

—Llegaré antes de las diez —dijo Tanni, echando mano de las llaves de su coche, y salió comiéndose su manzana.

Shirley se sirvió una taza del café que acababa de hacer, se sentó a la mesa de la cocina y se preguntó qué podía hacer. Si le decía algo a Miranda, sólo conseguiría avergonzar a su amiga. Y si la advertía respecto a Will, Miranda no le haría caso.

Miró su reloj y, al ver qué hora era, se levantó rápidamente. Bebió un último sorbo, dejó la taza en el fregadero y corrió a cambiarse de ropa y a retocarse el maquillaje. Luego salió. Había quedado con Miranda en la galería, a las tres y media.

Tardó menos de diez minutos en llegar en coche. Cuando entró en la galería, lo primero que oyó fue la voz destemplada de Miranda.

—Te digo que el cuadro de Chandler quedará mejor en esta pared —estaba diciendo.

—¡No! Quedará mejor aquí —respondió Will Jefferson con la misma vehemencia.

—¿Hola? —dijo Shirley alzando la voz.

Miranda respondió de inmediato:

—¡Shirley, ven aquí! Necesitamos tu opinión.

Estupendo. Ahora iba a tener que meterse en la discusión. Caminó hacia ellos y miró el cuadro que parecía ser objeto de su desacuerdo.

—¿Estás lista para ir al cine, Miranda? —preguntó, confiando en no tener que tomar partido.

—Mira esto —insistió Miranda, y señaló la acuarela.

Era una pieza preciosa, de colores vibrantes y cautivadores. Representaba a una muchacha con vestido azul de verano pasando en bicicleta frente a una valla de madera blanca, en un pueblo costero. Una amplia variedad de flores se abría a lo largo de la valla. La inocencia de la muchacha contrastaba sutilmente con su atractivo femenino inconsciente. El cuadro era de estilo naturalista, pero sus brillantes colores estaban influidos por el impresionismo clásico.

—Es una obra preciosa.

—Estoy de acuerdo —contestó Will—. Y quiero exponerla del modo que luzca mejor.

—Yo creo que debería ir en esta pared y Will se empeña cerrilmente, en mi opinión, en que debe ir allí —Miranda señaló el otro lado de la galería.

—Cerrilmente —repitió Will entre dientes—. Si alguien se está poniendo cerril, eres tú. Si colgamos el cuadro en la pared que digo yo, será lo primero que vea la gente cuando entre en la galería.

—En esta pared se verá con mejor luz —replicó Miranda.

—Los dos tenéis razón —terció Shirley cuando se volvieron hacia ella—. ¿Por qué no llegáis a una solución de compromiso?

—No —Will sacudió la cabeza—. La galería es mía, pese a lo que parezca pensar Miranda, y lo haremos a mi manera porque... —hizo una pausa—...porque soy el jefe —concluyó con aire desafiante, como si esperara que Miranda presentara su dimisión. O como si quisiera que lo hiciera.

—Muy bien, cuélgalo donde quieras —dijo Miranda, frotándose las manos, exasperada.

—Eso es justamente lo que pienso hacer.

Miranda suspiró y, sin hacer caso a Will, dijo:

—¿Has reparado alguna vez en lo importante que es para el frágil ego masculino decir la última palabra?

Shirley intentó disimular una sonrisa, pero a Will no le hizo ninguna gracia. Dio un respingo.

—Eso es categóricamente falso.

Miranda movió la cabeza, dando a entender que aquello demostraba lo que acababa de decir.

—¿Podemos irnos ya? —preguntó Shirley.

—Enseguida estoy contigo —Miranda desapareció doblando una esquina y volvió un momento después con su bolso y su chubasquero.

—¿Qué película vais a ver? —le preguntó Will a Shirley.

—Todavía no estamos seguras.

—Bueno, que os divirtáis.

—Lo haremos —masculló Miranda.

Él las acompañó hasta la puerta.

—Te espero el lunes —dijo.

—¿El lunes? —Miranda arrugó el ceño—. Creía que sólo trabajaba martes, viernes y sábados.

—¿Te importa sustituirme el lunes? Tengo que reunirme con los peritos de la aseguradora, por lo de mi madre y Ben.

—No, claro que no me importa, pero habría preferido que me avisaras antes.

—Perdona. Olvide decírtelo.

Se miraron y luego Miranda asintió.

—Estaré aquí a las diez.

—Gracias.

—No hay de qué —contestó ella con brusquedad.

Mientras iban hacia el coche, Shirley pensó en lo que

había dicho Tanni sobre lo que sentía Miranda por Will. Sospechaba que, pese a sus discusiones, Will se había encariñado con su amiga... y quizá que la respetaba más de lo que parecía. Estaba claro que confiaba en ella.

—¿Has elegido alguna película? —preguntó Miranda—. ¿Y si vamos a ver la última de Matt Damon?

—Sí, claro.

—Tengo las páginas de ocio del periódico y... —Miranda se detuvo para consultar su reloj—. Perfecto. Faltan menos de media hora para el próximo pase, así que tenemos tiempo de llegar, comprar las entradas y las palomitas.

—Muy bien.

—¿Has hablado con Larry esta tarde? —preguntó Miranda cuando subieron al coche de Shirley. Iba a dejar el suyo en la galería; después de la película, Shirley la llevaría a recogerlo.

—Sí, dos horas.

—¡Dos horas!

Shirley se rió. Ninguno de los dos había querido poner fin a la conversación.

—Las relaciones a larga distancia son difíciles —dijo—. Así es como nos mantenemos en contacto.

—¿Por qué no os casáis? No conozco a dos personas que se complementen mejor.

—Ojalá fuera tan fácil, pero no puedo desarraigar a Tanni cuando todavía le queda un año de instituto.

—¿Y quién dice que tengas que mudarte enseguida? —dijo Miranda.

—Bueno, como le he dicho a mi hija, hay otro pequeño detalle. Larry no me lo ha pedido y en este momento me sorprendería mucho que lo hiciera. Me gustaría que recordarais que sólo hace unos meses que nos conocemos.

—¿Cuánto pagaste de teléfono el mes pasado? ¿Y él? —Shirley puso los ojos en blanco—. Tú sabes lo que quiero decir.

—Sí, lo sé. Está bien, pasamos mucho tiempo hablando por teléfono. Y hoy no ha sido una excepción —cada vez que Larry la llamaba, o ella a él, se sentía otra vez como una adolescente. Su corazón saltaba de alegría al oír su voz.

Habían llegado a los cines y Shirley aparcó. Sacaron las entradas y compraron palomita. Estaban a punto de entrar en el cine cuando sonó el móvil de Shirley. Era Larry. Shirley se extrañó, porque ya habían hablado esa tarde.

—¿Te pillo en mal momento? —preguntó, emocionado.

—No. Estaba a punto de entrar en el cine, con Miranda —sostenía en equilibrio las palomitas, el bolso, la bebida y el móvil. Miranda la ayudó quitándole de las manos el gran vaso de refresco—. ¿Qué pasa?

—¿Estás ocupada el fin de semana que viene?

—¿El fin de semana que viene? —cerró los ojos un momento, intentando recordar si tenía algo escrito en el calendario de la cocina—. Creo que no. ¿Por qué?

—Quiero que vengas a California.

—¿A California? Pero ¿no ibas a estar en Nashville?

—Sí, pero se ha pospuesto la conferencia.

—Vaya, lo siento.

—Yo no. Quiero que vengas a casa. Sé que te aviso tarde y te pido disculpas, pero acabo de enterarme. Dime que puedes venir.

—Sí, creo que sí.

—¿Y Tanni y Nick?

—Me parece que están libres. Tendré que preguntárselo.

—Estupendo. Quiero que conozcáis los tres a mis hijos.

—A tus hijos —repitió ella.

—Sí, creo que deben conocer a la mujer con la que pienso casarme.

Shirley se quedó paralizada. El recipiente de palomitas se le cayó de las manos y su contenido se desparramó por el suelo.

CAPÍTULO 6

Linc Wyse salió del garaje Wyse Man y se apoyó contra la pared. No podía aguantar ni un segundo más dentro de aquella oficina. Las facturas se amontonaban y no tenía con qué pagarlas. Su cuenta bancaria, de la que se suponía que podría vivir seis meses, estaba casi vacía. La frustración que sentía lo estaba matando. Casarse con Lori y ocultárselo a la familia de ella, por decisión de Lori, no suya, había hecho montar en cólera a su padre. Linc lo había intentado, pero no había podido convencer a Leonard Bellamy de que quería a Lori y no se había casado con ella por su dinero. Lori, de todos modos, no tenía más ahora más dinero que el que ganaba. Pero a Linc eso le importaba muy poco; nunca le había importado.

A pesar de todo, Bellamy se había empeñado en arruinarlo y estaba a punto de conseguirlo.

Mientras contemplaba la calle pasó una camioneta que conocía. La camioneta aminoró la marcha y se detuvo delante del garaje. Era su cuñado. Linc se incorporó cuando Mack McAfee bajó la ventanilla y gritó:

—¡Hola, Linc! ¿Cómo va eso?

Linc logró hacer una mueca que esperaba hacer pasar por una sonrisa.

—Tirando.

—No pareces estar muy ocupado. ¿Te apetece acompañarme?

—¿Adónde vas?

—Mary Jo sale tarde de trabajar, Noelle está en la guardería y acabo de ayudar a un amigo a mudarse. Me apetece una cerveza.

—A mí también, pero será mejor que me quede, por si viene alguien —el sol de mediados de septiembre caldeaba la tarde, aunque Linc no se fijaba mucho en el tiempo. No había trabajo, así que había despedido a sus empleados. No tenía sentido pagarles por no hacer nada. Pero sería mala pata que de pronto se presentaran dos o tres clientes y no hubiera nadie para atenderles. No podía permitirse correr ese riesgo.

—¿Sabes qué te digo? Voy a comprar unas cervezas y enseguida vuelvo.

Mack regresó un cuarto de hora después. Salió de la camioneta y le pasó una lata a Linc. Se sentaron en el despacho. Recostado en su silla, Linc abrió la cerveza fría y dio un largo trago.

—Gracias —le dijo a Mack, saludándolo con la cerveza.

Mack asintió.

—Últimamente casi no te dejas ver —comentó.

Linc apenas salía. No le apetecía, ni le sobraba el dinero. Pero en lugar de responder se encogió de hombros.

—Cualquiera diría que soportas el peso del mundo sobre tus hombros — Mack también se recostó—. ¿Tienes problemas?

Linc contestó de nuevo con un encogimiento de hombros. Estaba cansado de guardárselo todo para sí, pero, por otro lado, era a lo que estaba acostumbrado. A resolver por sí solo sus problemas. Esta vez, sin embargo, no podía. Bellamy lo estaba boicoteando (no había otra forma de describirlo) y el negocio se estaba yendo a pique.

Lori no sabía lo que estaba haciendo su padre, ni hasta

qué punto era apurada su situación económica. Pero de eso tenía la culpa él. Linc apenas le había dicho nada. Lori ya estaba suficientemente enfadada con su padre. Y Linc había esperado tontamente poder reconciliarlos. Nunca había sido su intención socavar más aún su ya tensa relación.

—Todo el mundo tiene problemas —contestó al darse cuenta de que Mack estaba esperando una respuesta.

—Cierto, pero no todos los problemas son iguales.

—Sí —convino Linc.

—Si quieres hablar, aquí me tienes.

Linc contempló al hombre con el que se había casado su hermana. Mack le había caído bien desde el principio, aunque hubiera tenido dudas sobre cómo iban a vivir. Esas dudas, sin embargo, se habían disipado rápidamente. Mack era bombero y especialista en atención sanitaria de emergencias, y había ayudado a traer al mundo a Noelle, la hija de Mary Jo. Aunque a Linc le había molestado que Mary Jo no fuera a vivir cerca de su familia, se sentía mucho mejor sabiendo que tenía a Mack a su lado. Mack y ella habían compartido un adosado, ella a un lado y él al otro. Se habían casado a principios de año y Linc se sentía feliz por su hermana.

—Habrás notado que no me sobra precisamente el trabajo —comenzó a decir, cediendo por fin a la tentación de contarle sus problemas a un amigo capaz de escucharle—. Conozco bien mi oficio y he hecho los deberes. Según mis cálculos, debería tener trabajo para dar y tomar.

Mack señaló con su lata de cerveza.

—¿Leonard Bellamy?

Linc asintió con un gesto.

—En fin, tú me lo advertiste.

Mack se incorporó. Había entornado ligeramente los ojos.

—Sí, pero no sabía que Bellamy tuviera tanto poder en Cedar Cove.

—Y en Bremerton, y en todos estos contornos, por lo visto. No sé qué chismes irán contando de mí por ahí, pero sea lo que sea, la gente se los está creyendo.

—Imagino que eso está causando problemas entre Lori y tú —Linc desvió la mirada—. ¿Quieres decir que no lo sabe? —insistió su cuñado.

—No lo sabe nadie.

—Entonces ¿Lori no tiene ni idea de lo que está pasando?

—Prácticamente no.

Mack se quedó mirándolo como si le costara creerlo.

—Será una broma, tío. Es tu mujer. Si yo le ocultara algo a Mary Jo, se pondría furiosa. Ésa es una lección que aprendí por las malas, por si te interesa saberlo.

Linc esbozó una breve sonrisa. Conocía bien el temperamento de su hermana y compadecía a Mack por tener que vérselas con sus arranques de mal genio.

—Los Bellamy son su familia —contestó—. Sólo intento protegerla.

—¿Quiere ella que la protejas?

—¿No es eso lo que debe hacer un marido?

Mack sacudió la cabeza.

—No, si para ello tienes que ocultarle cosas que debería saber. Y —añadió— Bellamy puede ser su padre, pero tú eres su marido. Estáis en esto juntos, para bien o para mal. ¿Recuerdas?

Linc pensaría en ello, pero de momento no iba a decirle nada a Lori. Terminaron las cervezas y estuvieron charlando de la temporada de fútbol y de las posibilidades que tenían los Seahawks. Mack lanzó su lata vacía a la papelera, dio una palmada a Linc en la espalda y salió.

—Gracias por la cerveza —le dijo Linc mientras lo acompañaba fuera.

—Ha sido un placer —levantó la mano para decirle adiós, subió a su camioneta y se marchó.

Linc cerró temprano y cuando llegó a casa Lori ya estaba allí. Con sólo ver su cálida y tierna sonrisa se disolvió la tensión que lo había acompañado todo el día. Al menos, por aquella noche. Ella cruzó la habitación rápidamente, sin decir nada, le rodeó el cuello con los brazos y lo besó con tanto entusiasmo que a Linc se le aflojaron las rodillas.

—¿A qué ha venido eso? —preguntó Linc mientras le daba a ella mordisquitos en el cuello.

—Estamos de celebración.

—Mmm... ¿Y qué celebramos?

—Que es lunes.

Todos los lunes eran especiales cuando estaba con Lori. Ella había cambiado su mundo, le había traído alegría, le hacía reír. Antes de conocerla, contemplaba su vida como una serie de obligaciones. Llevaba el taller mecánico de su familia en Seattle con sus dos hermanos menores. Tras la muerte de sus padres en un accidente de coche, había asumido la responsabilidad de mantener unida a la familia. Se había tomado muy a pecho su papel de hermano mayor y estaba decidido a proteger a sus hermanos y su hermana y a mantener la unidad familiar. De ahí que no le hubiera quedado tiempo para algo tan frívolo como enamorarse. Hasta que se enamoró de verdad (de Lori) y toda su vida dio un vuelco, como sacudida por un seísmo.

—Hoy te he comprado un regalo —susurró ella seductoramente.

Linc sintió que un estremecimiento le corría por la espalda. Apenas podían permitirse comprar comida y menos regalos.

—¿Ah, sí?

—¿Quieres verlo?

La soltó y se alejó lentamente.

—Linc, ¿no quieres ver lo que te he comprado?

—Lori, estamos un poco... apurados de dinero en estos momentos. Convendría que no me compraras nada por un tiempo. Lo siento, pero preferiría que no hicieras ningún gasto innecesario. ¿De acuerdo?

Ella parpadeó; luego asintió de mala gana.

—Claro. Lo devolveré. Tengo el recibo.

—Gracias —se sentía mal por pedirle que devolviera el regalo. Pero sin duda era superfluo. Él tenía todo lo que necesitaba.

—Pero me gustaría enseñártelo primero. ¿Vale?

Linc dijo que sí y se sentó en la tumbona mientras Lori desaparecía en la habitación. Sentía un peso en el corazón. Notaba la desilusión de Lori, pero no podían permitirse gastar dinero así como así; sobre todo, dinero que no tenían.

Su esposa apareció vestida con un camisoncito de gasa transparente. Linc se quedó boquiabierto.

—¿Ése es... el regalo que me has comprado? —tragó saliva con esfuerzo—. Creo que... creo que podemos hacer hueco en nuestro presupuesto para ese gasto —dijo con cierta dificultad.

—No, tienes razón. Ha sido una tontería comprarlo...

—Lori —dijo él, cerrando los ojos—. Estoy casi en la ruina. El negocio se está yendo a pique. Ni siquiera sé si llegaré a fin de mes. No quería decírtelo, pero no puedo seguir ocultándotelo.

Ella se puso la mano sobre la boca y lo miró con los ojos como platos.

—Sé que he hecho mal no diciéndotelo, pero... tenía mis razones.

Lori seguía mirándolo como si no supiera qué decir.

—Lo siento —susurró Linc. Inclinándose hacia delante, se frotó la cara—. Lo siento muchísimo.

Ella se acercó, se sentó sobre sus rodillas y lo rodeó con los brazos.

—Me casé contigo porque te quiero. No necesito nada, sólo a ti.

Linc escondió la cara en su cuello y la estrechó contra

sí. Ella le hizo levantar la cabeza para besarlo. Luego se apartó bruscamente, se bajó de sus rodillas y se quedó frente a él, con un destello en la mirada.

—No vuelvas a hacerme eso nunca. ¿Entendido?

—¿Qué? ¿Besarte? —preguntó, atónito.

—¡Claro que no! Ocultarme la verdad —dio media vuelta, entró en el dormitorio y volvió unos minutos después completamente vestida—. Está bien. ¿Qué ha pasado? —preguntó con energía.

—¿Que qué ha pasado?

—Para que estemos tan mal de dinero. Estás... —se detuvo como si de pronto todo empezara a cobrar sentido—. Mi padre —dijo en voz baja, y luego lo repitió con más fuerza—. Ha sido por algo que ha hecho mi padre, ¿verdad?

Linc no respondió.

—¿Verdad? —preguntó ella de nuevo.

—No lo sé con certeza, pero eso parece.

Lori comenzó a pasearse de un lado a otro, cinco pasos en una dirección, cinco en otra, y giros precisos y rápidos.

Sus movimientos eran casi hipnóticos para Linc.

—Vamos, Lori —comenzó a decir—, no hay por qué angustiarse. Lo tengo todo bajo control.

—Eso es una bajeza hasta para él —o no había oído una palabra de lo que le había dicho o se daba cuenta de que era mentira—. Esto va a cambiar y va a cambiar ahora mismo — echó mano de su bolso, sacó su teléfono móvil y marcó una tecla.

—Lori —dijo Linc—, ¿a quién llamas?

—¿A quién crees tú? —masculló ella.

Linc se levantó y rodeó su cintura con los brazos.

—Lori —dijo, apretándola contra sí—, dime qué vas a hacer.

Ella se apartó el teléfono de la oreja.

—Voy a llamar a mi padre. Y voy a aclarar esto con él.

Linc sólo había visto aquella expresión en sus ojos en

otra ocasión, y también por un asunto relacionado con su padre.

—Hola, Helen, soy Lori Wyse. ¿Está mi padre?

Linc comenzó a decirle que tal vez deberían hablarlo primero, pero una sola mirada de su esposa bastó para hacerle callar. Lori estaba furiosa... y decidida a seguir adelante.

Un minuto después, Bellamy se puso al teléfono.

—Hola, papá —dijo ella en tono encantador.

—Hola, mi niña. Si me has llamado, imagino que es porque has entrado en razón y has dejado plantado a ese inútil de tu marido.

Linc estaba tan cerca que oía a Bellamy. Al oír el comentario de su suegro, se puso rígido. Soltó a Lori y apretó los puños automáticamente.

—No, papá, es a los Bellamy a los que voy a dejar plantados, como tú dices con tanta delicadeza. Llevo toda mi vida acobardándome delante de ti y plegándome a tus deseos. Pero se acabó. Esta vez te has pasado de la raya. Quieres hacer daño al hombre al que quiero, al hombre con el que me he casado. Y eso no voy a permitirlo. ¡No voy a permitirlo! De hecho... no quiero volver a oír tu nombre, ni verte nunca más. Toda mi vida has intentado manipularme. Pues decidí casarme con Linc. Es mi marido y vas a dejar de meterte en nuestras vidas. ¿Está claro?

Leonard Bellamy parecía divertido.

—Te das muchos aires para estar viviendo en un apartamento que es de mi propiedad.

—Ésa es otra cosa. Linc y yo nos iremos de aquí en cuanto encontremos otro sitio.

Bellamy pareció vacilar.

—No te precipites...

—No, es justo lo contrario. Ya he tardado más de la cuenta. Has hecho todo lo posible por arruinar a mi marido, pero no sabes qué clase de hombre es. Va a salir adelante, al margen de lo que tú digas o hagas. Y a partir de este preciso instante, he terminado con mi familia.

—¿Y tu madre?

—Tendrá que decidir por sí misma. Yo he tomado una decisión y aunque odio tener que excluirla a ella de mi vida, no voy a permitir que tú te acerques a mí, ni a mi matrimonio. Si eso significa no volver a ver a mamá, que así sea.

Bellamy no parecía creerla.

—Eso dices ahora. Pero cambiarás de idea en cuanto empiecen los problemas.

—¿Ah, sí, papá? ¿Cuándo fue la última vez que cambié de idea sobre cualquier cosa? ¿Cuándo fue la última vez que me convenciste para dar marcha atrás?

Su vacilación fue respuesta suficiente.

—Escucha, Lori...

—Adiós, papá —dijo en voz baja, y colgó.

Con un suspiro entrecortado, dejó su teléfono en el bolso y, como si de pronto se diera cuenta de que Linc estaba tras ella, lo abrazó con fuerza.

Linc la estrechó entre sus brazos.

—Ojalá hubieras hablado conmigo antes de hacer eso —él sabía muy bien lo que era no tener padres. No se había dado cuenta de lo importante que era tenerlos hasta que faltaron los suyos.

—Tú eres la única familia que necesito.

—Lori...

—Tenemos que mudarnos —dijo ella. Se irguió y se frotó los ojos llorosos.

—Sí, bueno, puede que eso sea un problema.

Sabía que la mudanza era inminente desde su último enfrentamiento con su suegro. El problema era que no tenían fondos suficientes para pagar una fianza, más los dos primeros meses de alquiler. No les llegaba el dinero ni siquiera con lo que ganaba Lori en una exclusiva tienda de ropa para mujer de Silverdale. Con su salario sólo podían hacer la compra y cubrir las necesidades diarias. Y hasta entonces no habían pagado alquiler.

—¿Dónde sugieres que encontremos otro sitio donde vivir si nuestra cuenta está casi a cero?

—¿Y si volvemos a Seattle?

Linc ya lo había pensado, pero detestaba la idea de llevar a vivir a su mujer a la misma casa en la que vivían sus dos hermanos pequeños. Le gustaba tener intimidad y temía que Mel y Ned vieran a Lori como a otra Mary Jo y esperaran que se ocupara de cocinar y limpiar, como había hecho siempre su hermana.

—Tendrías que hacer un camino muy largo todos los días para ir a trabajar.

—Me buscaré otro trabajo —afirmó Lori.

—Pero si te encanta el que tienes —le recordó él.

Ella asintió.

—Lo echaré de menos, pero haré lo que tenga que hacer —se quedaron callados un momento—. Tenemos que dejar este apartamento cueste lo que cueste, Linc.

Tenía razón, y Linc no podía negarlo. Cuanto antes encontraran otro sitio, mejor.

CAPÍTULO 7

Rachel no estaba segura de que fuera buena idea ver a Bruce. Pero él había insistido y, tras varias conversaciones al respecto, ella había acabado por ceder. Habían acordado verse en el Pancake Palace después del trabajo. Cuando llegó Rachel, unos minutos tarde, el coche de Bruce ya estaba aparcado delante. Seguramente había llegado a las cinco en punto. Rachel se preguntaba si le habría dicho a Jolene dónde iba, y lo dudaba. A Bruce le gustaba mantener la paz. A fin de cuentas, había permitido que su hija tomara las riendas de su vida y su matrimonio. A Rachel le asombraba haber aguantado tanto. Aquella situación era emocionalmente muy poco saludable para los tres.

Aparcó unos sitios más allá del coche de su marido, dudó un momento, tentada de marcharse, y finalmente salió. Cuando entró en la cafetería, vio enseguida a Bruce. Había elegido una mesa que miraba a la puerta. Sonrió y se levantó para saludarla. Era curioso que una simple sonrisa pudiera afectarle tanto. Rachel también sonrió, dejó que la besara en la mejilla y se deslizó en el asiento, delante de él.

—Hola —dijo Bruce, ansioso. Sus ojos parecían llenos de anhelo. Estiró los brazos sobre la mesa y la agarró de las manos como si necesitara tocarla—. Estás guapísima.

Se había esmerado especialmente con el pelo y el maquillaje, aunque procuraba no hacerse muchas ilusiones respecto a aquella cita.

—¿Estás mejor? —preguntó él—. ¿Va bien el embarazo?
—Perfectamente —le aseguró ella.
—¿Y en el trabajo? ¿Todo bien?

Rachel asintió con un gesto. Los cinco días anteriores, tras la escena en la peluquería, habían sido relativamente tranquilos. Jane parecía molesta con ella, y Rachel no se lo reprochaba, pero por suerte no había vuelto a hablarse del asunto. Una noche que no podía dormir, se había levantado a tomar un vaso de leche y se había encontrado a Nate en la cocina. Habían estado hablando casi una hora. Nate se había mostrado comprensivo, pero sin entrometerse en su vida. Mientras hablaban, ella había comprendido con mayor claridad que nunca por qué actuaba Bruce como actuaba. Odiaba la confrontación y era capaz de hacer cualquier cosa por evitarla. Salía adelante ignorando los conflictos y la tensión, deseoso de que se disiparan. No quería verse atrapado entre su esposa y su hija. Rachel por podía culparlo por intentar mantener la paz, pero su forma de abordar el problema no funcionaba.

—Tienes que cuidarte, por ti misma y por el bebé —estaba diciendo Bruce.

Alicia, la camarera, apareció con su uniforme rosa y su tieso delantal blanco. Sirvió automáticamente café a Bruce.

—Para mí descafeinado —dijo Rachel.
—Marchando. ¿Y qué tal un trozo de tarta para acompañar el café?
—Para mí no —dijo Bruce.

Alicia lo miró ceñuda.

—No te estaba preguntando a ti. Es a ella a la que no le vendría mal engordar un poco.

—No, gracias —contestó Rachel, disimulando una sonrisa.

Alicia dejó la jarra del café encima de la mesa y comenzó a enumerar la selección de tartas de ese día.

—Tenemos tarta de manzana, de arándanos, de crema de

coco y de melocotón. Mi preferida es la de manzana, pero elige tú.

—Yo... —Rachel miró a Bruce, que sonreía de oreja a oreja como si la táctica de Alicia le pareciera de perlas.

—De manzana, entonces —anunció la camarera y, recogiendo la cafetera, regresó a toda prisa a la cocina.

—Es casi tan mandona como Goldie —dijo Bruce con una risa.

Goldie llevaba siglos trabajando en el Pancake Palace, mientras que Alicia, que había empezado hacía unos veinte años, era relativamente una recién llegada.

A decir verdad, le apetecía tomarse una ración de tarta de manzana. Con tanto estrés (el embarazo, la separación, los altibajos emocionales), había perdido peso, y no podía permitírselo.

Alicia volvió a aparecer con el descafeinado y una gruesa cuña de tarta de manzana.

—Que disfrutes —dijo.

—Lo haré —Rachel agarró su tenedor, pero ni siquiera probó un bocado. Necesitaba oír lo que tenía que decirle Bruce, por qué quería que se vieran. Empuñando el tenedor, esperó a que Alicia se alejara lo suficiente para que no pudiera oírles—. Querías verme.

—Sí. Es hora de que vuelvas a casa —dijo Bruce tajantemente—. Eres mi mujer y te quiero. No puede ser que vivas en otro sitio —bajó la voz—. Estoy preocupado por ti y por el bebé.

Rachel sabía que era sincero, pero su situación no había mejorado lo más mínimo. A juzgar por el incidente en el centro comercial, Jolene seguía siendo tan irascible y tan cáustica como siempre. Su hijastra no la quería, ni la apreciaba, y su marido no era capaz de enfrentarse a la hostilidad de la niña. Rachel se negaba a regresar a un entorno tan perjudicial para ella y para su bebé.

—¿Ha cambiado algo? —preguntó. Dejó el tenedor a un lado con precisión y se quedó mirando a Bruce.

Él agarró su taza con las dos manos y bajó la mirada.

—Yo he cambiado —respiró hondo—. Te he fallado como marido al desentenderme de lo que era evidente. En vez de intentar echar una mano, me limité a confiar en que todo se arreglaría. Si vuelves, te prometo que no dejaré que Jolene vuelva a faltarte al respeto.

—Eso no es suficiente, Bruce. Lo siento, pero esto no va a resolverse sólo porque tú le digas a Jolene que tiene que respetarme.

Además, quizá Bruce pudiera controlar a su hija mientras estaba en casa, aunque Rachel lo dudaba, pero Jolene y ella pasaban mucho tiempo solas.

Él exhaló un suspiro lleno de impaciencia.

—Está bien, dime exactamente qué quieres.

—Quiero —contestó ella con énfasis— llegar a la raíz del problema, y eso significa ir a ver a un especialista. Hacer terapia de familia —concretó—. Con un profesional especializado en situaciones como ésta.

—De acuerdo —dijo Bruce con esfuerzo.

Su reticencia era evidente. Hacía tiempo que había accedido a ir a terapia, pero saltaba a la vista que era lo último que deseaba. Nunca le había agradado la idea de airear los problemas personales delante de un extraño. Jolene, por su parte, se había opuesto rotundamente desde el principio. Por eso, entre otras cosas, se había marchado Rachel.

—Eso ya me lo has dicho otras veces y no ha servido de nada. Yo fijaba una cita y tú siempre encontrabas un motivo para cancelarla, o te olvidabas, o...

—Sólo la cancelé una vez.

—Dijiste que te encargarías de llamar para pedir otra cita y no lo hiciste.

Bruce miró la mesa.

—Iré. Se acabaron las excusas. Haré todo lo que sea necesario para que vuelvas a casa.

Rachel estiró el brazo y le apretó la mano.

—Por algo se empieza.

—Pero estoy seguro de que Jolene no querrá ir —añadió Bruce—. Y no sé cómo convencerla.

—Aun así, un profesional puede enseñarnos cómo tratar con ella.

Él arrugó el ceño.

—¿Lo crees de verdad?

—Claro que sí. ¿Tú no?

Bruce le sostuvo la mirada un momento; luego sacudió la cabeza.

—Voy a ir porque es lo que quieres, pero no tengo muchas esperanzas de que alguien a quien no conocemos pueda ayudarnos a resolver esto.

—En otras palabras, que crees que ir a terapia es una pérdida de tiempo —dijo Rachel lentamente, haciéndole saber lo mucho que la desalentaba su comentario.

—Si Jolene se niega a ir, y ya me lo ha advertido, ¿qué vamos a sacar de la terapia, Rachel?

A veces, Rachel se preguntaba cuál de los dos era el padre, si Bruce o Jolene. Bruce ya había dicho más o menos todo lo que necesitaba oír. Sin probar un sorbo de café ni probar la tarta, se levantó del asiento. Ver a Bruce, eso sí que era una pérdida de tiempo. A pesar de lo que había dicho, nada había cambiado, ni cambiaría. Bruce sólo quería que sus vidas volvieran a la normalidad, o a lo que él consideraba tal. Pero Rachel no estaba dispuesta a seguir tolerando la actitud de Jolene.

—¿Qué haces? —preguntó su marido, poniéndose en pie. La agarró de la mano como si quisiera detenerla.

—Lo único que te importa es convencerme para que vuelva a casa, y para eso estás dispuesto a decir cualquier cosa. Pero barrer nuestros problemas debajo de la alfombra no va a resolver nada.

—He dicho que iría a terapia —insistió Bruce.

Rachel estaba segura de que iría a una o dos sesiones y que

luego buscaría una excusa para cancelarlas. Jolene se negaría a ir, y él sería incapaz de obligarla. Rachel no estaba dispuesta a aceptar medias tintas. Cuando regresara a casa, si regresaba, las circunstancias tendrían que ser completamente distintas.

—No te vayas, Rachel, por favor.

—Es absurdo que hablemos —contestó, y se desasió de un tirón.

—No entiendo qué quieres. Me he prestado a ir a terapia y eso no te parece suficiente. ¿Qué quieres, entonces? —preguntó, enfadado.

—Quiero que mi marido sea un hombre que sepa honrar el lugar que ocupo en su vida. Un hombre que no permita que sus hijos manden en su casa. Un hombre que respete su lugar y el mío. Y, francamente, en este momento no eres ese hombre. Y no sé si alguna vez lo serás.

Bruce se puso pálido.

—No te reprimas —masculló con sarcasmo—. A ver cuánto daño puedes hacerme. He venido confiando en que fueras razonable, confiando en convencerte de mi amor...

Ella puso los ojos en blanco.

—¿Sabes qué, Bruce? Creo que no es buena idea que volvamos a hablar.

—Está bien. Lo único que te pido es que me avises cuando nazca el bebé.

—Te avisaré, por supuesto, pero hasta entonces te agradecería que me dejaras en paz.

En los ojos de Bruce brilló un destello de ira.

—No lo dices en serio.

Tal vez cambiara de opinión, pero en ese momento hablaba de todo corazón.

—Sí, lo digo en serio.

Y, sin más, Rachel salió del restaurante. No durmió bien esa noche, ni la siguiente. El martes por la tarde estaba con una clienta cuando vio a Bruce frente a la peluquería. Se volvió, dándole la espalda.

Jane se acercó y le susurró:
—Bruce está aquí.
—Lo sé.
—Quiere hablar contigo.

Rachel sacudió la cabeza. Hablar con Bruce no serviría de nada. ¿Cuántas veces iban a repetir la misma discusión?

—Rachel, va a venir una y otra vez. Esto es muy violento para ti y para todo el mundo. Te dije que no quería que volviera.

—Lo sé. Lo siento.

—¿Quieres que llame a seguridad?

Rachel no quería llegar a ese punto.

—No. Voy a hablar con él —dejó a un lado el rizador, se disculpó con la clienta y salió.

Bruce la estaba esperando fuera. Tenía las manos metidas en los bolsillos y arrastraba los pies adelante y atrás como un colegial al que hubiera mandado llamar el director.

—Me sentía fatal por cómo acabó nuestra conversación la otra noche.

Rachel también se sentía mal, pero ignoraba qué podía hacerse al respecto.

—¿Quieres volver a casa, por favor?

—No —odiaba mostrarse tan inflexible, pero no tenía elección—. Ya te lo dije, y lo decía en serio. No quiero volver a hablar de esto. No quiero verte, Bruce. Verte sólo consigue angustiarme.

—No puedo mantenerme alejado de ti, Rachel. Lo he intentado, pero no puedo.

—Dicho de otra manera: estás decidido a acosarme.

Por suerte no le había dicho a nadie dónde vivía. Ni siquiera a Teri.

—Quiero que vuelvas.

Al parecer estaba dispuesto a minar sus defensas poco a poco, hasta conseguir lo que quería. Parecía decidido a esperar frente a la peluquería todos los días, hasta que Rachel volviera a casa. Para ella, eso suponía un problema doble. Por un lado, Jane no quería verlo por allí y, por otro, temía que, con el tiempo, Bruce se saliera con la suya y consiguiera convencerla.

—Déjame en paz, Bruce.

—No puedo —murmuró él—. Te quiero.

Rachel deseaba creer que podían sacar adelante su matrimonio. Por su bien y por el del bebé. Pero cada vez que se sentía flaquear, sólo tenía que imaginarse la cara de Jolene mofándose de ella con aquella sonrisa triunfal. Su hijastra había ganado, y para ella no había marcha atrás.

—No vuelvas a venir aquí, Bruce. Te lo advierto, si vuelves, Jane llamará a seguridad.

—Está bien, si eso es lo que hace falta para hablar contigo, de buena gana dejaré que me detengan.

Rachel regresó a la peluquería sin responder. No supo cuánto tiempo siguió Bruce allí; hizo todo lo posible por no mirar.

A la hora de salir, Jane pidió a un guardia de seguridad que la acompañara a su coche. Y aunque se sintió un poco ridícula, fue un alivio para ella no correr el riesgo de volver a ver a Bruce.

Cuando llegó a la casa que compartía con Nate Olsen, abrió una lata de sopa de tomate y cenó eso y un par de lonchas de queso. No tenía hambre, pero comía por el bebé.

Nate llegó a eso de las siete. Rachel estaba sentada en la tumbona, con los pies levantados. Había puesto la televisión y estaba leyendo una revista. Necesitaba distraerse como fuera.

Nate la miró y arrugó el ceño.

—¿Un mal día?

—Podría decirse así.

—¿Qué ha pasado?

Ella se pensó qué podía decirle.

—Espera —Nate levantó una mano. Se sentó al borde del sofá—. Bruce ha vuelto a presentarse en tu trabajo.

Rachel asintió con un gesto, pero no le contó la conversación.

—Jane está muy molesta.

—¿Ha hecho otra escena?

—No, pero amenazó con ir todos los días, hasta que cambie de idea.

—¡Qué mala pata! Va a causarte problemas, ¿verdad?

Rachel no le había contado aquella parte de la conversación a su jefa. Jane ya estaba molesta con ella por lo sucedido la semana anterior.

—Puede que yo tenga una solución —dijo Nate lentamente.

—¿Cuál?

—En el astillero hay un puesto temporal —contestó Nate—. Una de las administrativas acaba de tener un bebé y estará fuera unos cinco meses. Hay que tener conocimientos básicos de informática y formación administrativa. ¿Crees que podría interesarte?

Rachel se mordió el labio.

—¿Tengo alguna posibilidad de conseguir el puesto?

—Tantas como cualquiera.

—Entonces ¿por qué no? —trabajar en el astillero sería un alivio, desde luego. El momento no podía ser mejor. Y de todos modos, después de que naciera el bebé tendría que reconsiderar sus alternativas.

—Conozco a alguien en Recursos Humanos. Puedo llevarle tu currículum.

—Eso sería estupendo. Gracias.

Al día siguiente, después del trabajo, Bruce se presentó en la peluquería. Rachel no le hizo caso y, pasados unos minutos, se marchó.

—Rachel —le susurró Jane en tono de advertencia—. No quiero a Bruce rondando por aquí. ¿No puedes hacer nada?

—Ya lo he hecho —a la hora de la comida se había pasado por la oficina de empleo del astillero, había hecho una entrevista y un test. No sabía si lo había hecho bien, pero no le había parecido muy difícil.

Esa tarde, Nate llegó temprano y sonrió al abrir la puerta.

—He hablado con Becky, mi amiga de Recursos Humanos —dijo. Dejó su maletín, abrió la nevera y sacó un refresco frío—. Has conseguido la mejor nota posible.

—¿Sí? ¿Significa eso que a lo mejor me llaman para hacer otra entrevista? ¿Le has dicho que, si me contratan, le corto el pelo gratis?

Nate se rió.

—No, porque podría considerarse un soborno.

Rachel sonrió. Hacía semanas que no se sentía tan optimista. Meses, quizá.

—La oferta de empleo seguirá abierta un par de días más. Luego Becky se pondrá en contacto con el candidato que haya sido elegido. A fines de esta semana tendrás una respuesta.

—Gracias otra vez, Nate.

Él se encogió de hombros.

—Por una amiga, lo que sea.

Rachel tenía un presentimiento respecto a aquel puesto temporal. Era perfecto para ella. Y estaba claro que en el astillero pensaban lo mismo, porque un par de días después la llamaron para decirle que el trabajo era suyo.

CAPÍTULO 8

—¿Qué llevas en el bolsillo, Jack? —preguntó Olivia, tirando de su marido hacia el pasillo que llevaba a su habitación.

Él parecía compungido.

—Galletas —reconoció.

—Jack —gimió Olivia. Jack tenía que guardar una dieta estricta, y las galletas y la tarta que Charlotte se empeñaba en prepararle no formaban parte de su programa dietético bajo en grasas. Desde que su marido había sufrido un infarto y una operación a corazón abierto, Olivia vigilaba de cerca sus hábitos alimenticios. Y Jack había vuelto a las andadas últimamente, tentado por los dulces que preparaba Charlotte.

—Tu madre las ha hecho especialmente para mí —alegó su marido—. No podía hacerle un desprecio, ¿no crees?

—Jack... —Olivia suspiró y tendió la mano—. Por lo menos dame una.

Él soltó un bufido.

—A este paso pesaremos ciento treinta kilos cuando tu madre y Ben vuelvan a su casa.

Olivia ya había engordado medio kilo, y la galleta no iba a mejorar las cosas. Aun así, ella tampoco podía resistirse. Jack se metió la mano en el bolsillo, sacó las cuatro galletas que llevaba envueltas en una servilleta de papel y le puso dos sobre la mano a regañadientes.

Olivia acabó de comerse la última antes de entrar en la cocina. Su madre estaba atareada con los platos. Canturreaba un himno en voz baja mientras echaba jabón al agua caliente. Dejó el bote del lavavajillas junto al fregadero y empezó a cantar una canción acerca de Jesucristo y su don para lavar el pecado.

—Mamá —dijo Olivia, acercándose a ella. Agarró un paño de cocina y se lo echó al hombro mientras esperaba el primer cuenco limpio—. Podrías usar el lavaplatos, ¿sabes?

—Sólo se tarda un minuto en fregar todo esto a mano —respondió Charlotte—. No sabía que ya habías llegado.

Había llegado a casa hacía diez minutos y había charlado un momento con su madre antes de ver escabullirse a Jack con cara de mala conciencia.

—Hemos hablado cuando he llegado.

—¿Ah, sí? —Charlotte pareció desconcertada.

—Mamá, ¿recuerdas que ayer hiciste galletas?

—Claro que sí. Hice las preferidas de Jack. De azúcar y canela.

—Anoche también le hiciste una tarta.

—Pues sí. Las manzanas Granny Smith están deliciosas este año.

—El caso es, mamá —dijo Olivia con todo el tacto de que fue capaz—, que Jack y yo intentamos evitar los dulces.

—Dios mío, ¿por qué?

—Por estar sanos, por comer como es debido y tomar la cantidad necesaria de fruta y verdura. Está bien tomar postre una vez a la semana, pero todos los días es demasiado.

Su madre se volvió para mirarla.

—Pero a mí me gusta cocinar para vosotros y así tengo la impresión de estar haciendo algo para pagar mi sustento.

—Pero, mamá, no tienes que hacer nada.

—Lo sé, pero quiero hacerlo.

Como se sentía culpable, Olivia añadió:

—No es que Jack y yo no te lo agradezcamos, nada de eso. Pero a Jack le gustan tanto tus galletas que no puede evitar robar una o dos, aunque no debe.

Su madre sonrió, complacida.

—Siempre me gustó Jack Griffin. Me llevé una alegría cuando decidiste casarte con él.

—A mí también me gusta —contestó Olivia con una sonrisa—. ¿Por qué no hacemos un trato? Tú cocina todo lo que quieras y yo congelaré las galletas y todo lo demás.

—¡Qué idea tan maravillosa, Olivia! Así, todos contentos. No me extraña que seas tan buena juez.

—Gracias, mamá.

Olivia secó los platos, los guardó en los armarios y se fue al cuarto de la colada. Tenía un montón de ropa blanca que lavar. Para su sorpresa, la encontró ya lavada, doblada y colocada encima de la lavadora. Al parecer, se había encargado su madre. Pero por desgracia había metido algo rojo en la lavadora. ¿Su juego de toallas nuevo? Como resultado de ello, todo lo blanco era ahora de un extraño color... rosa.

Olivia gruñó para sus adentros, agarró el montón de ropa y lo llevó al dormitorio.

El teléfono sonó justo en ese momento. En el visor apareció el nombre de Grace.

—Residencia de los Griffin —dijo la voz de Charlotte cuando Olivia levantó el aparato.

—Buenas noches, Charlotte —dijo Grace.

—Ya contesto yo, mamá.

—Adelante, chicas, hablad. Yo voy a poner la mesa.

—Enseguida voy —le dijo Olivia. Oyó el chasquido del teléfono cuando colgó Charlotte.

—Bueno, ¿cómo os va con Ben y tu madre en casa? —preguntó Grace.

—Bien, supongo.

—No siempre es fácil tener a mamá en casa, ¿verdad? —dijo su amiga en tono comprensivo.

—Esta noche te cuento.

—Eh... por eso te llamaba.

—Vas a ir a clase de aeróbic, Grace, y no acepto excusas.

Habían dejado de asistir a sus clases semanales durante el tratamiento anticanceroso de Olivia, pero desde entonces las habían retomado. Era uno de los pocos ratos que tenían para ellas y Olivia no estaba dispuesta a que se lo arrebataran.

—Prometí a Beth Morehouse que me pasaría por su casa para ver unos perros que quiere llevar a Leyendo con Toby —como bibliotecaria jefe, Grace había puesto en marcha aquel programa hacia fines del curso escolar, y ahora había vuelto a empezar. Beth, la adiestradora de perros del pueblo, había influido mucho en su éxito—. ¿Has estado alguna vez en su casa?

—No. No estarás intentando cambiar de tema, ¿verdad, Grace?

—No, en serio. El negocio va viento en popa. Ocho hectáreas de árboles de Navidad y un montón de gente trabajando. Además, la casa es preciosa: de dos plantas, y bonita a más no poder.

—Grace, tú sabes que el miércoles nos toca ejercicio.

—Sí —Olivia notó su tono reticente—. Pero es que he perdido la costumbre.

—Razón de más para que sigamos.

—Es verdad —reconoció su amiga—. Allí estaré.

—Estupendo.

—Gracias por el rapapolvo. Lo necesitaba. Y, para serte sincera, no me apetecía mucho ir donde Beth —suspiró—. Puedo hacerlo cualquier otro día de la semana.

—Echas de menos a Buttercup, ¿eh?

Se hizo un silencio y Olivia comprendió que su amiga intentaba contener las lágrimas por la muerte de su querida perra.

—Sí, la echo de menos. Era mucho más que una mascota. Me ayudó a superar los momentos más amargos de mi vida.

Olivia sintió que se le saltaban las lágrimas. Ella también quería mucho a Buttercup. Años tras, una de las amigas de su madre iba a trasladarse a una residencia y, como no podía llevarse a la golden retriever, a Charlotte se le ocurrió que quizá Grace quisiera hacerse cargo de ella. Dan Sherman, el primer marido de Grace, había desaparecido meses antes y Grace estaba sola por primera vez en su vida. Habían sido, en efecto, momentos muy amargos. Pasó más de un año antes de que descubrieran la suerte que había corrido Dan.

—Nos vemos a las siete —dijo Olivia cuando recuperó el habla.

—Allí estaré.

Esa noche, la cena consistió en cuatro platos que Charlotte había pasado casi toda la tarde preparando. Ben había puesto la mesa, y Olivia notó que había colocado mal los cubiertos, lo cual era muy raro teniendo en cuenta lo cuidadoso que solía ser su padrastro. Tomaron crema de calabacín, hecha con calabacines procedentes del pequeño huerto de Charlotte; después, ensalada mixta con aliño de semillas de amapola hecho en casa; el plato principal era pastel de carne con puré de patatas, judías verdes frescas, espárragos en escabeche y guarnición de maíz dulce. Y, de postre, tarta de calabacín y chocolate.

Olivia habría preferido una cena ligera porque después iba a hacer ejercicio, pero su madre no quiso ni oír hablar del asunto.

—Estás demasiado delgada —murmuró Charlotte mientras le servía otra cucharada de puré de patatas.

Olivia compuso una sonrisa, tomó otro bocado y luego se disculpó.

Diez minutos después, Jack se reunió con ella en el dormitorio. Diez minutos durante los cuales repitió de todo lo que había sobre la mesa.

Olivia estaba sentada al borde de la cama.

—¿Te pasa algo, cariño? —preguntó Jack, siempre atento a su estado de ánimo.

—Mi madre está intentando ayudar, y se lo agradezco, pero la verdad es que preferiría hacer yo la colada y que dejara de cocinar como si todos los días fuera Acción de Gracias.

Jack sonrió de oreja a oreja.

—Yo no me quejo.

—Borra esa sonrisa de tu cara, Jack Griffin.

Él extendió las manos.

—Cariño...

—No me vengas con ésas. Mira esto —se levantó, se acercó a la cómoda, abrió el cajón de su ropa interior y sacó unas bragas teñidas de rosa—. ¿Ves esto?

—Oye, ¿desde cuándo llevas ropa interior rosa?

—Desde hoy, por lo visto. Mi madre las ha lavado con las toallas nuevas, que, por cierto, también se han vuelto rosas. Ah, y no son sólo mis bragas las que han quedado de este color tan encantador. Más vale que nadie te vea con tus calzoncillos rosas.

—Ah...

—Ya no te hace tanta gracia, ¿eh?

Jack arrugó el ceño y no contestó.

—Y eso no es todo —se lamentó Olivia—. Mi madre ha limpiado mi cuarto de costura. Le pedí que no tocara nada, pero o se le olvidó o no me hizo caso. Había cortado todos los retales para mi próxima colcha y mi madre decidió guardarlo todo. Ahora no sé dónde lo ha metido y, evidentemente, a ella también se le ha olvidado.

A su madre se le olvidaban muchas cosas últimamente, y no era la primera vez que Olivia reparaba en ello. Tenía que llevar a Charlotte al geriatra.

—También ha ordenado mi mesa.

Olivia lo miró con sorpresa. Ni siquiera ella tocaba la mesa de Jack.

—Sólo intenta ayudar —explicó innecesariamente.

—Lo sé —se sentó junto a ella y le rodeó los hombros con el brazo.

—Creo que habría que hacerle las pruebas del Alzheimer. O puede que tenga alguna otra forma de demencia senil. Le pasa algo y tenemos que averiguar qué es y qué podemos hacer.

—¿Estás segura, Olivia? Parece un poco drástico. Tiene algunos problemas de memoria, pero eso le pasa a mucha gente mayor.

—¡Su casa podría haberse quemado hasta los cimientos!

—Por suerte no fue así —murmuró Jack.

—Pero ¿y la próxima vez? Y habrá una próxima vez, Jack. Mi madre está perdiendo la memoria y no va a mejorar.

—Bueno, Olivia, estoy de acuerdo en que hay un problema, pero...

—Jack, tú eres periodista y has investigado estas cuestiones.

—Tienes razón —de hecho, hacía apenas tres meses el *Chronicle* había publicado un reportaje sobre las tasas crecientes de demencia senil y los recursos para familias con que contaba la región—. Supongo que no me gusta verlo tan cerca de casa.

—En casa, querrás decir —contestó Olivia con sorna.

—Sí, pero es posible que Ben y tu madre no puedan volver a su casa. ¿Qué van a hacer, seguir viviendo con nosotros?

—No —no cabía duda de que, si así era, acabaría por volverse loca.

—¿Dónde irán, entonces? ¿A una residencia para mayores?

Olivia no lo había pensado mucho.

—Creo que sí.

—Hay algunas muy buenas —dijo Jack—. ¿Recuerdas que visitamos algunas para aquel reportaje del periódico?

Olivia asintió.

—Es lo más sensato, ¿no?
—Pues sí.
Ahora que había reconocido el problema, muchas cosas comenzaban a cobrar sentido. El hecho de que Charlotte se hubiera dejado en el coche su labor de punto en la boda de Faith y Troy, por ejemplo. Su madre nunca iba a ninguna parte sin su labor. Aquel día había sido muy traumático, claro, porque Ben se había enfrentado a su hijo David. Si hubiera sido un solo incidente, Olivia podría haberlo pasado por alto. Pero había habido muchos otros. Cosas pequeñas, como olvidar dónde había puesto los retales de Olivia. El problema con la colada. Y lo del incendio...

Olivia se levantó, se acercó a su mesilla de noche y levantó el teléfono.
—¿A quién llamas?
—A mi hermano. Necesito saber qué opina de esto.
Jack la miró a los ojos.
—Es hora de convocar una conferencia familiar —dijo.

CAPÍTULO 9

—¡Qué cuadro tan bonito! —comentó una señora mayor, elegantemente vestida, mientras se paseaba por la galería de arte.

Mientras Will estaba fuera, haciendo gestiones, Miranda Sullivan había descolgado el cuadro de Chandler de la pared donde él lo había colocado y lo había colgado en la de enfrente, donde en su humilde opinión la acuarela lucía en todo su esplendor. Era todo cuestión de luz, solía decir Hugh Sullivan, su difunto marido, ¿y quién iba a saberlo mejor que él, que era pintor? Miranda notó lo rápidamente que se sentía atraída por el cuadro aquella clienta.

—Tiene usted buen gusto. Es una de nuestras piezas más bonitas —dijo Miranda, acercándose a ella—. Bienvenida a la galería. ¿Está visitando Cedar Cove? Soy Miranda Sullivan.

—Yo Verónica Vanderhuff. Mi marido y yo nos mudamos hace poco a esta zona y estamos buscando piezas de artistas locales. Nos han recomendado su galería.

—Ha venido al lugar adecuado. Todos los cuadros que están en exposición son de artistas locales. La obra que está admirando se titula *Muchacha en primavera* y es de Beverly Chandler.

—Es una preciosidad.

—A mi modo de ver es el mejor cuadro que tenemos ahora mismo.

Verónica se encogió de hombros.

—Casi me da miedo preguntar el precio.

—Nuestros precios son muy razonables —le aseguró Miranda. Le encantaría vender el cuadro antes de que regresara Will. Así podría jactarse de que lo había vendido gracias a que lo había cambiado de sitio.

Verónica consultó la lista de precios que le dio Miranda y pareció gratamente sorprendida.

—Es muy razonable, sí. Me lo llevo.

A Miranda le dieron ganas de ponerse a brincar y a dar palmas. Iba a ser un placer restregárselo por la cara a Will. No era un impulso muy loable, quizá, pero allí estaba. Nunca había conocido a un hombre tan exasperante y tan fascinante al mismo tiempo. Se sentía extremadamente atraída por él, y ni siquiera le caía bien. Por si eso fuera poco, no conseguía quitárselo de la cabeza. Sabía que era improbable que Will se fijara en ella y sin embargo no podía refrenarse. Lo cual era frustrante, como mínimo.

Concluyó la transacción con tarjeta de crédito e hizo los preparativos necesarios para enviar el cuadro a domicilio. Veinte minutos después, regresó Will. Entró en la galería y ni siquiera se molestó en saludarla, lo cual a Miranda le pareció el colmo de la grosería. Él se fue derecho a su despacho y se dejó caer en su silla de piel de respaldo alto. Miranda lo siguió, se apoyó en el quicio de la puerta y cruzó los brazos.

—¿Qué te pasa? —preguntó sin rodeos.

Will levantó la mirada, ceñudo.

—Necesito estar solo unos minutos —refunfuñó. Se dejó caer hacia delante, como si estuviera deprimido.

Miranda se compadeció de él al instante.

—¿Tu madre está bien? —sabía que había estado hablando con su hermana acerca de su madre y su padrastro.

Tratar con la aseguradora le había exigido gran cantidad de tiempo y energía. Por lo que Miranda había podido deducir, las obras en la cocina iban bien, aunque progresaban mucho más lentamente de lo que esperaban. Will, sin embargo, le contaba muy poco de su vida privada, y todo lo que sabía se basaba en datos que había obtenido de otras personas.

—Mi madre está bien. No estupendamente, pero está bien.

Miranda sabía que debía dejarlo solo, pero sentía un impulso casi arrollador de reconfortarlo.

—Will —dijo con voz suave, adentrándose unos pasos en su despacho—, ¿puedo hacer algo?

Él mantuvo los ojos bajos y sacudió la cabeza.

—No puedo culpar a nadie, salvo a mí mismo.

—Dime qué ha pasado —insistió ella, preguntándose por qué estaba tan disgustado.

Se esforzaba por ocultar lo que sentía por él. Sus sentimientos basculaban entre el fastidio y la atracción, sí, pero había ocasiones, como aquélla, en que se daba cuenta de lo mucho que le importaba Will. Era vanidoso, soberbio y pedante, y tenía otros cien defectos más. Pero, por otro lado, era inteligente e ingenioso, tenía talento para los negocios, cuidaba mucho a su familia y era amable con los animales. Por no mencionar lo guapo que era, de aquella manera un tanto rígida, pero sexy, aun así.

—Me he encontrado con Tanni Bliss —masculló—. Shirley ha estado en California este fin de semana.

—Eso he oído.

Will levantó la cabeza.

—¿Lo sabías?

Lo preguntó como si Miranda hubiera cometido un acto de traición por no decírselo.

—Pues sí. Shirley y yo somos buenas amigas.

—Podrías habérmelo dicho —la miró con irritación.

Miranda apoyó una mano en la cadera.

—¿Y eso por qué?

—Tú sabes lo que siento por Shirley.

Ella miró hacia el techo y puso los ojos en blanco.

—Será una broma. Shirley no tiene ningún interés en ti. Eres un chico listo. Ya deberías haberte dado cuenta.

—Fui yo quien le presentó a Larry Knight —se clavó el dedo índice en el pecho—. Yo la conocí primero y...

—Shirley no es un trofeo —replicó Miranda rápidamente—. ¿Tan vanidoso eres que no puedes aceptar que no todas las mujeres caigan rendidas a tus pies?

Will la miró con enfado y dijo:

—Entonces imagino que te alegrará saber que Larry le ha pedido que se case con él.

A decir verdad, Miranda se alegraba de ello.

—Sí, me lo ha dicho Shirley. ¿Quién te lo ha dicho a ti? ¿Larry?

—No, Tanni. Como iba diciendo —prosiguió puntillosamente—, me he encontrado con ella en el banco y me ha dicho que su madre y ella se lo habían pasado —hizo un gesto en el aire, como si dibujara unas comillas— en grande con Larry y sus hijos. Cuando llegaron, Larry les preguntó a Tanni y a su hermano si tenían inconveniente en que fuera su padrastro. Y ahora... están prometidos.

Miranda sonrió, encantada, aunque se preguntaba si Shirley se iría a vivir a California. Le apenaba un poco la idea de no tener cerca a su mejor amiga.

—Me siento como si me hubieran dado una patada en el estómago —dijo Will.

—¡Por el amor de Dios, olvídalo de una vez!

Will pareció escandalizado por que alguien se atreviera a hablarle con tanto desdén.

—¿Cómo dices?

—Ya me has oído. Deja de lamentarte. Si crees que Shirley ha estado interesada en ti alguna vez, es que sufres alucinaciones.

Will se levantó y puso las dos manos sobre el borde de la mesa. Inclinándose hacia delante dijo:

—¿Y tú cómo lo sabes?

—Porque me lo ha dicho ella.

—No te creo.

—Piensa lo que quieras. Tú no estás hecho para Shirley. Ella se dio cuenta desde el principio. Por desgracia, tú no.

—Entonces ¿por qué salió conmigo?

Era de cajón.

—Por gratitud. Ayudaste a Shaw a entrar en la escuela de arte y sentía que tenía una deuda contigo. Por eso aceptó salir contigo un par de veces. Esas citas no significaron nada. Al menos, para ella.

—¿Siempre eres tan...? —se atascó, buscando la palabra adecuada.

—¿Precisa? —dijo Miranda.

Will entornó los ojos y sus orejas se pusieron rojas.

—Iba a decir listilla, más bien.

—Bueno, soy bastante lista, sí. Era la primera de la clase —se jactó ella—. Por cierto, ¿te has fijado al entrar en que he vendido el Chandler?

Will se animó visiblemente.

—¡Eso es estupendo! Ni siquiera he mirado.

—Pues sí. A una clienta nueva que se trasladó hace poco a esta zona. Verónica Vanderhuff. Quiere decorar su casa con obras de artistas locales y esa acuarela va a ser la primera pieza de su colección.

Will puso cara de satisfacción.

—Ya te dije que ése era el sitio perfecto para exhibirlo. El Chandler fue lo primero que vio cuando entró por la puerta.

—Pues no —Miranda estaba deseando aclarar aquel punto—. Mientras estabas fuera, cambié el cuadro a la pared de enfrente. La señora Vanderhuff lo compró casi sin mirar el precio —estaba segura de que tenía una expresión tan petulante como la de Will, pero no le importaba—. Estaba perfecto, iluminado por la luz de la mañana.

—¿Cambiaste de sitio el cuadro?

Will salió hecho una furia del despacho y estuvo a punto de tirarla al suelo al pasar a su lado. Miranda lo siguió. El sitio donde había colgado el cuadro estaba vacío, puesto que había llevado la pieza al almacén para envolverla.

—¿Quién ha dicho que pudieras cambiarlo de sitio? —preguntó él con aspereza.

—Sabía que tenía razón —contestó ella.

El cuadro se había vendido a la media hora, de lo cual cabía deducir que su criterio era mejor que el de Will. Si él no era demasiado arrogante para reconocer la verdad...

—Has desobedecido mis órdenes —bramó Will.

—¿Tus órdenes? —gritó ella—. ¿Me he integrado en una unidad militar sin darme cuenta? Permíteme recordarte una cosa, por si la has olvidado: el cuadro se ha vendido.

—También se habría vendido si lo hubieras dejado donde estaba.

—Admito que con el tiempo se habría vendido de todas formas, pero no hacía falta esperar tanto, porque en cuanto estuvo expuesto como es debido enseguida encontró comprador.

—Esto es el colmo —afirmó Will. Se acercó al mostrador y dio una palmada sobre él—. No voy a permitir que una empleada dirija mi negocio.

—¿Te he mencionado que he vendido el cuadro sin rebajar el precio y que la señora Vanderhuff está interesada en otras piezas?

De acuerdo, Miranda estaba dispuesta a reconocer que se había extralimitado, pero quería demostrar que tenía razón, y lo había hecho a la perfección. Lo normal era que Will tuviera en cuenta que había vendido el cuadro, y a muy buen precio.

—No me dejas elección —dijo él—. Estás despedida.

—¿Vas a despedirme por haber vendido la pieza más cara que hay en la galería? —repitió ella sin inflexión.

—Sí. Recoge tus cosas y vete —señaló la puerta como si ella necesitara indicaciones para encontrarla.

—Muy bien, pero antes de irme quiero que sepas que me arrepiento de una cosa.

—¿Sólo de una?

—Sólo de una —repitió ella—. Lamento profundamente no haberme marchado hace semanas. Eres el peor jefe que he tenido nunca.

—Entonces estamos de acuerdo. Yo quiero que te vayas y tú estás deseando irte.

—Yo no lo habría dicho mejor —Miranda entró en la trastienda y recogió rápidamente sus cosas. Regresó a la sala de la galería con la espalda recta y el orgullo intacto—. Te agradeceré que me envíes por correo el cheque de liquidación.

—Me encargaré de ello esta misma tarde.

—Gracias —dijo, y sin más se marchó.

En fin, adiós a su trabajo. Aunque fingiera lo contrario, lamentaba perderlo. Había disfrutado haciéndolo; sabía que se le daba bien. Aunque Will Jefferson fuera tan arrogante y vanidoso como ella afirmaba, también lo consideraba un amigo. Un amigo gruñón, pero aun así un amigo. Y esa amistad posiblemente había tocado a su fin.

El fin de semana se le hizo eterno. Al recordar el incidente, Miranda lamentaba no haberlo afrontado de otro modo.

Will ya estaba disgustado por haberse enterado de que Shirley iba a casarse con Larry Knight. Y ella había echado sal en la herida jactándose de la venta del cuadro.

Con todo, lo mejor era que se marchara. Reñían constantemente y ninguno de los dos estaba dispuesto a ceder.

Will era tan terco como ella. Y luego estaba aquella... aquella absurda atracción que sentía por él. Sí, lo mejor sería buscarse otro empleo. Sólo que... le gustaba muchísimo trabajar en la galería.

Conocía a muchos artistas locales, y ellos estaban acostumbrados a tratar con ella. Para Will era una suerte tenerla en la galería, pero al parecer ya no lo veía así.

Normalmente, Miranda habría confiado en Shirley para desahogarse. Pero esa vez no lo hizo. No podía explicar, sin embargo, por qué dudaba en contarle a su mejor amiga que la habían despedido.

Pasó el fin de semana hibernando, sin salir de su apartamento ni siquiera para hacer la compra. Aprovechó para limpiar el horno, restregar las paredes del cuarto de baño y ordenar los cajones de la cocina. Esas tareas domésticas se amoldaban perfectamente a su estado de ánimo. Necesitaba una distracción, algo que la hiciera olvidarse de Will y de su pelea. Y aquellas labores la hacían sentirse más organizada, más al mando de la situación.

El lunes, al ver que el cheque no llegaba en el correo, pensó que quizá Will se había olvidado. Marcó con rabia el número de teléfono de la galería y esperó a que contestara. No podía evitar preguntarse si ya habría contratado a alguien para que la sustituyera.

—Galería de arte Harbor Street —contestó Will de mala gana al tercer pitido.

—Soy Miranda. Estoy esperando mi cheque. No ha llegado aún.

—Ah, sí. Lo siento. No he tenido tiempo de extenderlo. Lo haré esta tarde.

—¿Quieres que me pase por allí a recogerlo? —preguntó.

—Claro —hizo una pausa—. ¿Te importa?

—En absoluto.

—¿A qué hora te espero?

Miranda consultó su reloj.

—¿Dentro de una hora?

—Perfecto.

Colgó el teléfono y se sintió mejor que en todo el fin de semana. Recogió su bolso y una chaqueta y salió.

El principio de la semana era por lo general muy tranquilo en la galería. Había sustituido a Will varios lunes ese mes para que él ayudara a su madre y a su padrastro con los asuntos del seguro y las obras de la cocina.

Will estaba sentado detrás del mostrador, hojeando un catálogo. Al verla entrar, se levantó. No sonrió al principio, ni ella tampoco. El viejo suelo de madera crujió cuando Miranda cruzó la sala, lo cual la hizo sentirse aún más avergonzada.

—Gracias por pasarte —dijo Will.

—Tenía tiempo libre, así que no hay problema —él sonrió al oír aquel pequeño chiste—. ¿Tienes mi cheque?

—Sí —dijo, y buscó el sobre debajo del mostrador. Se lo dio, pero no lo soltó—. El caso es...

—¿Sí? —preguntó ella ansiosamente.

—Creo que me precipité un poco al despedirte de ese modo.

—¿De veras?

Will titubeó unos segundos.

—No hay tantos turistas como otros años por estas fechas, pero...

—Pero —prosiguió ella— la galería tiene potencial para atraer a una clientela más amplia —Miranda tenía un montón de ideas que quería compartir con él: organizar una gala de la cámara de comercio, preparar una exposición navideña, patrocinar un maratón de pintura... Podían invitar a artistas locales, servir vino y queso, sopesar colaboraciones con otros negocios...

—Yo también creo que hay mucho potencial —comentó Will—. El problema es que no puedo hacerlo todo yo solo.

—Necesitas un ayudante.

—Sí —convino él—. Y fue una estupidez despedir a la mejor ayudante que voy a encontrar, probablemente.

Miranda creyó no haberle oído bien.

—¿Estás diciendo que quieres que vuelva?

—Eres gruñona, desobediente y un montón de cosas más, pero dos días sin ti y ya estaba a punto de tirarme de los pelos. El orgullo está muy bien, pero no tiene mucho recorrido. Y yo he alcanzado mi límite. Quiero que vuelvas. ¿Estarías dispuesta a hacer borrón y cuenta nueva y empezar otra vez?

—Creo que sí —respondió mientras intentaba disimular su alegría. El nudo que tenía en el estómago se deshizo de pronto y sus hombros se relajaron—. Podemos hablar.

—Me parece buena idea —Will sonrió.

Y Miranda le devolvió la sonrisa.

CAPÍTULO 10

Sentada delante de la encimera de la cocina de sus padres, Gloria Ashton miraba a su madre trastear enérgicamente de acá para allá, sacando platos y cucharas de madera. No sabía muy bien qué estaba haciendo Corrie, pero parecía exigir gran concentración. El libro de cocina estaba abierto de par en par y sobre la encimera se alineaba una docena de ingredientes.

Roy estaba en el cuarto de estar, leyendo el periódico local, que también parecía exigir toda su atención.

—¿Quieres más leche? —preguntó Corrie, señalando el vaso medio vacío de su hija.

—No, gracias.

Gloria había notado la tensión existente entre Roy y Corrie hacía un par de semanas y procuraba ignorarla. Imaginaba que resolverían el problema, fuera cual fuese, sin necesidad de que intervinieran otros. Pero de momento no parecía que fuera así.

—¿Va todo bien entre Roy y tú? —preguntó por fin. Había decidido que hablar de ello francamente era mejor que fingir que no se daba cuenta.

Roy hizo ruido con el periódico y Corrie dejó caer un huevo sobre la encimera y la cáscara se rompió. Su madre arrancó un trozo de papel de cocina y lo usó para echar el huevo crudo y la cáscara directamente al fregadero. Abrió el grifo, puso en marcha el triturador de basura, se lavó las manos y se las secó con el delantal.

—¿Qué decías, cariño? —preguntó como si no hubiera oído la pregunta.

—Te he preguntado si pasa algo entre Roy y tú —repitió Gloria.

Corrie estaba al otro lado de la encimera, la que miraba hacia el cuarto de estar, donde Roy seguía sentado, con la cara tapada por el periódico.

—Eso tendrás que preguntárselo a tu padre —respondió con voz crispada.

Roy bajó el periódico, miró hacia la cocina y luego siguió leyendo. Llevaba una hora así. Gloria calculó que habría leído ya el periódico dos veces de cabo a rabo. La edición de los martes solía ser la más delgada de la semana.

—Roy no parece tener ganas de hablar —dijo. Hacía poco tiempo que se conocían, y tenía una idea incompleta de su relación. No estaba segura de cómo afrontaban sus desacuerdos. Sus padres adoptivos eran muy expresivos, discutían a menudo, y a voces. Roy, en cambio, parecía muy comedido, quizá por ser policía. Corrie, por su parte, era más voluble. Aquélla era la primera discusión seria con la que se había encontrado Gloria. Y su duración no dejaba de sorprenderla.

—Vi a Mack hace un par de días —comentó por decir algo. Confiaba en tranquilizar a su madre. Si Corrie se relajaba, quizá bajara la guardia y ella pudiera llegar al fondo de todo aquello.

—¿Sí?

—Sí. Me llevó un libro sobre nombres y un par de libros más sobre embarazo. Uno de ellos no lo conocía. Por lo visto acaba de salir.

—¿Mack te llevó libros? —preguntó Corrie, y contestó a su propia pregunta—. Ah, serán de Mary Jo.

Gloria no lo creía.

—Parecían nuevos.

—¿Los has leído?

—Los de embarazo, sí. ¿Sabías que el corazón del bebé ya late? Es increíble, ¿verdad?

—Sí, es increíble.

—¿Sabéis algo de Linnette? —Gloria sabía que su hermana había salido de cuentas hacía un par de días.

—Puede dar a luz en cualquier momento. Tengo la maleta hecha. En cuanto nos avise Pete, me voy al aeropuerto.

Eso explicaba por qué estaba cocinando como una loca. Iba a reunirse con su hija para ayudarla con el bebé. Seguramente pensaba congelar casi toda la comida que estaba preparando.

—¿También...? —Gloria no sabía si tenía valor para formular la pregunta.

—¿Qué?

—¿También me ayudarás a mí?

—¡Claro que sí, Gloria! —exclamó Corrie.

—Todavía... todavía no he tomado una decisión definitiva —se apresuró a añadir su hija—. Puede que todavía lo dé en adopción. Yo fui adoptada y me crié en una familia que me quería, y me gustaría que mi bebé tenga el mismo cariño que recibí yo de mis padres adoptivos.

—Claro que sí.

Roy bajó el periódico y lo dejó descansar sobre sus rodillas.

—Las leyes han cambiado desde que tú fuiste adoptada, Gloria. Hoy en día el padre también tiene derechos legales.

A Gloria la avergonzaba pensar en Chad. Habría preferido mantenerlo al margen de todo aquello, aunque no fuera práctico, ni ético. Tarde o temprano tendría que ponerse en contacto con él...

Su padre siguió mirándola como si esperara una respuesta.

—No tengo que poner el nombre del padre en el certificado de nacimiento —dijo por fin.

—¿No? —Roy arqueó las cejas inquisitivamente.

—Puedo decir que no sé quién es el padre.

—Sí, pero ¿sería eso justo para el padre y para tu hijo? ¿Y si el niño o la niña tiene algún problema de salud en algún momento de su vida y necesita esa información? No sólo habrías engañado al padre, sino también a tu hijo. Tienes que pensártelo muy bien.

—Sí, es verdad —murmuró Gloria. Y lo había pensado mucho. De hecho, casi no pensaba en otra cosa.

Roy miró a Corrie a los ojos. Ella se giró bruscamente y abrió la puerta de la nevera de un tirón.

—Tenías que sacar el tema, ¿no? No te basta con haber actuado a mis espaldas, también tenías que... —se interrumpió de repente.

Roy se levantó con una velocidad que sorprendió a Gloria.

—Permíteme recordarte que no actué a tus espaldas. Tú, en cambio —comenzó a decir; después titubeó y concluyó diciendo—: sí.

Gloria los miraba boquiabierta.

—¿Se puede saber de qué estáis hablando?

—De nada —Roy volvió a su sillón, recogió el periódico y lo abrió bruscamente por la página que supuestamente estaba leyendo.

—De nada —añadió Corrie mientras volvía a sus cazuelas.

Gloria notó que a su madre le temblaban las manos y que tuvo que pararse y respirar hondo.

—Creo que debería irme —dijo. Estaba claro que sus padres no querían discutir el asunto delante de ella.

—No, por favor —dijo Corrie, y Gloria vio con sorpresa que tenía los ojos llenos de lágrimas.

Se bajó del taburete y rodeó la encimera para abrazarla. Corrie le pareció pequeña y frágil entre los brazos.

—Tu padre nunca me ha perdonado que no le hablara de ti hasta que estábamos a punto de casarnos. Por desgracia, sigue siendo un... un problema entre nosotros, aunque hayan pasado tantos años.

—Y me niego a permitir que la historia vuelva a repetirse —afirmó Roy. Arrojó a un lado el periódico y regresó a la cocina—. ¿Le has dicho a Chad lo del bebé?

Gloria dio un respingo.

—No, y no pienso decírselo. De momento, al menos —creía que debía estar segura de sus propias intenciones cuando por fin se lo dijera. La adopción seguía siendo una alternativa viable.

—Incluso después de todo lo que he dicho.

Gloria no respondió. No sentía que tuviera que tomar una decisión en ese preciso instante.

—Creo que deberías decirle a nuestra hija lo que has hecho —dijo Corrie, enfadada.

—Está bien, se lo diré.

—¿Decirme qué? —preguntó Gloria, mirando a uno y a otro.

—Cariño —dijo su madre, y la agarró de las manos—, Chad ya sabe lo del bebé.

Aquellas palabras la golpearon como un mazazo. Retiró las manos de las de su madre.

—¿Quién se lo ha dicho? —preguntó, aunque ya sabía la respuesta.

—Yo —Roy se acercó y la miró cara a cara—. Puedes odiarme si quieres, pero no iba a permitir que a ese chico le pasara lo mismo que a mí, sobre todo teniendo en cuenta que es el padre de mi nieto.

Gloria sintió de pronto la necesidad de sentarse.

—Es más...

—¿Qué más hay? —se preguntaba qué otra traición estaban a punto de revelarle.

—Esos libros que estás leyendo no son de Mack, ni de Mary Jo.

—¿Son de Chad?
—Sí —reconoció Roy.
—¿Te los dio él?
—Me pidió que te los diera, pero Mack se ofreció a hacerlo y Chad decidió que sería lo mejor.
Ella respiró hondo.
—En otras palabras, que no quería dármelos en persona.
—¿Y se lo reprochas? —preguntó Roy con aspereza—. Llevas meses ocultándoselo. ¿Qué esperabas?
—¿Sabe que el médico quiere hacerme una ecografía?
—Sí, Mack se lo dijo.
Así pues, Chad sabía que estaba embarazada. Ella había querido decírselo, sentía que tenía derecho a saberlo... pero luego había descubierto que estaba saliendo con otra. La situación era ya bastante compleja sin tener que involucrar a otra persona. Al final, había decidido que era mejor esperar hasta tener claro qué iba a hacer. Cuando hubiera tomado una decisión respecto al bebé, se pondría en contacto con él. Decírselo ahora le parecía prematuro.
Su padre, en cambio, no estaba de acuerdo, y había actuado a sus espaldas.
—Gloria —susurró Corrie—, lo siento muchísimo. Hice todo lo que pude para disuadir a tu padre.
Gloria miró a Roy, que la observaba con actitud beligerante.
—¿Qué... qué dijo Chad? Cuando se lo contaste, quiero decir —apenas le salían las palabras.
—Al principio se sorprendió.
—¿Y luego?
—Se enfadó —contestó su padre sin rodeos—. ¿Cómo no iba a enfadarse? Tiene derecho a saber que va a ser padre.
—¿Sigue... siendo saliendo con... con esa chica? —si alguna vez había sabido el nombre de la novia de Chad, lo había olvidado. Procuraba no pensar en Chad, y mucho menos en Chad con aquella rubia encantadora.

—Eso tendrás que preguntárselo a él —repuso Roy escuetamente.

Sonó el teléfono y por un instante nadie pareció oírlo. Corrie fue la primera que se movió. Alargó el brazo hacia el aparato mientras Gloria y Roy se miraban, indecisos.

—¡Un niño! ¡Es un niño! —exclamó Corrie.

Roy apartó la mirada de Gloria y se acercó a su mujer. Puso las manos sobre sus hombros mientras ella hablaba emocionado por teléfono.

—Sí, sí. Te llamaré en cuanto sepa el número del vuelo y la hora —se le habían saltado las lágrimas—. Sí, sí, dale un abrazo a Linnette y dile que su padre y yo estamos contentísimos —colgó y abrazó a Roy—. ¡Tenemos un nieto! —dijo con voz trémula—. Linnette ha tenido un niño. Le han puesto Gregory Paul.

—Gregory Paul —repitió Roy, asintiendo, complacido—. Un nombre bonito y firme.

—¿Cómo está Linnette? —preguntó Gloria.

—Estupendamente. Pete dice que ha sido muy valiente. Gregory ha pesando más de tres kilos y medio y mide casi cincuenta centímetros.

—Es grande —dijo Roy con una sonrisa llena de orgullo—. Corrie, ya tenemos un nieto —sus ojos brillaban de felicidad, y se abrazaron con fuerza.

—Así que soy tía por segunda vez —musitó Gloria.

—¡Ay, Dios! Tengo que conectarme a Internet para reservar el billete de avión —Corrie salió corriendo de la cocina.

—Voy a llamar a Mack y a Mary Jo para decírselo —dijo Roy, y salió en otra dirección.

—Yo puedo echaros una mano —se ofreció Gloria. Miró a su alrededor y se puso a acabar el estofado que estaba haciendo su madre. Estaba a punto de meterlo en el congelador cuando regresó Roy.

—Corrie está echándole un último vistazo a su maleta.

—¿Ya tiene vuelo, entonces?

Su padre asintió con un gesto.

—Antes de que nos vayamos, quería asegurarme de que no hay rencores entre nosotros.

Gloria se quedó pensando un momento.

—No los hay.

—Estupendo.

Sin decir nada más, se sentó otra vez a leer el periódico y Gloria comprendió que hacía tiempo que no lo veía tan relajado.

Gloria se marchó una hora después. Camino de casa se paró en el supermercado y al bajarse del coche se echó a llorar, allí, sola, en medio del aparcamiento a oscuras.

No solía ceder fácilmente a las lágrimas. Más bien al contrario: procuraba ocultar sus emociones y rara vez las revelaba a los demás.

Su llanto era una reacción evidente al nacimiento del hijo de su hermana, y al contento que habían demostrado Corrie y Roy. Tenía que ser eso.

Pero era mucho más. Sabía instintivamente que no lloraba sólo de alegría por su hermana. Lloraba por Chad.

CAPÍTULO 11

El jueves por la tarde, Bruce llegó a casa deprimido y se encontró a Jolene trasteando alegremente en la cocina.

—Estoy haciendo tacos para cenar —anunció su hija—. Es tu plato preferido, ¿verdad?

Bruce arrojó el correo a la encimera y se dio cuenta de que Jolene esperaba una respuesta.

—Claro —contestó sin entusiasmo. No estaba pensando en la cena, sino en lo que acababa de descubrir. Necesitaba tiempo para asimilar la noticia antes de enfrentarse al parloteo de su hija. Hasta hacía muy poco tiempo, nunca había reparado en cuánta atención exigía Jolene.

—Llegas tarde —dijo ella mientras partía trozos de queso son ímpetu excesivo—. Seguro que has ido a la peluquería a hablar con Rachel —hizo una pausa y añadió—: Otra vez.

Bruce no hizo caso, a pesar de que eso era justamente lo que había hecho.

—Bueno, ¿cómo está Rachel? —preguntó Jolene.

Bruce dudaba de que a su hija le importara. Se encogió de hombros. Se quitó la chaqueta, la colgó en el armario y echó a andar por el pasillo.

—La cena estará lista dentro de diez minutos —gritó Jolene tras él.

—Vale.

Se lavó las manos y cuando regresó a la cocina Jolene había puesto la mesa y colocado las fuentes en el medio. Bruce apartó una silla y se sentó.

—¿No vas a decir nada? —preguntó Jolene como si su silencio la ofendiera. Su voz tenía un retintín que le recordaba a cuando era mucho más pequeña.

—¿Sobre qué?

—¡Sobre la cena! Me he esforzado un montón. Lo menos que puedes hacer es decirme que lo he hecho bien.

Bruce miró la mesa. Estaba claro que su hija había invertido cierto esfuerzo en la cena.

—Está muy bien, Jolene. Gracias.

Su hija apartó su silla, aparentemente más calmada, y se sentó. Tomó el plato de tortillas, agarró una y se lo pasó a su padre.

—Hoy he tenido un buen día en el colegio —Bruce sonrió—. ¿Qué tal tú en el trabajo?

—Bien.

—Lindsey y yo vamos a ir al cine el viernes por la tarde. No te importa, ¿verdad?

—Claro que no.

—¿Puedes ir a recogernos a la salida?

Bruce no tenía planes para esa noche. No, sin Rachel.

—De acuerdo.

—Genial —exclamó Jolene alegremente—. Se lo diré a Lindsey. Conoces a su madre, ¿verdad?

—Me temo que no.

—Sí que la conoces —repuso ella—. Estuvo en el picnic del colegio el año pasado, cuando... —hizo una pausa—. Puede que no —masculló, y se concentró en el taco que estaba preparando.

—Fue Rachel quien estuvo en el picnic del colegio —comentó Bruce. Recordaba lo disgustada que había estado después su mujer. No le había contado gran cosa, pero Bruce había notado lo mal que se sentía. Jolene se había comportado groseramente con ella y, aunque Rachel había procurado quitarle importancia al comportamiento de su hija, le había dicho que no volvería a asistir a ninguna fiesta del colegio sin él. Bruce había estado de acuerdo.

Al parecer, cada día era un nuevo recordatorio de hasta qué punto había fallado tanto a su mujer como a su hija. La situación no habría llegado a aquel punto si se hubiera dado cuenta de lo mal que lo estaba pasando Rachel y hubiera intervenido a tiempo.

Padre e hija comieron en silencio. Bruce se esforzó por comer, aunque no tenía apetito. Consiguió comerse un taco a duras penas, pero su hija no se conformó con eso.

—Cómete otro, papá —insistió, pasándole el plato de tortillas.

—No, gracias, cielo —contestó, y apartó el plato.

—¿Se puede saber qué te pasa? —replicó su hija con aspereza—. Te hago tu cena favorita, intento hablar contigo y tú me ignoras. No es justo —le temblaba ligeramente la voz y sacó el labio inferior.

Bruce se frotó la cara con una mano. Ahora estaban las dos enfadadas con él. Por lo visto no hacía nada bien. Si supiera cómo arreglar las cosas...

—Lo siento, Jolene —musitó—. Estoy bastante desanimado en estos momentos. He ido a ver a Rachel y...

Jolene dio un respingo y no le permitió acabar.

—Y se ha comportado como una bruja, ¿verdad? Seguro que ni siquiera ha querido hablar contigo.

—No, no es...

—Jane se enfadó con ella la última vez que estuviste allí, ¿te acuerdas?

De lo que se acordaba Bruce era de la escena que había provocado su hija y de que la dueña del salón de belleza había tenido que salir para llamarles la atención. Después, se le había pedido que no volviera. Bruce había intentado respetar los deseos de Jane, pero necesitaba hablar con Rachel. Necesitaba verla.

—Rachel ya no trabaja en la peluquería —dijo.

Un silencio asombrado siguió a su declaración.

—¿Se ha despedido?

—Eso parece —contestó su padre, aunque apenas podía creerlo.

Rachel llevaba diez años trabajando en el salón de belleza de Jane. Era su segundo hogar. Sus clientas eran también amigas, y sus compañeras de trabajo como de la familia.

Bruce estaba atónito. Rachel tenía que estar desesperada por marcharse y la única razón que se le ocurría para ello estaba directamente relacionada con Jolene y con él. En su afán por convencerla de que regresara a casa, sólo había conseguido ahuyentarla.

—¿Adónde ha ido?

Si tuviera alguna idea del paradero de su mujer, la noticia no habría sido tan terrible.

—No tengo ni idea.

—¿Jane no quiso decírtelo?

Bruce negó con la cabeza.

—O no lo sabe o no está dispuesta a contármelo.

—¿En serio? —los ojos de Jolene se agrandaron.

—No puedo creer que se haya ido sin decirme nada.

Una cosa era que dejara su trabajo y otra cosa que no se lo hubiera dicho. Eso era... era una especie de traición. Temía haberla perdido definitivamente, que ella no pensara regresar con su familia. Pero se resistía a pensar que fuera así.

—Ya te decía yo que era una bruja —contestó Jolene con calma. Se levantó y llevó los cuencos de salsa y la crema agria a la encimera—. Si ha decidido que quiere marcharse, creo que deberíamos dejar que se vaya —se puso a canturrear en voz baja, visiblemente satisfecha por el giro que habían dado los acontecimientos.

Bruce se levantó tan bruscamente que su silla arañó el suelo de madera.

—¿Cómo puedes decir eso?
Jolene se volvió para mirarlo.
—¿Qué?
—Que deberíamos dejar que se vaya. Es mi mujer.
—Vais a divorciaros, ¿no?
¿Divorciarse? ¿Cómo podía sugerirlo siquiera?
—¡No! —respondió casi gritando.
—Pero no la necesitamos. Yo puedo cocinar, lavar la ropa y limpiar. He hecho la cena yo solita, ¿no? Estamos mucho mejor solos, como antes de que te casaras con ella.
Bruce estaba horrorizado por la insensibilidad de su hija.
—¿Y el bebé?
—Bueno... —Jolene se encogió de hombros—. El bebé es una pequeña complicación, lo admito.
—¿Una pequeña complicación? ¡Una pequeña complicación! —repitió su padre—. Pues esa pequeña complicación es mi hijo o hija, tu hermano o hermana.
—Ya lo sé.
—Por si no te has enterado, echo de menos a Rachel. Quiero que vuelva. Es estupendo que prepares tacos para cenar, no creas que no te lo agradezco. Pero no quiero a Rachel sólo para me haga la cena o se encargue de la colada. Es mi mujer, mi mejor amiga, y me siento muy desgraciado sin ella —le parecía inimaginable que su hija pudiera ser tan egoísta, que sólo pensara en sus propios deseos e intereses.
Para ella, el embarazo de Rachel era sólo un engorro; él, en cambio, estaba muerto de preocupación por su mujer y el bebé.
Se dejó caer en su silla.
—He llamado a Teri Polgar y ella tampoco sabe dónde está viviendo Rachel.
—Rachel no quiere que lo sepa nadie. Ni tú, ni sus amigas. Deberíamos aceptarlo, sin más —contestó Jolene tajantemente.
Bruce levantó la mirada.

—¿Has oído algo de lo que te he dicho?

—Sí, pero no estoy de acuerdo. Papá, Rachel quiere huir de nosotros.

Bruce no podía creerlo.

—Dices que la quieres y todo eso, pero si ella quiere vivir en otra parte, es asunto suyo, ¿no te parece?

Parecía complacerse recordándole que Rachel se había marchado por voluntad propia. Que era ella quien había decidido guardar en secreto su paradero.

—Siéntate, ¿quieres? —dijo Bruce suavemente, señalando una silla.

Jolene soltó un suspiro y se sentó.

—¿Qué pasa? —dijo mientras cruzaba los brazos con aire desafiante.

—¿Recuerdas que después de la muerte de mamá intentabas aferrarte a los recuerdos que tenías de ella? —preguntó con calma. Su hija asintió con un gesto—. Cada noche, cuando te acostaba, me hacías preguntas sobre ella.

—Me gustaba que me contaras historias sobre mamá —dijo Jolene—. A veces, cuando hablabas de ella, tu voz se volvía muy, muy suave y yo notaba cuánto la querías.

—Quería mucho a tu madre, sí. Todavía la quiero y siempre la querré. Cuando la perdimos, pensé que no podría volver a querer a otra mujer tanto como había querido a Stephanie. Después...

—¡Pero Rachel lo echó todo a perder!

—No, Jolene. No me has dejado acabar. Luego descubrí que podía enamorarme otra vez... de Rachel. Quiero recuperar a mi mujer y quiero que volvamos a ser una familia —había esperado tontamente que su hija comprendiera lo mucho que le entristecía la marcha de Rachel.

—Papá, tú y yo somos una familia. Rachel no es de los nuestros.

—Sí que lo es —contestó él—. Soy consciente de que cometí un error precipitando la boda. Rachel y yo nos conocíamos desde hacía mucho tiempo y éramos amigos antes de enamorarnos. Pero cuando nos enamoramos y decidimos casarnos, pensé que no había motivo para esperar.

Jolene sacudió la cabeza con impaciencia, pero Bruce no le hizo caso. Tenía algo importante que decir y estaba decidido a que le escuchara.

—Lo que no tuve en cuenta es cómo ibas a sentirte tú. Y lo lamento muchísimo. Pero ya es demasiado tarde para dar marcha atrás. Rachel y yo somos marido y mujer y vamos a tener un bebé.

Con los brazos todavía cruzados, Jolene masculló:

—No me lo recuerdes.

—Te lo recuerdo porque tenemos que solucionar esto. Rachel propuso que fuéramos a terapia y tú te negaste.

Jolene sacudió la cabeza otra vez.

—Eso es una idiotez. No pienso ir a hablar con alguien a quien no conozco.

—¿Ni aunque te ayude a entender por qué tienes esos sentimientos tan negativos hacia Rachel y nuestro matrimonio?

—No cambiaría nada —contestó su hija con enfado—. Eso es lo que siento.

—Por favor, Jolene.

—He dicho que no y es que no. No puedes obligarme a hablar con nadie. Si tan mal estás sin Rachel, ve tú.

Bruce ya había pedido cita con el terapeuta.

—Eso pienso hacer, pero significaría mucho para mí que tú también asistieras a las sesiones.

—Ni lo sueñes —tensó la boca con evidente desagrado.

—¿Por qué te cuesta tanto ver que estoy preocupado por Rachel y el bebé? Si está completamente sola, ¿qué futuro les espera a ella y a nuestro hijo?

Jolene permaneció tercamente callada.

—Recuerdo una época en la que me suplicabas tener un hermano o una hermana —comentó Bruce.

—Sólo tenía ocho años y era tan tonta que no sabía que, para tener un hermano o una hermana, también tendría que tener una madrastra que es una bruja.

—Rachel no es ninguna bruja —estaba seguro de que, si su hija volvía a referirse así a su mujer, perdería los nervios.

—Para ti no, claro. Estabais tan acaramelados que no te dabas cuenta de cómo es de verdad.

—¿Qué ha hecho Rachel de malo, aparte de casarse conmigo? —incapaz de seguir sentado, se levantó empujando bruscamente la silla hacia atrás y rodeó la mesa.

Podía imaginar lo difícil que le habría resultado a Rachel tratar con Jolene. Lo había intentado todo y él, como un idiota, no había sabido valorar el temple que hacía falta para soportar los insultos y las pullas de su hija.

No era de extrañar que Rachel se hubiera marchado. Pero él tenía tanta culpa como su hija. Había estado ciego (voluntariamente ciego) y sordo; y ahora estaba pagando por ello. Si pudiera volver atrás...

—Papá, sé razonable.

—¿Yo? —exclamó Bruce—. ¿Soy yo el que no está siendo razonable?

—Rachel te avisará cuando nazca el bebé, ya lo sabes.

—No quiero recibir una llamada después de que nazca mi hijo, quiero estar ahí cuando nazca. Mi sitio está con Rachel en el hospital, como estuve con tu madre cuando naciste tú. Es lo que merece mi hijo y no voy a... —se detuvo, señalando a Jolene con el índice. Necesitó un momento para calmarse antes de añadir—: No voy a permitir que me digas lo que debo sentir respecto a mi hijo o hija. Es hora de que madures y dejes de pensar sólo en ti misma.

—¿Yo? —Jolene se levantó de un salto. Se había puesto colorada de pronto—. ¿Yo? —repitió—. Dabais asco los dos, yéndoos a la cama tan temprano todas las noches. Sabía perfectamente lo que hacíais. Es asqueroso. ¡Y encima sois tan idiotas que ni siquiera usabais anticonceptivos!

—¡Tienes que superarlo de una vez y aceptar que Rachel y yo estamos juntos! —gritó Bruce, y le tembló la voz por el esfuerzo de controlar su ira—. Ese bebé, sea niño o niña, va a necesitar un padre que esté presente y que participe de su vida, como hice contigo —Jolene ya no lo miraba—. Y también va a necesitar a su hermana mayor. Has dicho que te parece una complicación, pero va a ser un bebé tierno e inocente que te querrá incondicionalmente y que necesitará tu cariño. ¿Tan ciega estás que no lo ves? —preguntó—. ¿Tan insensible eres que vas a rechazar a tu hermano o hermana sólo porque tienes celos de Rachel?

—¡Yo no tengo celos de Rachel! —chilló Jolene, llorando—. ¡La odio! ¡Y también te odio a ti!

—Así que también odias a tu hermano o hermana —repuso Bruce con calma.

Jolene dio un zapatazo, llena de rabia, y pasó el brazo por la mesa, lanzando al suelo platos y cuencos. La comida salió despedida en todas direcciones y la vajilla se hizo añicos. Luego salió corriendo de la cocina, enfiló el pasillo y entró en su habitación dando un portazo. El ruido retumbó en toda la casa.

Bruce se dejó caer en la silla e, inclinándose hacia delante, apoyó la cabeza en las manos. Necesitaba ayuda urgentemente. La situación se le había ido de las manos y ya no podía seguir solo. Qué razón tenía Rachel al insistir en que necesitaban la ayuda de un terapeuta... Debería habérselo tomado en serio hacía meses.

Sólo confiaba en que no fuera demasiado tarde.

CAPÍTULO 12

Grace Harding estaba en su despacho de la biblioteca, revisando el presupuesto, cuando oyó que tocaban a la puerta.
—Adelante —dijo, pensando que sería su ayudante.
Beth Morehouse abrió la puerta y asomó la cabeza.
—¿Tienes un minuto?
Grace consultó el reloj de pared y vio que ya había pasado la hora de cierre. Había estado tan enfrascada en el trabajo que no se había dado cuenta.
—Claro, pasa.
Beth entró en el despacho cargada con una cesta de picnic. ¿Estaría llena de libros?, se preguntó Grace, pero no dijo nada. Sonrió a aquella mujer, que se había convertido en una amiga. Las unía su amor por los perros. Beth no sólo era una adiestradora eficaz que había contribuido enormemente a poner en marcha el programa Leyendo con Toby, sino que también se dedicaba a rescatar perros heridos y abandonados. A algunos les buscaba hogar y a otros se los quedaba para el programa de la biblioteca. Los adiestraba para que se sentaran con los niños mientras éstos leían en voz alta. Estar con un perro relajaba a los niños a los que les costaba leer y tenían dificultades en la escuela. Había siempre un voluntario a mano, y el foco se ponía en los niños y «sus» perros. Y en aprender a leer.

Grace había puesto en marcha la actividad al enterarse de que ya estaba funcionando en una librería de Seattle. Trabajaba como voluntaria en un refugio para animales, y la había atraído de inmediato. Había preguntado en diversos colegios de los alrededores y, como era lógico, la idea había sido acogida con entusiasmo.

Fue entonces cuando oyó hablar de Beth, que se había trasladado a Cedar Cove tres años antes. En cuanto se puso en contacto con ella, Beth dijo que sí sin pensárselo dos veces. A pesar de que trabajaba en el vivero de árboles de Navidad, todas las semanas llevaba varias veces a los perros a la biblioteca. Sin ella, la actividad no habría sido posible.

—¿Ocurre algo? —preguntó Grace, haciendo a un lado las hojas de cálculo.

Le venía bien un descanso: llevaba horas mirando números, sopesando los recortes presupuestarios propuestos e intentando hacer más con menos. Había sido una semana agotadora y estaba deseando pasar un fin de semana tranquilo con su marido. Pensaban ir a montar a caballo por la playa el sábado y quizá ver una película el domingo por la tarde.

—Necesito un favor —dijo Beth al sentarse frente a su mesa. Dejó cuidadosamente la cesta en el suelo, a su lado.

—Tú dirás —Grace nunca podría agradecerle lo bastante lo que había hecho por la biblioteca. Aunque el programa Leyendo con Toby no llevaba mucho tiempo en marcha, notaba un cambio drástico en los niños. Al principio llegaban tensos y nerviosos, temiendo otro ejercicio de lectura, pero en cuanto veían a los perros todo cambiaba. Ya había visto a dos niños apuntados a la actividad sacar libros de la biblioteca. Nada probaba mejor que Leyendo con Toby era todo un éxito.

—¿Te acuerdas de la perra abandonada que encontré hace cosa de un mes?

Grace recordaba que Beth había rescatado a una golden

retriever con la que se había cruzado por la carretera. El pobre animal no tenía identificación y al parecer llevaba sola algún tiempo porque estaba en mal estado.

—Claro.

—Estaba preñada.

—¿Preñada? —repitió Grace lentamente.

—Los cachorros nacieron un par de días después de que la llevara a casa. Tuvo una camada de cinco. Por desgracia, ella no sobrevivió. Era una perra encantadora y muy dulce, y me parte el corazón haberla perdido.

—¿Cinco cachorros?

El hecho de que la perra fuera una golden retriever le devolvió de inmediato el recuerdo de su querida Buttercup. Buttercup tenía casi doce años cuando murió ese verano, apaciblemente, mientras dormía. Grace todavía no podía pensar en ella sin sentir una punzada de pena. A la perra le encantaba vivir en el rancho y nunca parecía tan feliz como cuando iban a dar un largo paseo por el campo o la playa. Parecía injusto que hubiera muerto. Y a pesar del tiempo que había pasado, Grace aún esperaba que saliera a recibirla cuando llegaba a casa.

—Así que, si pudieras, te estaría eternamente agradecida —estaba diciendo Beth.

Grace pestañeó. Absorta en sus recuerdos, no había oído nada de lo que le había dicho Beth.

—¿Si pudiera qué? —preguntó.

—Cuidar de uno de los cachorros —contestó Beth, mirándola extrañada.

—¿Yo? Pero... ¿cómo...?

—Necesita que le den de comer cada dos horas, más o menos. Tengo un biberón especial que te dejaría. Además de alimentarlo, necesita muchos cuidados. El pobrecillo ha perdido a su mamá y ha estado separado de sus hermanos y hermanas. Está solo y asustado.

—Beth, yo no puedo ocuparme de un cachorro —estaba

descartado—. Tengo que trabajar aquí, en la biblioteca. No tengo tiempo, y Cliff está siempre ocupado con los caballos... —su voz se apagó. No añadió que todavía estaba llorando la muerte de su perra y que no podía hacerse cargo de otra mascota en ese momento. Era demasiado duro.

—Yo ya no puedo encargarme —dijo Beth—. Tengo un montón de trabajo en el vivero. Nos estamos preparando para las fiestas. Ya estamos recibiendo pedidos y hay que enviar árboles a sitios tan lejanos como Hawái o Japón. Tengo que inspeccionarlo todo, y además tengo que ocuparme del adiestramiento y del programa de la biblioteca, y no puedo parar para dar de comer a dos cachorros —hizo una pausa—. Ya me cuesta con uno.

—Lo siento...

Beth no le hizo caso.

—Suzette tiene uno, y Kristen Jamey se ha quedado con otro. Una señora de la iglesia se quedó con otro, y yo tengo otro, así que sólo queda este pequeñín. Por desgracia es el benjamín de la camada, el más pequeño y el que más riesgos corre.

—Estoy segura de que encontrarás a... a otra persona —dijo Grace.

Suzette Lambert era una auxiliar de biblioteca, así que Grace dedujo que la biblioteca ya estaba bien representada en lo tocante a cuidado de cachorros de perro.

—No te pediría si pudiera pedírselo a otra persona. Ya lo he intentado, créeme. No tengo nadie más a quien recurrir. Sólo serán un par de semanas —añadió con creciente desesperación—. Necesito tu ayuda de verdad, Grace.

Grace se disponía a excusarse de nuevo cuando Beth se agachó para abrir la cesta y sacar a un cachorrillo. Era tan pequeño que ni siquiera parecía un golden retriever. Tenía los ojos muy cerrados para defenderse de la luz y se retorcía un poco entre las manos de Beth.

—¿Sabes de qué raza era el padre? —preguntó Grace, intentando ganar tiempo.

—Creo que lo más probable es que fuera mestizo con un poco de labrador, un poco de perro de caza y un poco de caniche, quizá. Es pronto para saberlo.

Una mezcla extraña, aunque el cachorro tenía el pelo rubio como su madre... y como Buttercup.

—Pero yo tengo un montón de responsabilidades en la biblioteca —dijo, confiando en que Beth aceptara aquella excusa.

—Pues tráetelo. Seguro que a los niños les encanta. Se lo pasarán en grande viéndolo crecer semana a semana.

—¿Y... y cuánto tiempo necesitará tantos cuidados?

—Un mes o mes y medio, como mucho.

—¿Luego podrás darlo en adopción?

Beth asintió con la cabeza.

—Claro que sí.

—Mes o mes y medio —murmuró Grace. No quería hacerlo, pero sentía que no podía negarse, habiendo hecho tanto Beth por ella y por los niños. No le apetecía nada, pero no le quedaba otro remedio.

—¿Lo harás? —preguntó Beth otra vez.

Grace suspiró sonoramente.

—Supongo que sí.

—No te arrepentirás —prometió Beth—. Es un encanto de cachorrito.

Se marchó nada más darle las instrucciones necesarias para alimentar al perro y algunos otros datos. El cachorro se quedó dormido en la cesta, en el rincón de su mesa, y no hizo ningún ruido mientras Grace seguía revisando el presupuesto.

Una hora después, cuando acabó, llamó a Cliff al rancho. Su marido no contestó y ella no dejó ningún mensaje. Luego se levantó y recogió su bolso y su chaqueta.

—Voy a llevarte a casa —le dijo al cachorro—, pero no te acomodes demasiado, porque no puedes quedarte, ¿entendido?

El perrillo siguió apaciblemente dormido.

Grace puso la cesta en el suelo del coche, junto al asiento del copiloto, y durante el cuarto de hora que duró el trayecto, sólo oyó un leve gemido al tomar el camino que llevaba a su casa.

—No te preocupes, enseguida te doy la cena —dijo a regañadientes.

Cuando entró en el garaje, Cliff salió del establo para darle la bienvenida, como hacía siempre. Grace se bajó del coche y le dio un beso.

—Traigo compañía —masculló.

—¿Compañía? —Cliff miró hacia atrás.

—Un cachorro de perro —explicó su mujer—. Beth me ha pedido, o me ha suplicado, mejor dicho, que me hiciera cargo de él un mes y medio.

—¿Y has aceptado? —parecía sorprendido, y era lógico: Grace había jurado no volver a tener perro.

—No me apetece nada —reconoció ella. Rodeó el coche, sacó la cesta y se la pasó a Cliff.

Su marido levantó la capa y echó un vistazo dentro.

—Vaya, qué chiquitín.

—El benjamín de la camada —contestó Grace como si fuera una especie de insulto.

—Pues habrá que hacerlo engordar un poco —Cliff sacó de la cesta al perrillo, lo apoyó contra su pecho y comenzó a hacerle carantoñas.

—Hay que darle de comer cada dos horas —dijo Grace—. Como si nos sobrara el tiempo.

Cliff sonrió, lo cual irritó todavía más a su mujer.

—Borra esa sonrisa de tu cara, Cliff Harding. Sé lo que estás pensando y ya puedes olvidarlo.

—¿Así que ahora me lees el pensamiento? —devolvió el cachorro a la cesta y, pasando el brazo por la cintura de su mujer, la condujo hacia la casa.

—Crees que voy a encariñarme con ese perro y que

querré que nos los quedemos. Pues quítatelo de la cabeza, porque eso no va a pasar.

—De acuerdo —contestó su marido tranquilamente.

Pero Grace no le creyó.

Cliff abrió la puerta del cuartito de entrada que daba a la cocina y le indicó que pasara. Dentro de la cesta, el perrillo seguía gimiendo. Cliff dejó la cesta en el suelo para quitarse las botas.

—Llévalo a la cocina. Allí hace más calor —dijo—. Ese pequeñín tiene hambre.

—¿Por qué no le das tú el biberón mientras yo empiezo a preparar la cena? —sugirió Grace. Cuanto menos se relacionara con el cachorro, tanto mejor.

—Lo haré encantado.

Grace se sintió aliviada. No podía permitirse encariñarse con el animalillo. No podía. Perder a Buttercup le había roto el corazón y se negaba a pasar de nuevo por aquello. Se negaba a experimentar de nuevo aquella pena. Como decía Olivia, eso era lo malo de tener mascotas: que vivían muy poco tiempo. Además, tener otro animal los ataría aún más. Y ya tenían los caballos. Ausentarse aunque fuera sólo un fin de semana ya era bastante complicado y exigía un montón de planificación previa.

Sentado a la mesa de la cocina, su marido acunó al perrito sobre su regazo y le ofreció con delicadeza el biberón de leche de fórmula. Grace intentó no mirar mientras pelaba patatas; después se puso a trajinar por la cocina: sacó de la nevera los ingredientes para la ensalada, lavó la lechuga y cortó los tomates y el pepino. Esa mañana, antes de irse a trabajar, había metido la carne en la olla eléctrica para hacerla en salsa. Ya sólo tenía que hervir las patatas y acabar de preparar la ensalada.

—Hay que ponerle nombre —dijo Cliff al cabo de unos minutos.

—Pónselo, si quieres —contestó ella sin interés.

—¿Qué te parece Toby, por el taller de lectura de la biblioteca?

—Bueno —un nombre era sólo un nombre, y un mes y medio después Toby, o como quisiera ponerle Cliff, desaparecería de su vida.

—No, Toby no le va bien. Es demasiado genérico. Habrá que pensar en otro —dijo Cliff.

—No veo por qué no podemos llamarlo simplemente «perrito». O «perro». Dentro de un mes y medio, o de un mes, si tenemos, suerte, lo adoptarán y sus nuevos dueños le pondrán otro nombre.

—Necesita un nombre ahora —insistió Cliff.

—Muy bien, pues pónselo tú.

Cliff levantó las cejas, pero no dijo nada.

—¿Qué? —refunfuñó Grace—. No voy a permitir que ese cachorrillo se me meta en el corazón. ¿Está claro?

—Clarísimo.

—¿Te apetece una copa de vino con la cena? —preguntó ella, ansiosa por cambiar de tema antes de que el perro se convirtiera en objeto de discusión.

—Si te apetece a ti...

—¿Tinto o blanco?

—Tinto.

—Está bien —Grace entró en la despensa, donde guardaban varias botellas de vino, y eligió un Shiraz. Regresó con el vino, utilizó un sacacorchos para abrirlo y lo dejó respirar.

—¿Qué te parece Beauregard? — preguntó Cliff.

—¿Qué Beauregard?

—Beauregard como nombre —contestó su marido puntillosamente.

—Ah, para el perrito. Está bien, aunque es un poco largo, ¿no te parece? —se quedó callada un momento y luego añadió—: No es que me importe.

—Lo llamaremos Beau, para abreviar.

—¿Cómo que lo llamaremos? —Grace puso los brazos en jarras y lo miró con enfado—. Tú llámalo como se te antoje. Yo no quiero saber nada.

Cliff asintió con un gesto.

—Entonces se llamará Beau —pasó el dedo índice por la espalda rubia del cachorro, que chupaba ansiosamente de la tetina. El biberón parecía de juguete.

—Asegúrate de que no haga sus necesidades dentro de casa —le advirtió Grace.

—No hay problema. Esperaré un cuarto de hora y luego lo sacaré.

Beau ya empezaba a ser un incordio.

—Seguro que va a interrumpir nuestra cena —se quejó Grace—. Y sabes perfectamente que por la noche se despertará cada dos por tres. ¿Cuánto tiempo hace que no tienes un cachorro?

Cliff sonrió embelesado al perrillo. Su marido era una víctima fácil, pero ella no. Ella pensaba guardar las distancias.

Cliff llevó a Beau fuera y regresó cuando Grace estaba triturando las patatas. Su marido la miró y sacudió la cabeza.

—¿No ha habido suerte? —preguntó ella.

—No.

—No es muy listo, ¿eh?

—Grace —contestó su marido, enojado—. Aún no ha tenido tiempo de aprender para qué lo sacamos.

Grace ya lo sabía, pero no quería reconocer que se estaba poniendo demasiado criticona. Se daba cuenta de lo mucho que le gustaba el cachorro a su marido, y apenas llevaba en casa una hora.

—Mira, Cliff, no vamos a quedarnos con ese animal, ¿entendido?

Su marido, que estaba tumbado en el suelo, jugando con el perrillo, levantó la cabeza y sonrió.

—Como tú digas.

—No estoy de broma, Cliff. No quiero más perros.

—Como quieras.

Grace entornó los ojos al dejar la cena sobre la mesa de la cocina.

—¿Me lo prometes?

—Que me muera ahora mismo si no lo cumplo.

—Cliff —gruñó ella—. Esto no es broma. Ya verás cómo nos echa a perder la cena. Ya está empezando.

Efectivamente, en medio de la cena empezó a sonar el despertador.

—¿Qué es eso? —preguntó Grace, sobresaltada.

—Es por Beau. Voy a darle otra oportunidad —Cliff agarró su copa de vino y recogió al cachorro, que había estado enroscado encima de una toalla vieja, junto al fogón.

Grace tomó su copa y se la llevó a los labios.

—Sólo va a ser mes y medio —le recordó Cliff mientras sabría la puerta de la cocina.

Grace tenía la sensación de que iba a ser el mes y medio más largo de su vida.

CAPÍTULO 13

Al salir del juzgado, Olivia consultó la hora y frunció el ceño. Le había dicho a su hermano que iría a buscarlo a la galería a las cuatro, pero un juicio de custodia se había extendido más de lo previsto. Will ya le había dejado un mensaje en el móvil, pero Olivia no había tenido de escucharlo.

El juzgado estaba a unas pocas manzanas de la galería de arte. Era un fresco día de octubre y Olivia decidió ir andando. Por suerte, el camino era cuesta abajo. Además, le encantaba la belleza de las hojas de otoño, que iban cayéndose rápidamente. Una semana después, no quedaría ninguna.

Caminaba con paso regular, pero estaba desentrenada y le faltaba la respiración. Era miércoles y esa tarde vería a Grace para ir a su clase semanal de aeróbic. Iba recuperando fuerzas poco a poco. Quizá pronto resistiera tanto como su amiga.

Al pensar en Grace, no pudo refrenar una sonrisa. Cliff y ella estaban cuidando del cachorro de Beth. Cliff se había enamorado del perrillo nada más verlo; Grace, en cambio, no. De hecho, se negaba tercamente a encariñarse con él. Olivia se preguntaba cuánto tiempo aguantaría.

Su amiga había querido mucho a Buttercup y también querría a Beau, si le daba una oportunidad. Aun así, insistía en que en menos de mes y medio se lo devolvería a Beth Morehouse sin dudarlo un momento. El perro no iba a quedarse, decía, pasara lo que pasase.

De haber sido aficionada al juego, Olivia habría apostado toda su pensión a que Grace se quedaría con el cachorro.

Llegó a la galería y entró acompañada por una ráfaga de viento. La puerta dio un golpe tras ella y las ventanas temblaron. Will se rió.

—Menuda entrada —dijo al acercarse a ella. Se inclinó para darle un beso en la mejilla.

—Perdona que llegue tarde.

—La verdad es que llegas justo a tiempo. Miranda —dijo, volviéndose hacia su ayudante—, ¿harías el favor de sustituirme un rato?

Miranda asintió con la cabeza y sonrió a Olivia.

—¿Vamos a mi despacho? —preguntó Will.

—Claro.

Will entró tras ella, cerró la puerta y tomó asiento en una de las sillas para visitas. Olivia ocupó la otra, sentándose en el borde con las manos sobre el regazo.

—Tengo entendido que las obras en casa de mamá casi están terminadas —dijo Will, sacando a relucir el tema que tenían que debatir.

—Sí. Como puedes imaginar, mamá y Ben están deseando volver a casa —su madre no hablaba de otra cosa. Estaba ansiosa por volver a su cocina.

—Claro que lo están deseando —comentó Will—. Y seguro que Jack y tú también. No tiene que haber sido fácil vivir con ellos.

Su hermano no sabía ni la mitad. Olivia y Jack habían engordado por lo menos dos kilos cada uno, con tanto postre. Era difícil decirle que no a Charlotte. Su madre era muy insistente, y se sentía dolida cuando intentaban rechazar sus galletas, tartas y bizcochos. El plan de Olivia para congelas las cosas que cocinaba su madre no había funcionado; para empezar, se habían quedado sin espacio casi inmediatamente. Además, Charlotte había limpiado la casa de arriba abajo, y nada estaba en su sitio. Cuando Olivia le preguntaba, su madre la miraba con perplejidad y le aseguraba que lo había dejado todo exactamente donde lo había encontrado. Olivia comprendía que Charlotte sólo intentaba ayudar. Ben y ella eran muy considerados, y procuraban que Jack y ella disfrutaran de su intimidad por las tardes, quedándose en su lado de la casa. Guardaban, además, la caja de arena de Harry en el cuarto de baño de su habitación. Olivia casi ni notaba la presencia del gato.

—Me han dicho que a Jack le encantan las recetas de mamá —Will no intentó disimular su sonrisa.

—Nos encantan a los dos y ése es otro problema. Mamá se enorgullece de prepararnos unas comidas opíparas. No comíamos tan bien desde Acción de Gracias. El problema es que el festín ha durado cinco semanas enteras. Mamá se propuso hacer todos nuestros platos preferidos: filetes empanados, puré de patata, todo tipo de dulces... Es una suerte que no hayamos engordado diez kilos.

—Me sorprendes, Olivia. ¿Dónde está tu fuerza de voluntad? Siempre he creído que eras la más disciplinada de la familia.

—¿Yo? La culpa la tiene Jack. No para de decir que debemos disfrutarlo mientras dure. Además, odio herir los sentimientos de mamá.

—Bueno, pronto se irán a casa.

—No estoy tan segura... —Olivia titubeó—. Sé que ya hemos hablado de esto, pero estas últimas semanas me han abierto los ojos. Han hecho que me dé cuenta de que la situación es más grave de lo que creíamos. Hay que buscarles una residencia cuanto antes.

La sonrisa de su hermano se borró, y Olivia comprendió lo que estaba pensando. Un par de semanas antes habían decidido que Charlotte y Ben regresaran a su casa de momento, mientras ellos buscaban otras alternativas. Will incluso había añadido algunas mejoras a las obras de la cocina como regalo de Navidad anticipado.

Todavía no habían visitado ninguna residencia para mayores, aunque tenían una lista que les había proporcionado Jack.

—¿Qué ha pasado? —preguntó Will.

—Bueno, parece que las cosas están empeorando. Por ejemplo, mamá lavó dos veces varias tandas de ropa. Sacaba la ropa de la secadora y volvía a echarla en la cesta de la ropa sucia y la mañana siguiente volvía a lavarla.

Will arrugó el ceño.

—¿Olvidaba que ya la había lavado? —Olivia asintió con la cabeza—. Eso es sólo una equivocación.

—Eso pensé yo al principio, pero, como te decía, ha pasado más de una vez.

Will se recostó en su silla y entrecruzó los dedos.

—¿Alguna otra cosa?

—No he hecho una lista, aunque ojalá la hubiera hecho. Son un montón de detalles, pequeños y no tan pequeños. Otro ejemplo: Grace apartó un libro de misterio de la biblioteca que mamá le dijo que quería leer. Después, mamá aseguró que nunca había oído hablar de ese libro, ni de su autora. Y después lo extravió dos o tres veces. Jack lo encontró una vez dentro de la nevera y...

—¿Dentro de la nevera? —aquello pareció hacer gracia a su hermano.

—A todos nos pareció muy gracioso, pero cuando volvió a perderlo, Ben lo encontró metido entre el colchón y el somier.

—¿Como si lo estuviera escondiendo?

—Exacto.

Will sacudió la cabeza.

—Podríamos no habernos dado cuenta, pero empezamos a recibir cartas de la biblioteca avisando de que había acabado el plazo de préstamo. Y Ben no paraba de quejarse de que el colchón le estaba fastidiando la espalda. Así que decidió echar un vistazo y... allí estaba el libro.

—¿Mamá recordaba haberlo puesto ahí?

—No. De hecho, había olvidado que lo estaba leyendo.

Su hermano se tomó un momento para pensar.

—No se trata de simples despistes —se sintió obligada a decir Olivia—. Ya hemos hablado de ello. Mamá sufre demencia senil, o está en las primeras fases del Alzheimer.

—¿Y la cita que le fijaste con el geriatra?

Olivia echó la cabeza hacia atrás y gruñó, exasperada.

—Mamá se olvidó de ella. Se suponía que iba a llevarla Ben, pero o él también lo olvidó, o se quedó dormido. Nos han dado una nueva cita, pero para primeros de año.

—¡Vaya!

—Se lo recordé esa misma mañana, además. Incluso puse una nota en el frigorífico.

—La próxima vez la llevaré yo —sugirió Will.

—Buena idea. Pero no es sólo mamá, Will. Es evidente que Ben tampoco está del todo bien.

Will se llevó las manos a la cara.

—De acuerdo, no se acordó de la cita con el geriatra. ¿Qué más?

—Todo ese asunto con su hijo por Mary Jo y Noelle le ha hecho mucha mella. Últimamente se cansa enseguida. Todas las tardes se echa una siesta. Una siesta muy larga.

—Bueno, eso explica que se olvidara de la cita —Will hizo una pausa—. ¿Todas las tardes?

—Sí, y Harry también. Es el único momento en que veo al gato. Se sube al regazo de Ben y se pasan los dos la tarde roncando, siete días a la semana. Además, no está tan lúcido como antes. Mamá muestra más síntomas de pérdida de memoria, pero Ben no le va muy a la zaga.

Will exhaló lentamente.

—¿Quieres decir que no crees que deban volver a su casa? ¿Ni siquiera para una temporada?

Olivia asintió, apesadumbrada.

—Temo que mamá olvide apagar la cocina y que la próxima vez no tengamos tanta suerte.

—¿Quién va a decírselo? —por como lo dijo, se deducía que prefería que fuera ella.

—He pensado que debemos decírselo juntos.

—Está bien —contestó su hermano arrastrando las palabras—. ¿Tienes idea de cómo planteárselo?

—Todavía no. Creo que primero convendría saber dónde pueden mudarse, ¿no te parece? O al menos tener algunas opciones que presentarles. Tenemos una lista, pero todavía no he podido hacer nada con ella.

Will suspiró y asintió con la cabeza.

—Si quieres que fijemos algunas citas, podemos...

Alguien llamó educadamente a la puerta del despacho. Will pareció un poco sorprendido.

—¿Sí? —dijo

Miranda entornó la puerta.

—Perdona, pero ha venido Shirley Bliss...

Will se levantó al instante, ansioso.

—¿Shirley está aquí?

—Con Larry Knight.

La sonrisa de Will se borró tan rápidamente como había aparecido.

—Con Larry —masculló como si aquel nombre le resultaba repulsivo.

—Quieren hablar contigo un momento.

—Claro, diles que pasen —contestó Will. Seguía de pie cuando Miranda hizo entrar a Shirley y Larry.

Will hizo las presentaciones. Shirley sonrió y Larry estrechó la mano de Olivia.

—Espero que no hayamos interrumpido nada importante —se disculpó Shirley.

—No pasa nada —dijo Will—. Olivia y yo estábamos discutiendo un asunto familiar. ¿Qué puedo hacer por vosotros?

Larry enlazó a Shirley por la cintura.

—Queríamos decirte en persona que le he pedido a Shirley que sea mi esposa.

Olivia notó que la sonrisa de Will parecía decididamente forzada.

—De no ser por ti, no habría conocido a Larry —Shirley extendió la mano izquierda para enseñarles un bonito anillo con un solitario.

—¿Ya habéis fijado la fecha? —preguntó Will.

—Todavía no —contestó Shirley.

—Pero será pronto —añadió Larry—. Ya llevo solo demasiado tiempo. Quiero tener a Shirley a mi lado.

—¡Cuánto te agradezco que me invitaras a esa exposición en el Museo de Arte de Seattle! —dijo Shirley, radiante—. Casi había decidido no ir. Menos mal que cambié de idea.

—Enhorabuena —dijo Olivia a la feliz pareja. Si Will no iba a decirlo, tendría que decirlo ella.

—Sí, claro. Enhorabuena —añadió su hermano.

—Estaremos en contacto —Shirley se dirigió a la puerta—. Adiós, Will, Olivia.

—Gracias otra vez —dijo Larry antes de salir.

Will cerró la puerta con firmeza.

—Shirley estaba conmigo esa tarde y Larry la vio y...

—Will —dijo Olivia—, ¿qué te pasa? Cualquiera que tenga ojos en la cara puede ver lo enamorados que están.

—Lo sé, lo sé. ¡Pero yo esperaba que Shirley se enamorara de mí!

—¿Y por qué iba a hacerlo? —preguntó Olivia con franqueza.

—¿Que por qué? Pues porque...

—¿Qué tenéis en común, aparte de que tú tienes una galería de arte y ella es pintora?

—¿No basta con eso?

—Bueno, no todas las mujeres van a caer rendidas a tus pies.

—¡Pareces Miranda! Da la casualidad de que me gusta Shirley Bliss.

—Y por eso intentaste seducirla, como a prácticamente todas las mujeres a las que conoces, estén casadas o no —dijo su hermana, para recordarle que no había sido un buen marido. Había engañado a su mujer una y otra vez, y a Olivia no le importaba qué excusa tuviera.

—Podrías haberte ahorrado eso —replicó Will—. Está bien, no fui un marido ejemplar, lo admito. Pero mi ego sufrió un duro revés y, si quiero quejarme un poco, creo que puedo hacerlo.

—Está bien. Compórtate como un niño pequeño unos minutos y luego olvídalo de una vez.

Su hermano se levantó y se acercó al armario.

—¿Y si nos tomamos una copa de vino? Me vendría bien una copa.

—Claro. ¿Invitamos a Miranda a que se una a nosotros? —la galería ya estaba cerrada y seguramente Miranda estaría esperando.

Will se encogió de hombros.

—Supongo que sí.

—No pareces muy entusiasmado.

—No nos llevamos muy bien —masculló él mientras sacaba una botella de vino tinto y tres copas—. Es una sabelotodo, además de una gruñona.

—Entonces ¿por qué no la despides? —preguntó Olivia, divertida. La relación de Will con su ayudante no dejaba de fascinarla. Se peleaban y discutían, y Olivia no recordaba que Will hubiera dicho nunca nada halagüeño de Miranda. Y sin embargo seguía dándole trabajo.

—Ya lo intenté.

—¿Lo intentaste? —Olivia levantó una ceja.

—Sí. Y sin ella me sentí completamente desbordado por el trabajo. Dos o tres días después, le pedí que se pensara si quería volver. Podría haber contratado a otra persona, pero tendría que haberla formado, y eso supone mucho tiempo y esfuerzo.

—Pero Miranda volvió.

Will sonrió.

—Ella también pareció alegrarse, o casi. La verdad es que no me cae bien. Es demasiado mandona. Dios me ampare de las mujeres mandonas.

—¿Sí?

—Bueno, no de todas —contestó su hermano, y esbozó una sonrisa indolente—. De ti no, mi querida hermana.

Olivia sacudió la cabeza y se dirigió hacia la puerta.

—Antes de pedirle a Miranda que venga, ¿estamos de acuerdo en que mamá y Ben no pueden volver a casa?

—Sí.

—Iremos juntos a hablar con ellos sobre irse a vivir a una residencia lo antes posible —añadió Olivia, zanjando la discusión.

Will exhaló un fuerte suspiro.

—¿Juntos? ¿No puedes decírselo tú, con mi respaldo? —sonrió—. He pensado que podíamos jugar al poli bueno y el poli malo, y que yo sería el bueno.

—No, haremos frente común, a ver qué pasa. ¿De acuerdo?

—De acuerdo, señoría.

Olivia ignoró su comentario y abrió la puerta.

—Miranda, ¿te apetece tomar una copa de vino? Estamos celebrando el compromiso de Shirley y Larry.

Will, que estaba sirviendo el vino, estuvo a punto de volcar una copa. La agarró justo a tiempo para que no se derramara sobre la moqueta beis.

Miranda entró en el despacho.

—¿Te alegras de la noticia? —preguntó mirando a Will.

Olivia notó que no se dejaba engañar fácilmente.

—Puedo jactarme de haber sido yo quien los presentó —rezongó Will mientras repartía las copas.

—De todos modos, no tenías nada que hacer, ¿sabes?

—¿Por qué será —contestó Will con aspereza— que todo el mundo se empeña en decirme eso? ¿Es que creéis que no lo sé? Pero si Larry no hubiera aparecido, creo que Shirley habría acabado conmigo.

Miranda cambió una mirada con Olivia, como si Will estuviera chiflado. Olivia se daba cuenta de que, aunque no lo estuviera, su hermano no tenía ninguna posibilidad con Shirley.

—¿No me creéis?

—No es eso, Will. Vamos a disfrutar del vino y a olvidarnos de ese asunto, ¿de acuerdo? —sugirió Olivia.

Por un momento, pareció que su hermano iba a insistir.

—Está bien. Como quieras.

Miranda se llevó la copa de vino a los labios, pero Olivia notó que estaba canturreando una canción de los años sesenta. Si no le fallaba la memoria, el primer verso de la canción decía «Vamos a la capilla a casarnos...». Olivia rompió a reír.

—¿Qué pasa? —preguntó Will.

—Nada —contestó su hermana, intentando mantener la compostura. Le caía bien Miranda. De hecho, se daba cuenta de que era la mujer más adecuada para poner coto al ego de su hermano y mantenerlo a raya.

Pobre Will. No tenía ni idea.

CAPÍTULO 14

Mary Jo McAfee puso la enorme calabaza sobre la encimera de la cocina y buscó un rotulador en el cajón de los trastos. Quería que el primer Halloween de Noelle fuera especial. Ya había elegido el disfraz de su hija. Iría vestida de bailarina, con mallas y tutú rosa.

Poco importaba que su bebé no hubiera dado aún su primer paso. Estaba a punto de andar, pero aún se agarraba a la mesa baja y doblaba sus piernas regordetas, ansiosa por explorar el mundo y al mismo tiempo reacia a abandonar la seguridad de algo a lo que agarrarse.

Mary Jo sabía que todo cambiaría cuando Noelle por fin arrancara a andar. De momento, su hija era una gateadora sin igual. Tenía nueve meses y le encantaba andar a gatas y metérselo todo en la boca mientras iba de un lado a otro de la habitación. Mary Jo tenía que vigilarla constantemente.

Se abrió la puerta y entró Mack. Mary Jo sonrió y abrió los brazos para que le diera un abrazo y un beso. Sólo llevaban dos meses casados y aún le parecía un milagro compartir con él aquella intimidad.

Nada más ver a Mack, Noelle levantó los brazos, intentando llamar su atención.

—Ven con papi —dijo Mack, y se puso de rodillas a unos pasos de la mesa baja.

Mary Jo contuvo el aliento y esperó. Noelle miró a su madre y luego a Mack.

—Vamos, cariño —la animó Mack, tendiéndole los brazos.

La niña dio un paso bamboleante y luego otro antes de caer al suelo. Dejó escapar un gemido, más de sorpresa que de dolor. Mack la levantó en brazos y, alzándola por encima de su cabeza, le dio una vuelta.

—¡Ésa es mi niña!

—¡Lo ha conseguido! ¡Lo ha conseguido! —Mary Jo comenzó a agitar los brazos, emocionada. A Noelle le quedaba una semana y media para cumplir diez meses y ya había dado sus primeros pasos—. Es pronto para que empiece a andar.

—Así se hace —dijo Mack mientras besaba la carita de Noelle. Luego, apoyándola sobre su cadera, se volvió hacia Mary Jo—. ¡Vaya, pero si hay una calabaza!

—Sí, la he comprado de vuelta a casa. He pensado que podíamos perforarla y... Bueno, prefiero que la perfores tú. Yo dibujaré lo que quiera. El resto lo dejo en tus manos.

—¿Y qué voy a sacar yo de todo esto? —preguntó Mack en broma.

—Bueno, ya se me ocurrirá algún modo de recompensarte.

Mack esbozó una sonrisa bobalicona.

—Seguro que sí —se sentó y balanceó a Noelle sobre su rodilla mientras Mary Jo seguía dibujando ojos, nariz y boca a la calabaza.

Unos minutos después, Noelle comenzó a retorcerse. Quería volver al suelo. Mack la bajó y la niña comenzó a gatear de inmediato hacia su lugar preferido de la casa, junto a la mesa baja. Se puso de pie y se giró para mirar a su público.

—Esta tarde he hablado con tu hermano —comentó Mack—. Tomamos un café después del trabajo.

—¿Ah, sí? —Mary Jo estaba preocupada por Linc.

Las cosas no parecían irles muy bien a Lori y a él. El negocio estaba a punto de hundirse y Linc había reñido con sus suegros. Por lo que sabía Mary Jo, Lori había repudiado a su familia en bloque. No se hablaba con su padre ni con su madre.

—¿Sabías que están buscando apartamento?

—No —Mary Jo dejó caer el rotulador. Le extrañaba que Linc no se lo hubiera dicho, pero su hermano era muy reservado y solía callarse sus problemas.

Era lógico que estuvieran buscando casa. El edificio en el que vivían era propiedad de los Bellamy, y ni Linc ni Lori querían deberles nada. Aun así, Mary Jo sabía que a su hermano no le parecía bien que Lori hubiera roto con su familia. Había intentado convencerla, pero Lori se mostraba inflexible: no quería saber nada de ellos. Como Linc y Mary Jo habían perdido a sus padres, tenían otro punto de vista. Mary Jo sospechaba que Lori no se daría cuenta de lo importante que era la familia hasta que perdiera a sus padres. Pero para entonces ya no podría reconciliarse con ellos.

—Hice correr la voz por el parque de bomberos y esta semana Linc ha tenido más trabajo.

—¡Qué bien! —Mary Jo se inclinó y lo besó otra vez.

Mack se aclaró la garganta antes de continuar.

—Podría intentar seguir mandándole trabajo.

Mary Jo rió suavemente y le dio unas palmadas en la espalda.

—Hazlo.

—¿Me darás más besos como ése?

—Seguramente.

Mack se animó.

—Mi padre también está poniendo de su parte.

—¿Ah, sí?

—Sí. Es muy amigo del sheriff.

Mary Jo sabía que Troy Davis y su suegro se llevaban muy bien.

—Bueno, pues ha hablado con el sheriff Davis para que el ayuntamiento le pida a tu hermano que presente un presupuesto para ocuparse por contrato de los vehículos policiales.

—Pero, Mack, Linc tiene un taller de chapa y pintura.

—Bueno, pero puede hacer cambios de aceite, ¿no?
—Seguro que sí.
—¿Y mantenimiento de rutina?
Mary Jo se encogió de hombros.
—Imagino que también.
—El trabajo es el trabajo, y tu hermano está a dos velas.
Mary Jo lo sabía muy bien.
—Por cierto —Mack echó un vistazo a la cocina—, ¿a qué hora cenamos?
Mary Jo se había puesto con la calabaza nada más llegar a casa y no había pensado en la cena.
—Eh... ¿tengo alguna posibilidad de convencerte de que esta noche cenemos fuera?
Mack ladeó la cabeza.
—Podría dejarme persuadir —contestó guiñándole un ojo.
—Muy gracioso —masculló ella—. ¿Podemos permitirnos invitar a Linc y Lori? Después de todo, es una celebración.
—¿Una celebración?
—Noelle acaba de dar sus primeros pasos.
—Ah, claro. ¿Adónde quieres ir?
Mary Jo, que sabía que su presupuesto también era muy ajustado, dijo:
—Al Pancake Palace. Me encantan los espaguetis con albóndigas, y los jueves por la noche hay bufé libre de pasta.
—Estupendo.
—Voy a llamar a Linc y a Lori para ver si quieren ir —dijo Mary Jo—. Además, tengo una idea.
—Apuesto a que estás pensando lo mismo que yo.
Media hora después, después de que Mack perforara la calabaza y Mary Jo diera de comer y cambiara a Noelle, llegó la hora de reunirse con Linc y Lori. El trayecto era corto, pero aun así fueron en coche hasta el Pancake Palace, en la calle Harbor.

Linc y Lori estaba esperándoles en la puerta de la cafetería, absortos en su conversación.

—¿Qué tal estáis, chicos? —preguntó Mary Jo después de sacar a Noelle de su sillita.

—Bueno —dijo Lori—. Va todo bien.

Mary Jo notó que su hermano no decía nada. Lori tomó de la mano a Linc y Mary Jo comprendió que, fuera lo que fuese lo que habían estado discutiendo, tenía que ver con sus problemas con la familia Bellamy.

Entraron en el restaurante y se sentaron enseguida a pesar de que el local estaba lleno de familias cenando. Mary Jo reconoció al pastor Dave Flemming y a su esposa, que les saludó alegremente. La camarera les llevó una trona para Noelle y Mary Jo dio a su hija una galleta mientras los demás miraban la carta. Ella ya había decidido: quería espaguetis con albóndigas.

—Por cierto —dijo Mack, escondido detrás de la carta—, invitamos nosotros.

—No hace falta —contestó Linc.

—Claro que no —dijo Mack suavemente—, pero estamos celebrando que Noelle ha dado sus primeros pasos.

—Es muy pronto para que ande, ¿no? —preguntó Lori, sorprendida.

—Sí, pero hacía semanas que lo estaba intentando —explicó Mary Jo—. Sólo que le daba miedo soltarse. Ha hecho falta papá para que se atreviera.

Mary Jo sabía lo orgulloso que era su hermano y lo mal que tenía que saberle que les invitaran a cenar.

Linc bajó la carta.

—Ya has hecho bastante —dijo, casi avergonzado.

Mary Jo levantó la vista con sorpresa. Aquella actitud era tan impropia de él...

—¿Qué he hecho? —preguntó Mack, tomando su vaso de agua.

—Ésta ha sido la mejor semana que he tenido desde que

abrí el taller y prácticamente todos los clientes que han venido han mencionado tu nombre.

—¿Mi nombre? —Mack se fingió perplejo—. Yo sólo dije que hacías un trabajo de calidad a precios competitivos.

—También el sheriff Davis se ha pasado a hablar con Linc —añadió Lori. Pasó su brazo por el de su marido y apoyó la cabeza en su hombro.

Mack levantó las manos.

—Yo no tengo nada que ver con eso.

—No, pero tu padre sí. Os agradezco mucho todo lo que habéis hecho. Si alguien tiene que pagar la cena, somos Lori y yo.

Mary Jo dejó escapar un suspiro. Aquello le sonaba mucho más a su hermano.

—Bueno, luego hablaremos de eso —dijo Mack—. Venga, vamos a pedir.

Acabaron de cenar y estuvieron charlando mientras tomaban el café y el postre. Noelle había comido en casa, pero Mary Jo le dio unos pocos espaguetis sin salsa, cortados y espolvoreados con queso. Poco después, la niña se quedó dormida. Mack la acunó en sus brazos. De vez en cuando agachaba la cabeza y besaba sus suaves rizos.

A Mary Jo le encantaba verlo con Noelle. Era su padre en todos los sentidos, excepto en el biológico. ¡Qué afortunada era por haber conocido a un hombre tan decente y haberse casado con él, sobre todo después de enamorarse de un sinvergüenza como David Rhodes! Gracias a Ben Rhodes, el abuelo de Noelle, David había salido por completo de sus vidas. Mary Jo ignoraba a qué acuerdo había llegado Ben con su hijo, pero fuera lo que fuese lo que le había dicho o hecho, David había accedido a firmar los papeles que permitían a Mack adoptar legalmente a Noelle. Ya habían empezado los trámites.

—Voy a echar de menos vivir en Cedar Cove —murmuró Lori.

—¿Es que os vais?

—Eso parece —dijo Linc escuetamente.

Mary Jo miró a Mack.

—No parece que encontremos un sitio que... —comenzó a decir Lori.

Linc le puso una mano sobre el brazo para que no continuara.

—Linc —dijo Mary Jo—, contadnos qué está pasando.

Su hermano permaneció callada tercamente.

—Oídme los dos, somos familia —les dijo Mack—. En cuanto me enteré de que estabais buscando apartamento, se lo dije a Mary Jo. Y se nos ha ocurrido una idea que queríamos plantearos.

Lori y Linc se miraron, extrañados.

—Antes de que digas nada —contestó Linc, levantando una mano—, Lori y yo hemos decidido volver a Seattle. No sé cuánto tiempo más voy a poder mantener abierto el taller. He tenido una semana buena, gracias a ti, Mack, pero no hay ninguna garantía de que las cosas vayan a seguir así...

—¿Por qué tenéis que iros a tan lejos? —preguntó Mary Jo—. Tardaréis horas en ir y volver todos los días.

—Pensábamos mudarnos con Mel y...

—¡Ni pensarlo! —Mary Jo no podía creerlo. Sería una catástrofe. Sus dos hermanos, ambos menores que Linc, eran un desastre, y Lori sería muy desgraciada viviendo con ellos.

—Mary Jo y yo queremos ofreceros una solución —dijo Mack.

Mary Jo sonrió.

—Nos gustaría alquilaros la otra mitad del adosado.

Linc los miró fijamente y Lori puso unos ojos como platos.

—Pero... creía que ya lo teníais alquilado —dijo Linc pasado un momento.

—Había una pareja que estaba interesada, pero al final la cosa no salió —explicó Mary Jo—. Decidieron quedarse en Seattle.

—Entonces ¿la otra parte del adosado sigue vacía?

Mack asintió.

—Así es. Está vacía y disponible.

—Podríais mudaros cuando queráis —dijo Mary Jo—. De verdad. Lo decimos en serio. Queremos que viváis allí.

Linc sacudió la cabeza despacio.

—Me siento muy honrado por que nos los ofrezcáis, pero no podemos aceptarlo —dijo apretando la mandíbula de un modo que Mary Jo conocía muy bien.

—¿No podemos? —Lori parecía a punto de romper a llorar.

—No podemos —repitió su marido con énfasis—. Estaríamos cambiando una obra de caridad por otra.

—Espera, espera —dijo Mack alzando la voz—. Yo no he dicho que no vayamos a cobraros alquiler.

Mary Jo puso la mano sobre el muslo de su marido. Mack tenía que saber que Linc y Lori apenas llegaban a fin de mes, y eso que no pagaban alquiler.

—Os cobraré lo mismo que le cobraba a Mary Jo —dijo su marido, y puso la mano sobre la de ella por debajo de la mesa.

—¿Cuánto? —preguntó Linc.

Mack mencionó la cifra que le había cobrado al principio a Mary Jo. Una tarifa muy reducida.

—¿Es lo mismo que te cobraba Mack? —preguntó su hermano, mirándola atentamente.

—Sí.

—Es extremadamente razonable —le dijo Lori a su marido.

—¿Estás seguro, Mack? —Linc no parecía convencido.

—Segurísimo.

—Podríamos quedarnos en el pueblo, Linc —dijo Lori, y le apretó el brazo—. Yo no tendría que dejar mi trabajo y tú podrías invertir todas tus energías en el negocio.

—¿Qué me decís? —preguntó Mack.

Linc sonrió y le tendió la mano por encima de la mesa.

—Trato hecho.

CAPÍTULO 15

Rachel abrió la puerta de la casa de Bremerton que compartía con Nate Olsen, no muy lejos del astillero. Se quitó la chaqueta, dejó su bolso sobre la mesa del vestíbulo y entró en el cuarto de estar.

Desde que vivía separada de Bruce y Jolene, sufría mucho menos estrés. Su tensión había vuelto a normalizarse, empezaba a ganar peso y sus niveles de hierro habían mejorado. Al ir a revisión, se había enterado de que Bruce había telefoneado a la consulta del médico para preguntar por ella y el bebé. La política de privacidad de la consulta no les permitía revelar ninguna información sobre ella, pero le dijeron que su marido había llamado, y saber que Bruce estaba preocupado le levantó el ánimo.

Nunca había cuestionado que Bruce la quisiera, o quisiera al bebé. Su marido, sin embargo, se había desentendido de la reacción de su hija al ver que otra mujer entraba en su casa.

Rachel encendió la televisión y estuvo pasando canales hasta que encontró un programa de noticias locales. A menudo disfrutaba sentándose con Bruce después de la cena a tomar una taza de café recién hecho y a hablar de cómo les había ido, con la televisión encendida de fondo. Echaba de menos esas veladas.

No echaba de menos, en cambio, que Jolene anduviera dando golpes por la cocina o el dormitorio. Su hijastra aborrecía cada minuto que Rachel pasaba con Bruce. Antes de la boda no había dado muestras de ello, pero en cuanto Bruce le puso la alianza en el dedo su relación se convirtió en guerra abierta. Tampoco había ayudado el hecho de que Rachel hubiera intentado poner un poco de disciplina en la vida de Jolene.

¿Por qué se hacía aquello? Rememorar el pasado era absurdo. Lo había recordado todo cientos de veces, y revivir los últimos meses con Jolene y Bruce sólo conseguía entristecerla. Estaba escuchando el parte meteorológico, arrellanada en un sillón, cuando se abrió la puerta y entró Nate.

—Ah, estás aquí —dijo, parándose en la puerta.

—¿Te sorprende?

—Sí, supongo que sí. Normalmente no coincidimos.

Rachel había procurado estorbarle lo menos posible. Compartían casa temporalmente y no quería molestarlo ni ser un incordio para él. Por eso a última hora de la tarde solía ir al cine, a la biblioteca de Bremerton o a pasear por el centro comercial para matar una o dos horas. Quería que Nate pudiera regresar a casa y prepararse tranquilamente para su cita con Emily o para pasar la tarde con sus amigos, o lo que tuviera planeado.

—Empezaba a preguntarme si tenía compañera de casa o no —comentó él mientras se quitaba la chaqueta.

—¿No tenías una cita esta noche?

—Sí, pero ha surgido algo y Emily ha tenido que cancelarla.

—¿Quieres que prepare la cena? —nunca le había gustado cocinar para ella sola. Le parecía mucho trabajo para nada.

—No, gracias. He quedado con unos amigos en el centro, en la Taberna de Phil. Comeré algo allí.

Rachel sabía que aquel bar deportivo era lugar de encuentro de militares. Los partidos de fútbol de los lunes por la noche eran todo un acontecimiento.

—Que lo pases bien.

—Eso espero —Nate subió las escaleras para ir a su habitación y Rachel acabó de ver las noticias.

Estaba en la cocina, registrando los armarios en busca de inspiración, cuando Nate se marchó. Él le dijo adiós con la mano camino de la puerta. Al aceptar su invitación, a Rachel le preocupaba que quisiera reanudar su relación. Por suerte no había sido así. Rachel había conocido a su novia, Emily, y ésta le caía bien. Tenía la impresión de que congeniaba con Nate mucho mejor que ella.

La situación era ideal, o tan ideal como podía ser mientras Rachel viviera separada de su marido.

Cenó sola en la mesa de la cocina, hojeando una revista de golf con seis meses de antigüedad. Acabó pronto y, como necesitaba algo con lo que ocupar la mente, agarró un lápiz y el periódico y se puso a hacer un crucigrama.

Fue entonces cuando lo notó.

Al principio no estaba segura. Luego, sucedió otra vez.

El bebé se estaba moviendo.

Rachel se llevó la mano a la tripa.

—Vaya, hola —musitó.

En su última visita, el médico le había dicho que de un momento a otro empezaría a sentir cómo se movía el bebé. Era una sensación tan leve, como si una mariposa se hubiera posado en su brazo, que por un instante ni siquiera pensó que pudiera ser el bebé.

Deseaba compartir su alegría, pero no había nadie con quien hablar. Ni Bruce. Ni Nate. Ni nadie.

Antes de que pudiera cambiar de idea, sacó su teléfono móvil y llamó a su marido.

Como se temía, contestó Jolene.

—Soy Rachel —cerró los ojos, esperando un comentario sarcástico.

—Hola —dijo la chica de trece años en tono casi cordial. Pero su voz se endureció de inmediato al preguntar—: ¿Qué quieres?

Parecía imposible, pero por un segundo se preguntó si Jolene se habría ablandado...

—¿Puedo hablar con tu padre?

Jolene no respondió, pero Rachel oyó que dejaba el teléfono y llamaba a Bruce.

—¡Papá! Es Rachel.

—¿Rachel? —Bruce se puso enseguida y empezó a acribillarla con preguntas—. ¿Dónde estás? ¿Estás bien? ¿Le pasa algo al bebé?

—Estoy bien —contestó ella—. Y el bebé también.

—¿Por qué has bloqueado mi número para que no pueda llamarte al móvil?

Rachel no quería que la llamara dos o tres veces al día. La escena en la peluquería le había dejado un regusto amargo, y poco después había bloqueado su número.

—Como te decía, estoy bien —le aseguró, en lugar de responder a su pregunta.

—¿Y el bebé?

—También.

—¿Te han hecho ya la ecografía?

—Sí. Hace un par de días.

—¿Te dijeron que vamos a tener? ¿Un niño? ¿O una niña? Aunque por mí que vengan uno de cada —añadió Bruce en son de broma.

Rachel ni siquiera intentó disimular que estaba sonriendo.

—Pedí al ecógrafo que no me lo dijera.

—¿No quieres saberlo?

—Prefiero que sea una sorpresa.

Hubo un momento de silencio.

—Supongo que Jane te habrá dicho que me pasé por la peluquería —murmuró.

Lo cierto era que Rachel había estado tan ocupada la semana anterior que no había tenido tiempo de llamar a su ex jefa.

—No, no me lo ha dicho.

—¿Estás trabajando? ¿Necesitas algo? ¿Dinero? ¿Comida?

—Puedo valerme sola, Bruce, pero gracias por preguntar.

Parecía sinceramente preocupado por ella, y eso hizo que lo echara de menos aún más.

—¿Tienes otro trabajo?

—Sí —no le dio más información. Prefería guardarse aquel dato por miedo a otra escena embarazosa en su puesto de trabajo. Confiaba en seguir trabajando en el astillero hasta que diera a luz.

—¿Trabajas en otro salón de belleza?

—No —contestó sin dar más explicaciones.

—¿Te despediste por lo que pasó aquel día, con Jolene?

La respuesta era obvia, así que Rachel no contestó.

—¿Cómo está Jolene? —preguntó con cautela. Confiaba en que, tras su marcha, su relación pudiera ir mejorando. Quizá fuera una ilusa. Ya no lo sabía.

—Jolene está... acostumbrándose —contestó Bruce como si buscara la palabra adecuada.

—Acostumbrándose —repitió ella, intentando deducir qué quería decir exactamente.

Siguió un tenso silencio. Lo que Bruce se callaba era mucho más revelador que lo que decía. Nada había cambiado, en realidad. Pero el sarcasmo hiriente había desaparecido de la voz de Jolene cuando contestó al teléfono. Quizá fuera prematuro hacerse ilusiones, pero Rachel no pudo evitar agarrarse a esa pequeña esperanza.

—La enfermera de la clínica ginecológica me dijo que habías llamado para preguntar por mí y por el bebé.

—¿Estás enfadada?

—No... no, nada de eso. Me... me gustó.

—¿Sí?

—No pretendo esconderme de ti, Bruce. Pero... En fin, es difícil. Por ahora, creo que lo mejor es que nuestro contacto sea muy limitado.

—Eso no puedo aceptarlo —se apresuró a decir él—. Hacía más de una semana que no hablábamos, y la última vez cortaste tan rápidamente la conversación que casi no me dio tiempo a preguntarte cómo estabas.

—La corté tan rápidamente porque no parabas de preguntarme dónde vivo, y de momento eso carece de importancia.

—¿Por qué tiene que ser un secreto?

Rachel no quería que aquella llamada acabara tan mal como la de la semana anterior.

—Ya estás otra vez —con el tiempo le diría que estaba viviendo con Nate, pero de momento su compañero de casa era lo que menos debía preocuparles.

—Está bien, lo siento. Si quieres que finja que no me preocupo por ti, lo haré —parecía frustrado, y Rachel se sintió culpable.

—Bruce, por favor...

—¿Podemos vernos? —la interrumpió—. ¿O es pedir demasiado? Necesito verte, Rachel. Concédeme eso, al menos.

—Supongo... supongo que sí.

—¿Cuándo?

—¿El viernes por la noche? —sugirió.

—Podríamos ir a cenar a un mexicano.

Rachel sonrió y se apartó el pelo de la frente.

—Me temo que la comida mexicana no me sienta muy bien últimamente —un solo bocado y sufría un ataque galopante de ardor de estómago. Confiaba en que se le pasara después de dar a luz.

—Elige tú, entonces. Iremos donde quieras. ¿Al D.D.'s?

—Está bien, al D.D.'s.

Casi sintió cómo se animaba Bruce.

—Te echo tanto de menos... —dijo él.

—Yo también a ti —susurró Rachel.

—Estoy deseando verte.

—He llamado porque...

—No me importa por qué haya sido, sólo me alegro de que hayas llamado —dijo Bruce.

—Esta noche he sentido por primera vez moverse al niño.

—¿Se ha movido? —preguntó él, emocionado.

—Sí.

—¿Te estás cuidando como es debido?

—Claro que sí.

—¿Comes bien?

Rachel se rió.

—Sí.

—Me muero de ganas de que llegue el viernes.

—Yo también —se preguntaba si Jolene estaba escuchando y qué diría su hijastra cuando Bruce colgara el teléfono. Le partía el corazón que hubieran perdido la intimidad que habían compartido en otro tiempo. Pero ya no sabía cómo recuperar la confianza de la niña.

—Antes de que nos veamos, quiero decirte una cosa —dijo Bruce.

—De acuerdo.

Parecía muy serio.

—He ido a ver a un terapeuta familiar.

Era un paso enorme para él, y Rachel tuvo la esperanza de que pudieran resolver sus problemas antes de que llegara el bebé.

—¿Jolene ha ido contigo?

Bruce no respondió, pero ésa era respuesta suficiente.

—Puede que vaya la próxima vez —dijo ella, intentando animarlo—. Estoy segura de que el terapeuta querrá vernos a los tres en algún momento.

—A los cuatro —puntualizó Bruce—. Te olvidas del bebé.

Ella sonrió.

—Tienes razón.

—¿Volverás a llamar pronto?

—¿Cómo de pronto?

—¿Dentro de un cuarto de hora?

Ella sonrió y se apoyó en la pared.

—Quizá deberíamos empezar de cero —añadió Bruce bajando la voz—. Volver a ser novios.

Rachel se mordió el labio, tentada por su sugerencia.

—¿Crees que eso ayudaría a Jolene?

—No lo sé, pero merece la pena intentarlo, ¿no crees?

—Puede —debía mostrarse cauta. Quería tanto a Bruce que podía convencerla casi de cualquier cosa. Salvo de regresar a casa.

—¿Qué va a hacer Jolene el viernes por la noche?

—Estará con una amiga, como suele.

—¿Con qué amiga?

—Con Carrie, creo.

—¿Crees? —era lo que se temía Rachel: Bruce le había cedido todo el control a Jolene. Ella siempre había procurado saber dónde iba a Jolene y con quién antes de que la chica saliera de casa, y Jolene odiaba aquel control.

—Es con Carrie o con Lucy. ¿Por qué? ¿Qué importa?

—Importa porque tu hija necesita supervisión. Jolene está en una edad muy vulnerable. Necesita límites.

—Le he dicho que tiene que estar en casa antes de las doce de la noche.

—¿De las doce de la noche? —Rachel pensó que iba a marearse—. Una niña de trece años tiene que estar en casa y en la cama mucho antes de esa hora. ¿Es que te has vuelto loco?

—¿Podemos hablar de esto en otro momento? —dijo Bruce tras un momento de tensión.

—Puede que sea lo mejor.

—¿Nos vemos en el D.D.'s a las seis?

—Allí estaré —luego, como sentía el impulso de hablar con Jolene, de intentarlo una vez más, le pidió a Bruce que se la pasara.

Su hijastra tardó un par de minutos en ponerse.

—¿Qué? —preguntó.

—Me han dicho que estás cuidando muy bien de tu padre —dijo Rachel, pensando que si empezaba con un cumplido, la conversación sería más fácil.

—Ya te lo dije, aquí no te necesitamos.

—Y tenías razón —estaba claro que Jolene no se esperaba aquello—. Tu padre y yo vamos a salir a cenar el viernes.

—Genial —masculló ella sarcásticamente—. Pero no irás a volver, ¿no?

—No.

—Bien, porque estamos muy a gusto sin ti.

Rachel no lo dudaba, al menos en opinión de Jolene. Guardó silencio.

—Papá y yo estamos más unidos que nunca.

Rachel decidió hacer oídos sordos.

—Quería contaros que hoy he sentido moverse al bebé.

Por primera vez desde que se había puesto al teléfono, Jolene no contestó ásperamente.

—El médico dice que... —prosiguió Rachel.

—¿Sabes ya si es niño o niña?

—Tu padre me ha preguntado lo mismo. No, no he querido que me lo dijeran. Prefiero que sea una sorpresa.

—Ah —Jolene parecía desilusionada.

—¿Quieres tener un hermanito?

Su hijastra titubeó.

—Supongo que sí.

—También estaría bien que fuera una niña —añadió Rachel—. Así, más adelante, podríais ser amigas. Yo siempre quise tener una hermana.

—Yo también. De pequeña.

—En cualquier caso, el bebé se alegrará de tener una hermana mayor —dijo Rachel—. Me alegro de hablar contigo, Jolene. Quizá podamos volver a hablar, ¿no?

—Podemos hablar —murmuró su hijastra—, con tal de que no vuelvas.

CAPÍTULO 16

—Mamá —susurró Tanni al entrar en el dormitorio de su madre—, estás guapísima.

Shirley se sonrojó.

—¿Lo dices de verdad, Tanni?

Estaba a punto de casarse y no recordaba haber pasado nunca tantos nervios.

Larry y ella querían una boda pequeña. Sólo la familia y un puñado de amigos. Tanni había accedido a ser su madrina y Miranda haría de dama de honor.

La boda, oficiada por el padre Donahue, iba a celebrarse en una pequeña capilla de la iglesia católica. Larry y sus hijos habían llegado de California en avión esa misma mañana, a primera hora. Tenían que casarse ese fin de semana o esperar otros tres meses, hasta que Larry regresara de sus viajes.

A Larry aquellos tres meses le parecían muy lejanos, dado que ya habían tomado una decisión. Shirley no tenía previsto volver a enamorarse; no lo esperaba, desde luego. Conocer a Larry había desbaratado sus planes de vivir el resto de su vida como una viuda. Como decía Larry, estaban destinados a estar juntos.

Juntos.

Era casi de risa. Sólo iban a poder pasar juntos cuarenta

y ocho horas; después, Larry se iría a Nueva York dos semanas, y más tarde a hacer una gira por Europa. Larry quería que Shirley lo acompañara, claro, y a ella le habría encantado. Pero por desgracia no era posible. No podía sacar a Tanni del instituto, ni ausentarse varias semanas seguidas. No estaba dispuesta a dejar que su hija de diecisiete años se valiera sola. Tenía, además, varios encargos en los que estaba trabajando y no podía dejarlos a medias. Por encima de todo era la madre de Tanni y ella la necesitaba en casa.

Perder a su padre había sido un golpe terrible para su hija adolescente, y Shirley no iba a someterla a otro cambio brutal justo cuando empezaba a recuperarse.

El plan era que se casaran el viernes por la tarde, que estuvieran dos días de luna de miel y que luego Larry pasara fuera casi tres meses.

La ceremonia fue encantadora. Después, las dos familias se fueron a cenar. Shirley se sintió aliviada al ver lo bien que se llevaban sus hijos y los de Larry. Bromeaban y reían como si se conocieran de toda la vida.

Larry la tomó de la mano por debajo de la mesa.

—¿Nos vamos? —preguntó en voz baja.

—¿Ya? —preguntó Shirley. Estaba disfrutando de la conversación y odiaba poner fin a la velada.

—Podemos quedarnos todo lo que quieras, pero tenemos por delante un viaje de tres horas.

Shirley no sabía de qué estaba hablando. Ella había planeado la boda, pero la luna de miel se la había dejado a Larry.

—¿Adónde vamos? —preguntó.

—Unos amigos míos tienen una casa de verano cerca de Leavenworth y nos la han prestado.

Aquel pueblecito de estilo bávaro, situado en la parte este del estado, era uno de sus lugares preferidos. Dado que entre sus habitantes abundaban los artistas, no le sorprendió que Larry tuviera amigos allí.

Larry le apretó los dedos.

—Avísame cuando estés lista.

Shirley también le apretó la mano.

—Podemos irnos ya.

Aun así, tardaron media hora en marcharse, porque todos querían darles la enhorabuena y desearles lo mejor. Tomados de la mano, Larry llevó a Shirley a la entrada del restaurante, donde el aparcacoches había llevado su coche de alquiler. Larry la ayudó a subir y se alejaron entre los gritos y saludos de sus familiares y amigos.

—Ya estamos de camino —dijo Larry, mirándola al salir de la rotonda—. Por fin —Shirley le sonrió—. Eres una novia preciosa.

—Y tú un novio increíblemente apuesto —contestó ella—. ¿Eres feliz?

—Mucho. Pero también estoy triste.

—¿Triste? ¿Por qué? —preguntó Shirley.

—Porque tenemos muy poco tiempo.

Shirley no quería pensar en el futuro, más allá del siguiente fin de semana. De algún modo lograrían superar los tres meses que tenían por delante. Después, cuando Tanni se marchara a la universidad, podrían vivir juntos en California.

—¿Te he dicho alguna vez lo mucho que me gusta Leavenworth? —preguntó. A menudo hablaban dos y tres horas seguidas. Imaginaba que debía de haberle dicho que sentía debilidad por aquel pueblo.

—No, que yo recuerde. Sólo he estado una vez y me gustó muchísimo. Fue el primer sitio en el que pensé para la luna de miel.

Shirley se arrellanó en el mullido asiento de cuero. Estaba agotada y el aire caliente de la calefacción le daba sueño.

—Vamos, descansa —dijo Larry—. Pienso tenerte despierta casi toda la noche.

Ella suspiró plácidamente.

—Entonces conviene que sepas que pienso dejarte exhausto.

Larry se echó a reír.

—Eso habrá que verlo.

A la mañana siguiente, Shirley tuvo que reconocer que los dos tenían razón. Habían llegado a la cabaña a eso de las once de la noche. Mientras él encendía el fuego y abría una botella de champán, ella deshizo las maletas y se puso un camisón de seda y una bata.

Larry era un amante tierno y considerado. Después, durmieron un rato y luego volvieron a hacer el amor. Por la mañana, la luz del sol despertó a Shirley. Se sentó y se estiró, satisfecha, antes de acurrucarse al lado de Larry.

—Mmm —él se volvió y la rodeó con un brazo—. Me gusta despertarme contigo a mi lado.

—A mí también —susurró ella. Unos minutos después, apartó las mantas, se estremeció con el frío de la mañana y corrió a envolverse en su fina bata.

El café se estaba haciendo cuando Larry se reunió con ella. Se había vestido y enseguida hizo otro fuego.

Shirley sólo miró fuera cuando ya se habían servido una taza de café.

—¡Larry! —gritó, descorriendo bruscamente las cortinas—. ¡Ha nevado!

—Estamos en las montañas, amor mío.

—Sí, lo sé, pero todavía es octubre y no me lo esperaba. ¡Qué bonito es esto!

—Sí, lo es —contestó él, rodeándola con sus brazos. A Shirley le encantaba estar tan cerca de su marido, adoraba que la abrazara. Faltaba muy poco para que tuviera que volver al mundo real, para hallarse sola otra vez.

Pasaron un día delicioso, montando en motos de nieve, riendo y disfrutando de su mutua compañía. Larry la llevó a un restaurante estupendo para cenar y pasaron buena parte de esa noche descubriéndose el uno al otro de maneras nuevas y excitantes. Luego, el domingo por la mañana temprano, regresaron en coche a Cedar Cove.

Como Larry tenía que devolver el coche de alquiler en el aeropuerto, la llevó primero a casa. Cuando llegaron, metió la pequeña maleta de Shirley en la casa y luego la abrazó con fuerza.

—No quiero irme —murmuró.

Shirley tampoco quería que se fuera. De hecho, tenía ganas de llorar.

Larry escondió la cara entre su pelo.

—Las semanas pasarán volando —dijo.

—No, no es verdad —protestó ella—. Cada minuto va a parecerme una hora —sintió la sonrisa de su marido sobre su piel cuando Larry besó su cuello.

—Tienes razón. Pero intento mantener una actitud positiva. ¿Y si me echas una mano?

—Yo también lo intento —masculló—. Pero sé que voy a sentirme muy sola y muy triste.

Él consultó su reloj.

—Tengo que irme.

—Lo sé —si se retrasaba por el tráfico o al devolver el coche de alquiler, perdería su vuelo.

Se besaron una última vez y Shirley lo acompañó hasta el coche y se despidió agitando la mano, con una sonrisa forzada. Se negaba a despedirse de él con lágrimas en los ojos. De pie junto a la valla, esperó a que el coche se perdiera de vista.

Exhalando un suspiro, entró en casa y encontró una nota de Tanni en la pizarra de la cocina. «Estoy con Kristen. Vuelvo antes de las seis».

Eran sólo las tres. Shirley se rodeó con los brazos y se dejó caer en un sillón. Sentía lástima de sí misma.

—Esto es absurdo —se dijo en voz alta. Había conocido y se había casado con un buen hombre, un pintor, como ella, cuyo trabajo admiraba. En lugar de lamentarse por las semanas vacías que tenía por delante, debería estar dando gracias al cielo por su suerte.

Levantó el teléfono y llamó a Miranda.

—¿Qué haces? —preguntó.

—Estoy limpiando la casa —contestó su amiga—. Que alguien me pare.

—Está bien, para. Necesito tu ayuda.

—¿Larry se ha ido?

—Sí. Estoy intentando no deprimirme. Pero no puedo hacerlo sola. ¿Te apetece venir a comer helado y a ver un montón de películas románticas conmigo?

Miranda no vaciló.

—Me encantaría. ¿Tienes helado de macadamia o tengo que pasarme por la tienda de camino?

—Deja que mire —Shirley se acercó al frigorífico y abrió el congelador—. Tengo de vainilla y... —apartó dos filetes de halibut congelados, una caja de comida precocinada y un par de bolsas de guisantes—. No, no tengo.

—Voy a comprarlo —dijo Miranda—. Tardaré... cuarenta minutos. ¿Podrás sobrevivir ese tiempo?

—Cuarenta sí. Cuarenta y cinco, no sé.

—Le diré al dependiente de la tienda que es una emergencia y llegaré lo antes posible.

Antes de colgar, Shirley logró sonreír. Miranda era una buena amiga, y ella agradecía que estuviera dispuesta a dejarlo todo para acudir en su auxilio.

Cuando llegó con helado de tres sabores, Shirley había deshecho su maleta, había puesto una lavadora y sacado cuencos y cucharas. También había preparado un montón de DVD. Tras echar un vistazo a sus películas románticas preferidas, había escogido *La reina de África*, *French Kiss*, *Tras el corazón verde* y *La princesa prometida*.

Miranda decidió que primero debían ver *French Kiss*. Shirley metió el disco en el lector mientras su amiga repartía el helado. Se sentaron en el sofá y empezaron a comer lentamente.

—Me encanta esta película —masculló Shirley mientras comía una cucharada de helado.

—A mí también —dijo Miranda en tono soñador.

Muy pocas personas habrían adivinado que Miranda era una romántica, a pesar de sus bruscas maneras. Shirley sabía que lo era. Ese contraste entre su apariencia franca y desenvuelta y su corazón tierno y sensible era una de las cosas que la hacían tan interesante.

Shirley no conocía a nadie, ni siquiera Olivia, capaz de bajarle los humos a Will Jefferson de manera tan efectiva. Llevaba meses observando sus riñas y discusiones. Discutían como una pareja casada desde hacía muchos años, y Shirley estaba convencida de que era para los dos un disfrute. Esa clase de relación no era para ella, pero a otras parejas les funcionaba.

—Adivina qué me ha llegado en el correo —dijo.

—¿Algo bueno? ¿Una carta anunciándote que has ganado un premio en metálico?

—Mejor. Una tarjeta de tu jefe.

Miranda dejó su cuenco de helado sobre la mesa, se irguió y paró la película.

—¿Will te ha mandado una tarjeta de felicitación por tu boda?

—Pues sí.

—¿Will? ¿Will Jefferson? ¿Estás de broma?

—No es tan malo, ¿sabes? —comentó Shirley—. Debajo de tanta arrogancia, hay un buen tipo.

Miranda arrugó el entrecejo y sacudió la cabeza.

—Ese hombre no ve más allá de su ombligo. Tiene un ego tan grande que no sé cómo cabe por la puerta.

Shirley se rió.

—Por amor de Dios, ¿no te parece que exageras?

—Tú no trabajas para él. Yo sí. Lo he visto en sus peores momentos.

—Y en los mejores —añadió Shirley.

Miranda no estaba dispuesta a dar su brazo a torcer tan fácilmente.

—Piensa lo que quieras, pero yo conozco al verdadero Will Jefferson.

Shirley se levantó del sofá, buscó la tarjeta de boda y se la pasó a su amiga. Miranda leyó el mensaje de Will, cerró la tarjeta y la miró.

—¿Y bien?

—Tiene labia —reconoció Miranda a regañadientes—. Hasta parece buena persona.

—No te hagas la sorprendida —a ella, la nota de felicitación le parecía sincera. Will les deseaba felicidad y afirmaba sentirse orgulloso de haber propiciado su encuentro.

—A veces puede ser sincero —dijo Miranda con cierta reticencia.

Shirley estaba de acuerdo. A pesar de sus dudas iniciales, había percibido las buenas cualidades de Will: su bondad, su compromiso con los artistas de Cedar Cove y su generosidad.

—Se alegra de veras de que Larry y yo hayamos encontrado la felicidad juntos.

—¿De veras? —preguntó Miranda con sorna.

Shirley se quedó mirándola.

—No sabía que te cayera tan mal —en realidad, sabía que era al contrario. Miranda se estaba enamorando de Will, y se resistía a ello con uñas y dientes.

—No me cae mal —dijo—. De hecho... —cerró los ojos.

—¿Qué? —insistió Shirley, aunque sabía lo que estaba a punto de contarle su amiga.

—Si te ríes, te juro que me levanto, me voy y no vuelvo más a esta casa.

—No voy a reírme —le prometió Shirley, muy seria—. Te doy mi palabra.

Miranda la miró ceñuda, como si calibrara hasta qué punto estaba hablando en serio.

—Está bien, voy a decírtelo. Me temo que... Bueno, la verdad es que estoy casi segura de que me he enamorado de él.

—¿Y crees que no lo sabía? —Shirley sonrió de oreja a oreja. Le alegraba que Miranda lo hubiera confesado. Quizá por fin pudiera pasar algo entre Will y ella.

—¿Lo sabías?

—Cielo, hace mucho tiempo que somos amigas. ¿Cómo no iba a darme cuenta de lo que sientes por Will?

Miranda parecía atónita.

—¿Crees que lo sabe Will? —preguntó, ansiosa.

—¿Will Jefferson? —dijo Shirley—. El pobre no tiene ni idea —aunque en el fondo creía que sí... y que sentía exactamente lo mismo que ella.

CAPÍTULO 17

Al descubrir que estaba embarazada de Chad Timmons, Gloria había sentido que se le caía el mundo encima. En los meses transcurridos desde entonces había cambiado de opinión. Quería a su bebé con una fiereza, una intensidad y un afán de protección que no había experimentado nunca antes.

Su obstetra le había mandado una ecografía de rutina para el martes por la mañana. Sentada al borde de la cama, Gloria cerró los ojos y se debatió, sin saber qué hacer. No había visto a Chad, ni había tenido noticias suyas, desde que habían hablado en el aparcamiento del hospital, el día que él estaba con otra mujer. Una rubia preciosa, menuda y delicada. No como ella, que aunque se consideraba medianamente atractiva, se enorgullecía de ser una mujer fuerte y dura. Era policía: tenía que ser fuerte, tanto física como mentalmente.

Chad sabía lo del bebé. Roy McAfee se lo había dicho, por motivos propios. Ella se había enfadado por que su padre actuara en contra de sus deseos explícitos, pero con el tiempo lo había perdonado y hasta encontraba cierto alivio en el hecho de que la hubieran liberado de una tarea tan penosa. Pero después de enterarse, Chad no había hecho intento alguno de ponerse en contacto con ella. Eso, sin embargo, no debía sorprenderla. Chad le había pedido a Mack que le llevara los libros, lo cual demostraba que estaba preocupado. Pero no le había tendido los brazos. Ni ella hacía ningún esfuerzo por hablar con él.

Pensaba ahora, sin embargo, que tal vez a Chad le gustaría saber lo de la ecografía. La enfermera que le había dado la cita le había dicho que podía ir acompañada por otra persona. Gloria había pensado en pedírselo a su madre biológica, pero Corrie estaba en Dakota del Norte, con Linnette y su nuevo nieto. Si no, la habría acompañado, no había duda.

Gloria tenía que reconocer, pese a todo, que la persona que debía acompañarla era Chad. Con dedos temblorosos agarró su teléfono móvil y marcó el botón que la conectaría con Chad. Muchas veces había sentido la tentación de borrar aquel número. Pero nunca lo había hecho. Quizá, en el fondo, deseaba mantener algún vínculo con él.

Chad contestó de inmediato.

—Doctor Timmons.

—Soy Gloria —tenía la garganta tan seca que le costó pronunciar su nombre. Silencio—. Tengo entendido que Roy te dijo...

—Que estás embarazada —concluyó él.

—Sí. Casi de cinco meses —silencio otra vez, un tenso silencio que le reconcomía las entrañas—. Intenté decírtelo —balbució—. El día que me presenté en el hospital. Pero estabas con esa mujer y...

—Sí, me acuerdo —la atajó él.

—¿Cómo está tu... tu amiga? —era una forma muy poco sutil de preguntarle si tenía novia.

—Eso no es de tu incumbencia.

Gloria cerró los puños.

—Tienes razón.

—¿El bebé está bien? —su voz seguía siendo fría y distante.

No había preguntado por ella.

—De momento todo está dentro de la normalidad. Mañana a las nueve me hacen una ecografía.

—¿Y por qué me lo cuentas?

—He pensado que debías saberlo —Gloria se arrepentía de haberlo llamado. Su actitud, una indiferencia rayana en la hostilidad, era casi insoportable.

—¿Por qué?

—La enfermera dijo que podía ir acompañada —masculló, sintiéndose idiota.

—¿Quieres que vaya contigo? —su voz se suavizó.

—Si es posible. Me... me doy cuenta de que no te dejé elección.

—Los martes tengo turno de mañana.

—Ah —debería haberlo llamado enseguida...

—Haré lo que pueda. Pero no te prometo nada.

Su corazón se aceleró. Chad había dicho que la acompañaría si podía. Que quería ir con ella.

—Está bien —dijo, y le dio la información pertinente.

—A las nueve —repitió él.

—Sí. Y gracias por los libros, Chad —quería que supiera que era consciente de quién se los había enviado. Quizá Chad no se preocupara por ella, pero se preocupaba por su bebé, y eso la animaba. Se preguntaba si habría sido capaz de llamarlo, de no ser por aquel pequeño detalle.

—¿Mack te dijo que te los mandaba yo?

—Al principio, no. Se lo pregunté cuando Roy reconoció que te lo había dicho —después de descubrirlo, sus emociones habían sido un caos durante días.

—Tenía derecho a saber que estoy a punto de convertirme en padre.

—Sí —contestó ella—. Lo tienes.

—No debiste ocultármelo —Gloria sintió una nota de resentimiento en su voz. Estaba claro que no la había perdonado.

—Espero verte mañana —dijo, y puso fin a la llamada antes de que la conversación degenerara en una batalla verbal.

Entendía que estuviera enfadado por que le hubiera ocultado su embarazo. Pero lo irónico del caso era que lo había hecho por él. Chad estaba saliendo con otra mujer en aquel momento. Quizá todavía estuviera saliendo con ella. Su único vínculo era el bebé, y Gloria no quería que esa responsabilidad que no había buscado fuera un obstáculo para su futuro o su nueva relación de pareja.

A la mañana siguiente, llegó con un cuarto de hora de antelación a la clínica donde iba a hacerse la ecografía. En la sala de espera había seis sillas, cuatro de las cuales estaban ocupadas. Gloria se sentó en una y escogió una revista. La pareja sentada frente a ella se daba las manos, y la otra hablaba en susurros, emocionada.

Llamaron primero a los que se daban la mano. Gloria miró el reloj de pared y pensó que seguramente Chad no habría podido ir.

Diez minutos después la llamó la enfermera. Gloria dejó la revista, a la que apenas había echado un vistazo, y se levantó. Siguió a la enfermera hasta la sala de reconocimiento. Estaba tumbada en la camilla, con los pantalones desabrochados y bajados y la camiseta subida, cuando llamaron a la puerta. La doctora le estaba explicando el procedimiento y lo que Gloria podía esperar ver en la ecografía y lo que no. Ella escuchaba atentamente, pero se sentía distraída por un sentimiento de soledad. Una sensación de abandono, de que no le importaba lo bastante a nadie. El nudo que notaba en la garganta parecía a punto de ahogarla. Entonces la enfermera abrió la puerta.

—Está aquí el doctor Timmons. ¿Quiere que lo haga pasar?

—Sí, por favor —dijo Gloria. Sintió, avergonzada, que se le saltaban las lágrimas y le corrían por la cara. Deseaba enjugárselas, pero temía que ello las hiciera más evidentes.

—Pase —dijo la doctora, y saludó a Chad con una sonrisa—. Acerque una silla y siéntese. Estábamos a punto de empezar.

Chad colocó su silla de tal modo que pudiera ver claramente la pantalla. La doctora extendió un gel frío sobre el vientre de Gloria y colocó un artilugio semejante a una varita sobre la pequeña protuberancia redondeada que era su bebé. Gloria tenía los ojos fijos en la pantalla. No se atrevía a mirar a Chad.

—¿Quieren saber el sexo? —preguntó la doctora.

—Claro —contestó Gloria por los dos, y se volvió hacia Chad.

—Estaría bien —dijo él.

—De acuerdo. ¿Ven al niño?

—¿Es niño? —preguntó Chad.

—Pues sí, no hay duda.

A pesar de que estaba decidida a no mirar de nuevo a Chad, Gloria movió la cabeza y vio su amplia sonrisa. Chad la miró y ella sonrió, indecisa.

—Estaría igual de contento si fuese niña —murmuró Chad.

—Yo también —murmuró ella.

—Tenemos diez dedos de las manos y de los pies —prosiguió la doctora.

—¿Está segura de que lo que ve no es otro dedo? —bromeó Chad.

—Créame, papá, eso no es un dedo.

Chad se rió, y Gloria empezó a relajarse. Para su sorpresa, Chad la agarró de la mano con sencillez, y la tensión entre ellos se disipó en parte.

La ecografía sólo duró unos minutos. La doctora la revisaría en busca de posibles anormalidades, pero Chad, como médico, le aseguró a Gloria que todo parecía estar en orden.

La doctora limpió aquella sustancia pegajosa del vientre de Gloria y salió de la sala.

—¿Has pensado en algún nombre? —preguntó Chad cuando ella se incorporó.

—Sí, un poco. He pensado que, si era niño, me gustaría ponerle Roy de segundo nombre —Chad asintió con un gesto—. ¿A ti se te ocurre alguno? —preguntó Gloria mientras se colocaba la ropa.

—Di Maggio.

—¿Qué? —preguntó Gloria, pensando que había oído mal.

—Di Maggio. Por Joe Di Maggio. Soy muy aficionado al béisbol.

—¿Y no podríamos llamarlo simplemente Joe?

Chad sacudió la cabeza.

—Es muy soso.

—No voy a cargar a nuestro hijo con un nombre como Di Maggio. Nos odiará si lo llamamos así. ¿Cómo se llama tu padre? —de pronto se dio cuenta de lo poco que sabía de su vida antes de su llegada a Cedar Cove.

—Robert.

—Rob Roy. Oh, no.

—Mi abuelo se llamaba Simon —dijo Chad.

—Simon Roy —repitió ella—. Bueno, podemos pensarlo.

—De acuerdo —salieron juntos de la consulta—. No puedo creer que nos hayamos puesto de acuerdo en algo —sonrió—. O casi.

Tenía motivos de sobra para pensar así, y Gloria sentía el impulso de demostrarle cuándo le agradecía que hubiera ido.

—Me alegro de que estés aquí —masculló con la vista fija en el suelo.

—Yo también.

—Debí avisarte antes...

Chad se encogió de hombros.

—Le cambié el día a un amigo que me debía un favor —no dijeron nada mientras la acompañaba a su coche—. ¿Leíste los libros? —preguntó por fin, rompiendo el silencio.

—Sí, los tres, de principio a fin —sonrió—. Incluyendo el de los nombres, aunque lo único que saqué en claro es lo difícil que es tomar una decisión. Pero los libros sobre embarazo me han resultado muy útiles.

—Yo suelo recomendarlos.

—No me extraña.

Se quedaron allí parados, cara a cara. Ninguno de los dos parecía tener ganas de irse.

—Ahora trabajo en oficinas —le dijo Gloria.

—Sí, ya me he enterado —murmuró Chad—. Seguro que no te gusta nada.

Ella hizo un gesto con las manos, sin saber qué decir. Al principio, cuando la habían asignado a administración y centralita, esperaba aburrirse. Pero no era así.

—La verdad es que está bien —dijo—. ¿Y tú? ¿Te gusta trabajar en urgencias?

Chad hizo el mismo gesto ambiguo que había hecho ella.

—No es tan distinto a lo que hacía en la clínica de Cedar Cove.

Gloria apretó el botón para abrir la puerta del coche.

—¿Te encuentras bien?

Ella asintió con la cabeza.

—Demasiado bien. He engordado dos kilos y medio.

—Los dos queremos un bebé sano, Gloria. No quiero que te preocupes por el peso.

—No voy a preocuparme —prometió ella. No quería poner fin a la conversación, pero tenía que volver al trabajo—. Será mejor que me vaya.

—Yo también.

—Gracias —susurró ella, y se inclinó para darle un abrazo.

Chad también la abrazó.

—Gloria... —dijo en voz baja.

—¿Sí?

—Creo que deberías saber que todavía salgo con Joni.

CAPÍTULO 18

Rachel esperaba a Bruce dentro del cine de Cedar Cove. Cada poco minutos miraba el reloj. Su cita para cenar el viernes anterior había salido bien. Había sido casi como cuando empezaron a salir. Era una delicia volverse a reír con su marido.

Despedirse al final de la velada no había sido tan agradable, en cambio. Cada uno se había ido en su coche, en direcciones opuestas. Pero antes de despedirse habían hecho planes para verse otra vez. Rachel había sugerido que fueran al cine. Ya había visto aquella comedia romántica en una sesión de tarde, pero sabía que a Bruce iba a gustarle. Necesitaban razones para reírse juntos. No habían hablado desde el viernes anterior y a ella le preocupaba que Bruce se hubiera confundido de hora, o que no recordara que habían quedado en verse ese día.

Justo cuando estaba a punto de darse por vencida y marcharse a casa, apareció Bruce, nervioso y casi sin respiración.

—No sabía que ibas a esperarme —dijo—. Menos mal que estás aquí —la agarró de los hombros y la atrajo hacia sí.

—¿Qué ha pasado? —preguntó ella, y enseguida se dio cuenta de que ya lo sabía—. ¿Jolene?

Él asintió con un gesto.

—Creía que esta noche iba a salir con unas amigas.
—Y así es.
—Hasta que descubrió que habías quedado conmigo.
—Se ha puesto enferma —Bruce puso los ojos en blanco, como si sospechara que su hija estaba fingiendo.
—Pero, Bruce, es posible que esté mala de verdad.
—Créeme, sé cuándo está enferma, y esto no era nada. Le he dicho que estaría perfectamente sola un par de horas y que volvería pronto.
—Pero...
—Vamos a disfrutar de la película —dijo él, y la condujo hacia la taquilla y, luego, hacia el bar.

Pidieron un recipiente grande de palomitas, un refresco y una botella de agua para Rachel, y bromearon comentando que las palomitas y las bebidas costaban más que la película.

Bruce la condujo a la sala, en la que ya habían empezado los tráileres. Inclinó el recipiente de las palomitas hacia ella y se acomodaron los dos para ver la película. Sólo cuando acabó y aparecieron los créditos pudo Rachel retomar la conversación. Estaba claro que Jolene había puesto el grito en el cielo por que su padre hubiera quedado con ella, lo cual era muy desalentador, sobre todo si era cierto que se había fingido enferma para impedir que Bruce acudiera a su cita. A Rachel le costaba creer que su hijastra fuera capaz de llegar a ese extremo. La buena noticia era que Bruce había tenido hacía poco su segunda sesión con el terapeuta.

—Entonces ¿qué tal te fue con el doctor Jenner? —preguntó ella cuando salieron del cine. Era ya de noche y estaba lloviendo.
—Bien, supongo. ¿Quieres que vayamos a algún sitio a hablar un rato?

Rachel se moría de ganas.
—¿No deberías llamar a Jolene?

Bruce titubeó.

—Le pedí a Anne, la vecina, que fuera a echarle un vistazo. Si hubiera pasado algo, me habría llamado. No voy a permitir que Jolene me obligue a renunciar al poco rato que puedo pasar contigo —sonrió y la tomó de la mano—. El doctor Jenner estaría orgulloso de mí.

Diez minutos después, estaban sentados frente a frente, a una mesa del Pancake Palace.

Goldie, la camarera de siempre, se acercó con una jarra de café en la mano y las cartas bajo el brazo. Bruce pidió un sándwich club y Rachel un cuenco pequeño de sopa de marisco. Había comido muchas palomitas y podría haber pasado sin cenar, pero Bruce no quiso ni oír hablar del asunto.

—Cuéntame más cosas de la terapia —dijo ella.

—Bueno —comenzó Bruce—, de momento soy quien habla, sobre todo. El psicólogo me preguntó por mi relación con Jolene antes de que nos casáramos y sobre cómo es ahora.

—¿Jolene fue contigo? —Rachel sabía que era improbable, y no le sorprendió la respuesta.

—No.

Habría sido esperar demasiado, se dijo Rachel, aunque confiaba en que Jolene cambiara de opinión.

—Antes no acabaste de contarme qué ha pasado esta tarde —dijo—. ¿Cómo...?

—No quiero hablar de eso —la atajó Bruce—. Tú no quieres decirme dónde vives. Y está bien. Tú tienes tus secretos y yo los míos. ¿Por qué tengo que contártelo todo si tú...?

—Eso no es exactamente un secreto —se apresuró a decir ella.

Bruce levantó la mano.

—Si no quieres decírmelo, da igual.

Rachel lo miró con enfado. Estaba dispuesta a decirle que compartía casa con Nate, pero no estando él de aquel humor.

—Si es lo que quieres.

Ninguno parecía inclinado a proseguir la conversación. Goldie les llevó la comida, puso el sándwich delante de Bruce y la sopa delante de Rachel y dio un paso atrás.

—¿Os habéis peleado?

—¿Por qué lo preguntas? —murmuró Rachel.

—Porque tenéis cara de amargados. Y no es buena idea comer juntos cuando se discute. Mel y yo llevamos cincuenta y seis años casados y nunca comemos ni nos vamos a la cama sin resolver antes nuestras diferencias —soltó un bufido—. Creo que os convendría hacerlo. Si no, acabaréis con dolor de estómago y lo achacaréis a la comida, cuando la culpa será sólo vuestra.

—Tienes razón, Goldie —dijo Rachel sin mirarla a los ojos.

La camarera se alejó rezongando y meneando la cabeza como si hubiera hecho todo lo que estaba en su mano.

Rachel agarró la cuchara, aunque dudaba de que pudiera comerse la sopa. Respiró hondo y miró a Bruce.

—Vivo en Bremerton, en una casa compartida —dijo en voz baja.

Mientras lo decía, Bruce estiró el brazo por encima de la mesa y tomó su mano.

—Jolene echó mano de los trucos típicos para que no me marchara. Fingir que estaba enferma fue sólo uno. Quería que esperaras en el cine sin saber si iba a presentarme o no.

A Rachel le dolía que su hijastra la odiara tanto que estuviera dispuesta a prescindir de una noche de diversión con sus amigas con el solo propósito de desbaratar los planes de su padre. Se trataba de mantenerlo alejado de ella. De su mujer...

—He permitido que Jolene controlara mi vida demasiado tiempo. Le he impuesto ciertas normas. El doctor Jenner las llama límites, aunque a mí me parecen normas puras y duras. A Jolene no le ha gustado nada, y me quedo corto —sacudió la cabeza—. Desde que empecé a ver al doctor Jenner está aún más rebelde.

Rachel no sabía qué decir. Se sentía deprimida, como si nunca fueran a encontrar una solución. Lo único que se le ocurría era que vivieran separados hasta que Jolene se marchara a la universidad. Sólo entonces se irían ella y el bebé a vivir con Bruce.

—Vamos a hablar de cosas más agradables —dijo Bruce.

—¿Qué, por ejemplo?

—De Christie y James. Y de su boda.

Enfrascada en sus propios problemas, Rachel llevaba semanas sin pensar en la hermana de su mejor amiga. Christie y James, el chófer y amigo de Bobby Polgar, habían ido a casarse a Las Vegas. Allí se habían casado también Bobby y Teri, recordaba Rachel con cariño. En apariencia, hacían mala pareja. Teri era una persona intuitiva, y Bobby, jugador de ajedrez profesional, llevaba una vida enteramente intelectual. Se enfrentaba a las cosas de forma lógica, más que instintiva. Quizá por eso congeniaban tan bien, respetando cada uno sus virtudes y capacidades. Ojalá su matrimonio fuera así de sencillo...

—¿Te enteraste de lo del juego de ajedrez? —preguntó Bruce.

—¿Bobby ha estado en algún torneo?

—No, el videojuego de ajedrez.

—¿Qué pasa con eso? —la última vez que había hablado con Teri, su amiga le había dicho algo acerca de que Bobby y James estaban desarrollando un juego de ordenador. Tenía algo que ver con el ajedrez y con un universo paralelo. Era lo único que sabía. Teri no estaba segura de cómo funcionaba, así que no se lo había explicado con claridad. Estaba demasiado ocupada con los trillizos como para preocuparse por el ajedrez o los videojuegos.

Bruce sonrió.

—Se lo han vendido a una gran empresa de videojuegos. Han conseguido un montón de dinero y cabe la posibilidad de que desarrollen más juegos en el futuro. James tiene mucho talento para eso.

—¿Quién iba a imaginarlo? Siempre ha sido tan callado, parecía tan a gusto ocupando un segundo plano...

—Por lo visto ya han firmado todos los papeles y el juego está en fase de producción. Va a ser el mayor bombazo desde World of Warcraft.

—¿Desde qué?

—Da igual.

—¿Y qué tal le va a James con Christie?

La sonrisa de Bruce se hizo más amplia.

—Pues...

—¿Qué? —al ver su expresión, a Rachel también le dieron ganas de sonreír.

—Christie está decidida a hacerle engordar.

Rachel sonrió. James era alto y delgadísimo y siempre lo había sido, al menos que ella supiera. Recordaba la primera vez que lo había visto. James había entrado en la peluquería para hacer un recado en nombre de Bobby. Parecía tan incómodo y fuera de lugar que Rachel no había sabido si sentir lástima de él o echarse a reír.

—Dudo que funcione. James tiene uno de esos metabolismos supereficientes.

—En todo caso, Christie se pasa cocinando día y noche. Teri dice que se ha vuelto más casera que un gato. James quería que dejara de trabajar en el supermercado, y ella lo dejó.

—¿Y sus clases en la universidad? —eran tan importantes para Christie cuando se apuntó que Rachel odiaría que las hubiera dejado.

—Está más decidida que nunca acabar el curso.

—¡Qué bien! Necesita hacerlo, por sí misma.

—James la apoya y no para de comer —hizo una pausa y añadió—: Aunque siga pesando exactamente lo mismo.

Estaba claro que Bruce había ido a ver a Teri.

—¿Cómo están los trillizos?

—Creciendo día a día.

—¿Y Teri?

—Estupendamente. Los niños ya duermen mejor y parece que está más descansada. Y Bobby también.

Habían contratado a una niñera a la que Rachel conocía, pero Teri estaba siempre pendiente de sus hijos.

—Me dijo que hacía mucho tiempo que no ibas a verla, ni la llamabas —añadió Bruce en tono de reproche.

Rachel sabía que, en cuanto viera a Teri, tendría que decirle que vivía con Nate. Teri era su mejor amiga, pero no sabía guardar un secreto. La única solución era evitarla, de momento. Rachel la echaba mucho de menos, así que no tardaría en llamarla o ir a verla. Ya se sentía más fuerte, y tenía la impresión de que no era necesario que mantuviera en secreto que vivía y trabajaba en Bremerton.

—Entonces ¿James y Christie están contentos?

—Eso parece, sí.

Si Bruce notó el brusco cambio de tema, no dijo nada al respecto. Apretó la mano de Rachel y la miró directamente a los ojos.

—Deja que te acompañe a casa.

—Bruce...

—Sólo me quedaré un par de horas.

Sabía lo que quería su marido y, francamente, se sentía tentada de aceptar. Muy tentada. Pero era demasiado arriesgado. Temía que se encontraran con Nate. Y no estaba lista para eso.

—No puedo. No vivo sola, acuérdate —seguramente eso no le importaba, así que decidió darle alguna explicación. O mentir, más bien—. La persona con la que comparto la casa iba a celebrar una fiesta esta noche...

—Ah.

—Pero puedo ir contigo a casa —añadió rápidamente.

Bruce titubeó.

—No me quedaré más de lo... necesario —dijo, y se echó a reír, avergonzada.

—¿De qué te ríes?

—De nosotros. Estamos casados y no encontramos un sitio para estar solos. Es ridículo.

—Jolene está en casa —dijo Bruce.

—Ah, claro. Entonces tampoco podemos ir allí.

—Es mi casa. No me importa lo que piense mi hija. Eres mi mujer.

—No quiero que discutamos con ella, y menos si no se encuentra bien.

Se quedaron callados unos segundos.

—Siempre podríamos ir a un hotel —dijo Bruce en voz baja.

—Será una broma.

Él sonrió tímidamente.

—No.

—Pero...

—¿Se te ocurre algo mejor?

A Rachel no se le ocurría. Bruce se rascó la cabeza.

—Te echo de menos.

—Yo también —contestó ella casi sin aliento—. ¿Estás seguro?

Bruce sonrió.

—Claro que sí. Quiero estar contigo, y si para eso tengo que pagar una habitación, que así sea —casi se había levantado de la mesa.

—Bruce —musitó Rachel—, no nos han traído la cuenta.

—No te preocupes, ahora nos cobra Goldie —sacó un billete de cinco dólares, lo puso sobre la mesa para dejar propina y le tendió la mano.

Ella se levantó y Bruce se inclinó para besarle el cuello. Efectivamente, Goldie apareció con la cuenta unos segundos después.

—¿Le pasa algo a la comida? —preguntó.

Apenas la habían tocado.

—No, estaba todo perfecto —respondió Rachel.

—¿Queréis que os lo ponga para llevar?

—No, gracias —Bruce puso una mano sobre los riñones de Rachel. Se notaba que estaba ansioso por marcharse.

—¿Seguís peleados? —preguntó Goldie.

—Ya no —le dijo Rachel.

—Estamos a punto de hacer las paces —añadió Bruce.

—Me alegra saberlo. Así se hace.

—Sí —Bruce agarró a Rachel de la mano.

Cuando salieron al aparcamiento, Rachel se sentía casi aturdida. Bruce la apoyó contra el coche y la besó con un ansia que ella había echado terriblemente de menos. Rodeó con los brazos el cuello de su marido y lo besó con igual ímpetu.

—Bruce...

—¿Mmm?

—Si vamos a un hotel...

—¿Si vamos?

Ella no hizo caso.

—Creo que primero deberías llamar a Jolene.

—Ni pensarlo. Ya te he dicho que no voy a volver a casa antes de lo previsto porque ella quiera —estaba mucho más interesado en abrir la puerta del coche mientras seguía besándola.

—Espera —murmuró ella, apartándose un momento.

—¿Esperar? —preguntó—. ¿Para qué?

—He venido en mi coche.

—Ah, sí —se apartó y en ese preciso instante sonó su móvil. Rachel se quedó inmóvil.

Y también Bruce. Sacó el teléfono y tensó los hombros.

—Adelante, contesta —susurró ella.

—¿Qué? —dijo Bruce secamente al contestar. Fijó los ojos en Rachel—. Perdona. Sí, claro. Voy enseguida.

Estaba claro que era algo serio.

—¿Qué ocurre? —preguntó Rachel mientras él colgaba.

—Era Anne, la vecina.

—¿Y?

—La ha llamado Jolene. Lleva toda la tarde vomitando. Anne dice que no retiene nada en el estómago. Teme que le pase algo serio. Cree que convendría llevarla a urgencias.

—Entonces tenemos que ir —dijo Rachel.

Bruce le tendió los brazos.

—Lo siento.

—Lo sé. Yo también.

Y era cierto. Mucho más de lo que se atrevía a admitir.

CAPÍTULO 19

El jueves por la mañana, poco después de las nueve, Miranda Sullivan se estaba montando en su coche para ir a hacer unos recados cuando sonó su móvil. Mientras hurgaba en su bolso y lo sacaba, se preguntó quién la llamaría tan temprano. Vio en la pantalla que era Will Jefferson. Will le había dado el día libre y Miranda pensaba sacarle provecho.

—¿Diga?
—¿Dónde estás? —preguntó él.
—Ahora mismo me iba a hacer la compra. Tengo que comprar chucherías para los duendecillos que vendrán esta noche.
—Ah, sí. Es Halloween. ¿Y no es un poco tarde para eso?
—Puede que sí, pero si compro las golosinas con antelación, suelo comérmelas.
—¿Es que no tienes fuerza de voluntad?

Miranda arrugó el ceño y se negó a picar el anzuelo. Will sabía perfectamente cómo dar en el clavo.

—¿Llamabas por algo? —preguntó.
—Pues la verdad es que, hablando de cosas que uno deja para el último momento, confiaba en que pudieras venir esta tarde.
—Creía que habías dicho que no me necesitabas.
—Y no te necesitaba, pero ahora sí. Mi hermana quiere que vaya con ella a ver una cosa...

—¿Qué cosa? —contaba con tener la tarde libre y no iba a prescindir de ella sin un buen motivo.

—Está bien, si quieres saberlo... —Will suspiró—. Olivia y yo tenemos cita en un par de residencias para mayores de esta zona.

Miranda lo comprendía, pero ella también tenía una cita: en la peluquería.

—Tengo planes esta tarde —dijo.

—Ah —parecía apesadumbrado—. Entonces ¿no puedes venir ni un par de horas? Bueno, podría cerrar la galería, supongo. Seguramente no importará por una tarde. Pero la verdad es que no me gusta nada...

—Está bien —dijo Miranda, capitulando con excesiva facilidad. Podía llamar a la peluquería y pedir cita para otro día.

—Estupendo —Will le tomó la palabra sin vacilar—. ¿Puedes estar aquí a eso de las dos?

—Allí estaré.

—Gracias, Miranda. Te lo agradezco de veras.

—Adiós —llamó a la peluquería para cancelar su cita, luego cerró su teléfono y volvió a guardarlo en el bolso. Adiós a las compras, el pelo y la diversión. Revisó rápidamente sus planes.

Lo primero era lo primero. Hizo los recados urgentes y se pasó por el supermercado para comprar golosinas. Compró además una bolsa de chocolatinas y una calabaza de plástico para la galería. Luego se pasó por la tintorería a recoger algo de ropa y fue a la biblioteca a devolver unos libros. De allí se fue a la galería. Llegó con quince minutos de antelación. Cuando llegó, Will estaba con un cliente. Levantó la mano un momento, pero no dijo nada. Miranda colgó su abrigo en la trastienda y guardó su bolso en un lugar seguro. Luego abrió las golosinas, llenó de chocolatinas la calabaza y la colocó sobre el mostrador, cerca de la caja registradora, donde los clientes pudieran servirse.

Will estaba en la puerta, despidiéndose de su cliente, cuando regresó.

—¿Qué es eso? —preguntó él, señalando con la cabeza la calabaza de plástico.

—¿A ti qué te parece?

—¿Has traído chucherías?

—Sí —la respuesta debía ser obvia.

—A ti no te hacen falta, ni a mí tampoco. Evito los dulces siempre que puedo.

—Pues no los comas. Creía que el que tenía fuerza de voluntad eras tú —contestó Miranda con sarcasmo. Cuando Will se disponía a responder, añadió—: De todos modos, no son para ti —¿tan egocéntrico era que pensaba que había comprado las chocolatinas por él?

—Entonces ¿para quién son?

—Para los clientes —contestó, molesta—. ¿Hay algún problema?

Le había hecho un favor y Will se comportaba como si hubiera llevado veneno a su preciada galería.

—Aquí no entran muchos niños que se diga...

—¿No habías quedado con tu hermana? —preguntó ella, interrumpiéndolo.

Will la miró con sorpresa.

—Sí. No tardaré más que un par de horas. Tres, como mucho.

—Si a las cinco no has vuelto, cierro y me voy a casa.

—Estaré aquí a esa hora.

—Eso dice ahora —masculló Miranda en voz baja, y Will fingió no oírla.

El resto de la tarde fue muy ajetreado, mucho más de lo que esperaba Miranda. Vendió otro cuadro de Beverly Chandler, una escultura y un *quilt*. Will tendría que estar contento, pero conociéndolo seguro que se sacaría de la manga alguna pega. Miranda confiaba, de todos modos, en que fuera consciente de que, si ella no le hubiera cedido casi toda su tarde, habrían perdido tres ventas importantes. Si Will hubiera puesto la señal de cerrado en la puerta, jamás habría sabido lo que se perdía. A fin de cuentas, no había ninguna garantía de que aquellos clientes fueran a volver.

Poco después de las cinco, mientras guardaba el dinero de la caja en la bolsa del banco, Will entró en la galería. Parecía agotado.

—Hemos tenido una tarde fantástica —dijo ella, ansiosa por darle la noticia.

Él asintió distraídamente.

—Olivia y yo estamos perplejos. No te imaginas lo que cobran al mes esas residencias geriátricas.

—He vendido el *quilt* —se jactó Miranda. El *quilt* llevaba tres meses en la galería y casi había perdido la esperanza de venderlo.

Will seguía sin escuchar.

—Claro que, teniendo en cuenta que las tarifas incluyen la comida y el uso de las instalaciones, supongo que no es para tanto.

—También he vendido otro cuadro de Beverly Chandler —Will tendría que hacerle caso por fin.

—Tienen un montón de actividades para los mayores —continuó él—. Hacen todo lo que pueden para mantenerlos físicamente en forma. Y las actividades sociales también tienen muy buena pinta. Estimulación mental, eso es lo que creemos Olivia y yo que necesita mi madre. Y también Ben —sacudió la cabeza—. Aun así, habrá que hablar con el hijo de Ben... y no me refiero a David...

—¿Has oído una sola palabra de lo que he dicho? —preguntó Miranda.

Will levantó la vista.

—¿Qué?

—Da igual —dejó la bolsa sobre el mostrador y entró en la trastienda en busca de su abrigo y su bolso.

Will la siguió.

—¿Por qué te pones así?
—Por ti.
—Ya me lo imagino. Parece que todo lo que hago te molesta.
—No sabes cuánto. Y parece que a ti te pasa lo mismo conmigo. Ni siquiera sé por qué sigo aquí.
—Lo mismo me pregunto yo —murmuró él—. Además, dudo que tú hayas oído una sola palabra de lo que yo he dicho.
—Claro que te he oído —salió a la sala y agarró la calabaza de plástico.
—¿Dónde vas con eso?
—A casa. Tú no lo valoras, así que me lo llevo.
—Yo no he dicho que no lo valorara. Además, no he tenido tiempo de comprar chucherías, así que iba a usarla esta noche, por si los niños del barrio se pasan por mi casa.
—Es poco probable.
—Vale, está bien. Como quieras —la miró con enojo.
Miranda le devolvió la mirada.
—¿A qué viene esto? —preguntó él con aspereza.
—¿A qué te refieres?
—¿Por qué estás tan... tan malhumorada? Cargas contra mí a la primera de cambio. No entiendo cuál es tu problema.
Miranda se sintió ofendida.
—Probablemente soy la mujer con más temple que puedas conocer. Pregunta a quien quieras.
—Te pones hecha una furia por cualquier cosa.
—Eso no es verdad.
Will la señaló.
—Fíjate en cómo te pones a la defensiva. ¿Es que no podemos tener una conversación civilizada sin que llegues a toda clase de conclusiones equivocadas?
—Yo... yo... —quizás estaba a la defensiva. De acuerdo, lo estaba, pero no le quedaba otro remedio. Era eso o reconocer lo atractivo que lo encontraba...

—¿En qué estás pensando? —preguntó él, frunciendo el ceño ligeramente. Parecía no saber cómo reaccionar cuando Miranda no replicaba de inmediato.

—Yo... —comenzó otra vez y luego, sin pararse a pensar, dio un paso adelante y lo besó.

Por un instante quedaron los dos tan sorprendidos que sólo pudieron mirarse el uno al otro. Luego Will alargó los brazos y la asió de los hombros como si fuera a apartarla. Pero la atrajo hacia sí y la besó apasionadamente. Los dos parecieron darse cuenta de lo que estaba ocurriendo al mismo tiempo. Se separaron y se miraron, estupefactos.

Miranda sintió que le ardía la cara. Nunca en toda su vida había tomado la iniciativa y besado a un hombre. Al menos la primera vez, en todo caso. Aquello era una salida de tono en toda regla.

—¿A qué ha venido eso? —preguntó Will, ceñudo.

Miranda podía afrontar la situación de dos maneras. Podía quitarle importancia y hacer como si fuera irrelevante. O podía decirle sencillamente que la ponía tan furiosa que o lo besaba o le cruzaba la cara. De modo que había optado por el mal menor.

Antes de que pudiera decidirse, Will se llevó una mano a la cara y entornó los ojos:

—Acabas de besarme.

—¿Nunca te habían besado? —preguntó ella con petulancia.

—Así, no.

—¿Cómo que así?

Él se dio la vuelta sin responder. Luego, de pronto, se volvió hacia ella.

—¿Lo haces a menudo?

—¿Qué? —preguntó, haciéndose la tonta. Porque así era como se sentía. Como una tonta.

—Acercarte a un hombre y besarlo —respondió él. Su voz pareció retumbar en la galería. Por suerte estaba cerrada;

si no, podría haber entrado de pronto algún cliente. Aunque quizás habría sido lo mejor; así Miranda habría podido escapar.

—No, no suelo ir por ahí besando a los hombres —reconoció—. Pero me ha dado la impresión de que te ha gustado.

—Desde luego que no.

—¡Vamos, por favor! —se echó a reír.

—¿De qué te ríes?

—De ti. Venga, Will. No sé por qué te alteras tanto por un besito.

—¿Por qué lo has hecho?

No iba a ser fácil salir de aquella embarazosa situación. Miranda podía confesar que se sentía fuertemente atraída por él. No, eso sería un error. Le daría ventaja sobre ella, y eso siempre era peligroso con un hombre como Will. Y mostrarse a la defensiva y malhumorada era una forma de protegerse, aunque antes morir quemada en la hoguera que reconocerlo.

—Explícate —insistió él.

—Eh... Ha sido un error.

—Sí, ha sido un error. Y gordo.

—Como quieras.

—Como tu jefe que soy, todo esto me resulta bastante... divertido.

—Muy propio de ti —típico de Will, utilizarlo para avergonzarla aún más... a pesar de que un instante antes su reacción había sido muy distinta.

—Prefiero besar a que me besen.

—Ah, así que tienes reglas para estas cosas —masculló ella, sin poner de manifiesto que él también la había besado.

Aquella conversación era ridícula. Miranda descolgó su abrigo de la percha y se puso las mangas.

—Todo el mundo tiene normas sobre los besos —dijo Will.

—Ya te he dicho que ha sido un error. Un accidente.

—Un accidente —repitió él—. Estás de guasa. Ese beso ha sido posiblemente la acción más premeditada que has emprendido desde el día que te contraté.

—Cambié de sitio el cuadro de Chandler —se apresuró a recordarle ella—, el que se vendió hace un mes.

Él no le prestó atención.

—Cuando beso a una mujer, prefiero que no sea una especie de cotorra grandullona y obstinada.

Así que ahora iba a insultarla. Miranda no pensaba quedarse allí para escucharlo. Agarró su bolso y se dirigió a la puerta con paso firme.

—¿Adónde vas? —preguntó él, siguiéndola.

—¿A ti qué te importa?

—No me importa. Sólo tengo... curiosidad.

Ella estaba en la puerta, que se negaba tercamente a abrirse. Giró el pomo varias veces, pero la puerta no se movió. Adiós a su gran mutis.

Will alargó el brazo y giró el pestillo, y cuando Miranda lo intentó otra vez, se tambaleó hacia atrás y estuvo a punto de caer en sus brazos. Él la agarró de los hombros para sujetarla. A Miranda no le costó mucho desasirse.

En cuanto la puerta se abrió, rodeó el edificio para llegar al aparcamiento de atrás, donde había dejado su coche. Will fue tras ella.

—¿Qué haces? —preguntó ásperamente Miranda.

Él no respondió, y ella pensó de pronto que quizá estuviera tan perplejo como ella. No sabía lo que hacía, ni por qué. Eso era un consuelo. Un pequeño consuelo, al menos. Antes de que pudiera abrir la puerta del coche, Will puso la mano sobre la ventanilla y se volvió, apoyándose en el vehículo para que no pudiera marcharse.

—¿Y ahora qué? —preguntó ella, enfadada.

De pronto, Will la tomó en sus brazos y la besó en la boca. Cuando la soltó, Miranda se tambaleó uno o dos segundos.

Él parecía tan atónito como ella después de besarlo.

—¿Adónde vas? —preguntó otra vez con voz débil.

—A casa —Will no era el único al que no le salía la voz. La suya sonaba de pronto como si un ratón se hubiera apoderado de sus cuerdas vocales; sus palabras sonaban como un chillido agudo.

—¿Vendrás por la mañana? —parecía ansioso, como si le preocupara que dejara el trabajo.

—Sí, ¿por qué no iba a venir?

—No quiero que un besito sin importancia se interponga entre nosotros —contestó él con el ceño fruncido.

—Me has besado.

—Sí, lo sé.

—Y yo a ti... primero. Está bien, lo reconozco.

—¿Piensas volver a hacerlo?

—¿Por qué lo preguntas? —a fin de cuentas, la había llamado cotorra grandullona y obstinada—. ¿Es que quieres besarme otra vez?

Él levantó la cabeza de pronto.

—Digamos que todo este asunto ha sido un desliz momentáneo.

—Por ambas partes —añadió ella.

Will le ofreció una sonrisa indecisa.

—Por ambas partes —convino.

CAPÍTULO 20

El suave gemido del cachorro despertó a Grace de un sueño profundo. Cliff se encargaba de alimentar a Beau de noche, y normalmente lo oía antes que ella. Grace se había levantado también una vez, pero en realidad no había mucho que hacer. Así que pasados unos minutos regresó a la cama.

—Está bien, está bien, ya te oigo —masculló mientras apartaba las mantas. Cliff seguía durmiendo plácidamente, y Grace dedujo de ello que estaba agotado. Era su turno de ocuparse del cachorro.

Beau dormía en una caja de cartón, en un rincón de su dormitorio. A Grace no le gustaba que durmiera allí, pero no podían tenerlo en otro sitio si querían oírlo de noche. Por desgracia aún necesitaba alimentarse cada pocas horas.

Grace agarró su bata, se la puso y se calzó las cálidas y peludas pantuflas rosas que le había regalado su hija Maryellen la Navidad anterior. Cliff tenía preparada la leche para el cachorro, así que sólo tuvo que ir a buscarla a la cocina y llevar a Beau al cuarto de estar. En cuanto se lo puso sobre el regazo el perrillo se enganchó a la tetina y comenzó a mamar con ansia.

—No eres tan guapo como crees —se sintió obligada a decirle—. Buttercup era una perra guapísima —añadió en voz alta. Suspirando, se dio cuenta de que quería que el cachorrillo sintiera celos. Beau no sería ni la mitad de bonito que Buttercup. No. Ni en un millón de años.

—Espero que estés contento —dijo. Beau podía pensar que por fin la había conquistado, pero se equivocaba totalmente. Grace no tenía intención de permitir que el cachorro, ni ningún otro perro, se adueñara de su afecto. Sólo había aceptado quedárselo para hacerle un favor a Beth. Y se arrepentía de haberse dejado convencer.

Había logrado endurecerse para no encariñarse con el cachorro... de momento. De hecho, procuraba no hacerle ningún caso. Durante el día, Cliff se ocupaba de él, lo cual era un alivio. Pero por desgracia al día siguiente su marido tenía una reunión con varios criadores de caballos y no podía llevarse a Beau. O sea, que ella tendría que llevárselo al trabajo por primera vez. Cosa que prefería no hacer.

Mientras sostenía el biberón, fijó la mirada en la pared de enfrente.

—Buttercup habría cuidado de ti —dijo. Todavía le costaba no llorar cuando pensaba en su querida golden retriever. No pasaba ni un día sin que pensara en ella. Su perra siempre salía a saludarla cuando regresaba del trabajo, y por las noches se tumbaba a sus pies mientras leía o veía la televisión.

—Puedes acariciarlo, ¿sabes? —la voz de Cliff la sobresaltó. Levantó la vista y vio a su marido apoyado en el arco que llevaba al cuarto de estar—. ¿Qué hora es? —preguntó él.

—No lo he mirado. Pronto. Demasiado pronto para que nos levantemos. No merece la pena perder sueño por este perro —refunfuñó Grace.

—Claro que sí —dijo Cliff, cruzando los brazos—. Míralo, acurrucado en tu regazo. Acarícialo, Grace. Necesita cariño.

—De mí no va a tenerlo.

Cliff meneó la cabeza.

—Eres muy dura.
Ella no hizo caso.
—¿Crees que no sé lo que te propones?
—¿Qué?
—Intentas persuadirme para que me encariñe con él. Pues eso no va a pasar.
—Fuiste tú quien le compró el juguete para que lo muerda.
Sí, lo había comprado ella, pero sólo en defensa propia.
—No quiero que ponga a prueba sus dientes con mis zapatos —como pasaba mucho tiempo de pie, Grace se compraba zapatos caros, al mismo tiempo bonitos y cómodos. Y no le apetecía nada que Beau se los zampara.
—Tengo la reunión a las diez —le recordó Cliff.
—Lo sé —no le hacía gracia, pero tampoco tenía motivos para quejarse, porque Cliff había cuidado del cachorro sin rechistar.
—Se pasará toda la mañana durmiendo.
—Eso espero —le preocupaba lo que podía pasar si el perrillo se escapaba en la biblioteca. Si se perdía...
—Es muy bueno.
—Puede que alguien lo robe —dijo ella en broma. Más o menos.
—¡Grace!
El tono de reproche de Cliff la puso de mal humor.
—Ya que te has levantado, podías darle de comer.
—Prefiero mirarte.
Ella arrugó el entrecejo.
—No querrás en serio a este perro, ¿verdad? —no le dio tiempo a responder—. Los cachorros son un incordio —le irritaba que Cliff no le hubiera hecho caso: había tardado apenas un día en encariñarse con Beau.
—Si alguien me hubiera preguntado —contestó su marido—, habría dicho lo mismo que tú. No nos hace falta un cachorro.

—¡Menos mal! —murmuró ella.

—Pero luego llamó Beau a nuestra puerta...

—Querrás decir que me lo encasquetó una señora con una mente muy calculadora —respondió ella, enojada.

—Es un buen cachorro.

—Es un fastidio.

—Para ti, quizá, pero yo le tengo cariño.

—Cliff —gimió—, no puedo creer que digas eso. ¿Crees que Beth nos los dio por casualidad? Estás cayendo en la trampa.

—¿Y tan malo es? Lo único que quiere Beth es un buen hogar para esos cachorros.

—Pero yo no quiero un cachorro —dijo Grace, mirándolo con enfado desde el otro lado de la habitación—. Ni ningún otro perro. Buttercup ha muerto, y para nosotros se acabaron las mascotas. ¿De acuerdo? —preguntó con énfasis.

Quizá Cliff creyera que podía hacerle cambiar de idea; si así era, quería que se lo quitara de la cabeza inmediatamente.

—Lo que tú digas, Grace. Eres tú quien decide.

—Bien, porque mi decisión ya está tomada —oyó un sorbido y se dio cuenta de que el biberón estaba vacío. Sacó con cuidado la tetina de la boca del perrillo.

—No te haría ningún mal darle un poco de afecto.

Grace pasó el dedo índice por el lomo del cachorro. Era tan pequeño y flacucho que notaba sus vértebras. El pobrecillo estaba desnutrido. Parecía más sano desde que había llegado, gracias a Cliff, pero tampoco había mejorado mucho. Los ojos marrones de Beau la miraban con expresión suplicante. Pues si esperaba robarle el corazón, ya podía mirar a otra parte.

—¿Le doy otro biberón? —preguntó ella.

—No. No conviene darle demasiado de comer de una vez. Vale más que coma pocas cantidades, pero más a menudo.

Era lógico.

—No tengo que ayudarlo a expulsar los gases como a un bebé, ¿no?

—No. Dentro de unos minutos estará dormido.

En efecto, Beau se acomodó tranquilamente sobre su regazo y enseguida se quedó dormido. Grace lamentó que a ella no le fuera tan fácil conciliar el sueño. Cuando devolvió al perrillo a su caja y se metió en la cama, empezó a dar vueltas sin poder dormir. Cliff, en cambio, no tuvo problema. A los pocos minutos (o segundos, pensó con envidia) ya estaba soñando.

Tumbada de espaldas, mirando el techo, Grace recordó el día en que Charlotte Rhodes le llevó a Buttercup. Sólo que entonces Charlotte se apellidaba Jefferson.

Fue una época muy negra en la vida de Grace. Dan había desaparecido y todo indicaba que había huido con otra mujer. Grace recordaba el día en que alguien le dijo que lo había visto en el pueblo al volante de una camioneta. Más tarde, su marido fue visto en la misma calle de la biblioteca. Grace había salido corriendo sin abrigo, tan ansiosa por encontrarlo que tropezó, se cayó y se desolló la rodilla.

Ese día no era Dan. No podía ser él. Casi un año después, Grace descubrió que su marido no estaba con otra mujer. Se había suicidado, atormentado por un crimen que había cometido de joven, cuando servía en Vietnam. Durante años, después de la guerra, caía periódicamente en depresiones profundas durante las cuales arremetía contra los que tenía a su alrededor, contra quienes lo amaban. Cualquier intento de reconfortarlo o cuestionar su actitud se topaba con una ira feroz e incontrolable. Pasado un tiempo, Grace dejó de intentarlo. Aquellos accesos de abatimiento se disipaban a los pocos días o semanas, y era como si nada hubiera pasado. Durante toda su vida de casados, Grace había querido a un hombre que tenía, básicamente, una personalidad dividida.

Debía de haberse quedado dormida, porque la despertó la alarma del reloj. Abrió los ojos de golpe, se incorporó y apagó el despertador. Cliff se dio la vuelta, echándose la manta sobre los hombros. Ella se inclinó y le dio un beso en la oreja.

—Voy a hacer café —dijo.

—Gracias —farfulló él.

Se bajó de la cama y agarró su bata. Se la puso mientras iba a la cocina, y al detenerse junto a la caja de cartón vio a Beau enroscado en la manta que le había buscado Cliff.

—Veo que a ti no te ha molestado nada el despertador —susurró.

Esperó a que hubiera suficiente café en el recipiente para llenar dos tazas y las llevó al dormitorio. Cliff se había levantado y estaba en la ducha.

Se tomó el café mientras se vestía. Se puso un polo de manga larga y un peto. Casi todos los días llevaba algo parecido. Era casi un uniforme. Cliff agarró su café de la cómoda al salir del baño con una toalla alrededor de la cintura. La radio estaba dando el parte meteorológico y las noticias del tráfico en la zona de Seattle. Escuchando a medias, Grace enchufó su rizador y se aplicó crema hidratante en la cara.

Cuando acabó de maquillarse y de arreglarse el pelo, vio que Cliff había sacado a Beau de su caja. El cachorro se había acercado a una de sus pantuflas peludas, se había acurrucado dentro y había vuelto a dormirse.

—Tienes que reconocer que es una monada —dijo Cliff tras ella.

—No, no lo reconozco. No quiero a ese perro en mi zapatilla.

—Vamos, Grace. Es una estampa de postal. Podría colgarla en You Tube. Sería una estrella. Míralo —sacudió la cabeza y se inclinó para sacar al perro de su zapatilla.

Grace odiaba ser tan insensible, pero no podía bajar la

guardia ni un poquito. En cuanto lo hiciera se encariñaría con Beau, que era justamente lo que querían Cliff y Beth. Y eso no podía ser.

Media hora después, tras una segunda taza de café y una magdalena, se marchó en coche a la biblioteca con Beau en su caja, a su lado. Llevaba varios biberones de leche de fórmula que tendría que darle a lo largo del día. Cliff decía que, si la reunión acababa pronto, iría a recoger al perro, pero que no podía prometerle nada. Grace estaba segura de que iba a pasar todo el día con el cachorro.

Como era de esperar, en la biblioteca todo el mundo se quedó embobado con Beau en cuanto entró con él en el edificio.

—¿Alguien quiere darle de comer? —preguntó. Si otra persona se hacía cargo, tanto mejor.

Se ofrecieron todos los empleados. Grace dejó que establecieran turnos mientras ella se retiraba a su despacho y comenzaba sus quehaceres de ese día. Lo primero era redactar el boletín de novedades que mandaba por correo electrónico a los socios cada lunes por la mañana.

Beth telefoneó poco después de que abriera la biblioteca.

—¿Qué tal van las cosas? —preguntó.

—Tirando. Cliff le ha puesto Beau.

—Ya me he enterado.

Así que Beth había estado en contacto con Cliff. Si hubiera sido una paranoica, Grace se habría preguntado si no estarían compinchados en su contra. Pero era más probable que Beth hubiera llamado a su casa y que hubiera contestado Cliff, y que luego hubiera olvidado mencionárselo.

—¿Lo has pesado últimamente?

—Yo no. Pero Cliff sí.

—¿Recuerdas cuánto pesa?

—No, lo siento.

Beth le hizo un par de preguntas más, pero Grace no pudo decirle nada de utilidad. Cliff se había encargado de casi todo lo referente al cachorro, y Grace quería que siguiera siendo así.

En cuanto colgó el teléfono, fue a hablar con la bibliotecaria de la sección infantil acerca del cuentacuentos de ese viernes por la tarde. Necesitaba información para el boletín. Mientras caminaba hacia la sala infantil, notó que varias personas le sonreían. No le dio importancia, hasta que miró hacia atrás. Beau iba trotando tras ella como si fuera su sombra.

Grace se detuvo y también se detuvo el perrillo, que se sentó y se quedó mirándola mientras meneaba el rabo. Grace echó a andar resueltamente, sin hacerle caso. Beau corrió tras ella, aunque sus patitas apenas le permitían ir a su paso. Por fin, Grace no pudo soportarlo más. Se agachó, lo agarró y lo acunó entre sus brazos. Él le lamió la mano y luego intentó tocar su cara. Ella levantó la barbilla para quitarla de su alcance.

—No voy a quererte, hagas lo que hagas —insistió—. Ni siquiera lo intentes, ¿vale?

Beau gimió como si no estuviera de acuerdo.

—Vamos a encontrarte una casa —añadió ella mientras acariciaba su pelo suave—. Una familia con un montón de niños para que juegues. Eso es lo que necesitas: una familia con niños. No querrás vivir con Cliff y conmigo. A nosotros no nos apetece jugar a perseguirnos, o lanzar el disco, o hacer todas esas cosas que tanto os gustan a los cachorros. Es por tu bien. ¿Entiendes?

Beau no pareció entender nada, porque volvió a lamerle la mano.

CAPÍTULO 21

Teri Polgar estaba disfrutando de su primer rato de paz en todo el día. Sentada en el sillón más cómodo del cuarto de estar, apoyó los pies en el diván a juego, se recostó y cerró los ojos.

Los trillizos se habían dormido y, después de la mañana que había pasado, ella también estaba deseando echarse una siesta. Sus amigos y su familia afirmaban que, si alguien podía ocuparse de trillizos, era ella. Era un cumplido muy halagüeño, y por tal lo tomaba pero empezaba a dudar de que fuera tan capaz como creían los demás.

Bobby y James se habían ido. Iban a pasar un par de días en Los Ángeles, donde se reunirían con la gente de la empresa de videojuegos. Bobby les ayudaba muchísimo con los niños, igual que Gabrielle, la niñera. Pero el cuidado de los trillizos recaía principalmente en ella. Aparte de salidas apresuradas a hacer la compra, no recordaba cuándo había sido la última vez que había salido de casa. Y en cuanto al tiempo que podía dedicar a sí misma... era prácticamente inexistente. Necesitaba un corte de pelo y tenía las uñas hechas un desastre.

Echaba de menos a Rachel, aunque habían hablado hacía un par de días, por primera vez desde hacía siglos. Rachel le había descrito su situación: que compartía casa y que estaba trabajando temporalmente en el astillero. Debía de gustarle vivir en vilo, porque estaba claro que vivir con Nate Olsen era un disparate. Teri se imaginaba perfectamente lo que diría Bruce cuando se enterara. Pero no iba a ser ella quien se lo dijera.

Bruce Peyton... A Teri le daban ganas de abofetearlo. Porque, francamente, dejar que una niña de trece años controlara tu vida... ¡Qué locura! Teri sabía lo que había soportado la pobre Rachel durante los meses anteriores a su marcha. Y no le reprochaba lo que había pasado, desde luego. En su opinión, Rachel se merecía una medalla por soportar a aquella mocosa malcriada.

Luego, la semana anterior, cuando parecía que las cosas empezaban a arreglarse (porque Bruce estaba yendo a terapia y Jolene parecía estar ablandándose), Rachel se había llevado otro batacazo. Jolene se puso enferma y Bruce tuvo que irse a casa corriendo, pero descubrió enseguida que la presunta enfermedad se la había provocado ella misma: encontró un bote vacío de un jarabe emético en la basura y se encaró con su hija. Había escrito un correo electrónico a Rachel y ella se lo había contado todo a ella después. Aquel matrimonio no pintaba bien. No, no pintaba nada bien.

Sonó el timbre y Teri se levantó con más energía de la que creía tener. Si se despertaban los trillizos...

Bruce estaba en el porche.

—Bruce —estaba tan sorprendida que no dijo nada más. Luego añadió—: ¿Qué haces aquí?

—He venido a hablar de Rachel.

Teri sacudió la cabeza. No quería dejarle pasar. Aquello era lo que más temía Rachel: que Bruce le pidiera información sobre ella.

—Creo que no debo decirte nada —dijo sin rodeos. Había prometido no darle ningún detalle acerca de lo que Rachel le había contado hacía apenas unos días. No, Rachel se lo contaría todo cuando viera el momento oportuno.

—Quiero que le des una cosa a Rachel —le suplicó él, todavía en el porche.

Su mirada triste puso con ella. Siempre había tenido debilidad por las miradas tristes. Pero había aprendido más deprisa que su hermana. A Christie el corazón se le rompía más fácilmente que una caja de huevos, normalmente por culpa de algún perdedor con muy mala suerte. Ella también había aprendido al final, sólo que le había costado más tiempo.

—Está bien, puedes pasar —dijo Teri de mala gana. Se apartó, le indicó que pasara y lo condujo al cuarto de estar. Allí no molestarían a los niños, pero si lloraban los oiría. Lo cual era muy importante, porque Gabrielle tenía la noche libre.

Le señaló el sofá y Bruce se dejó caer en él.

—¿Qué puedo hacer por ti? —preguntó sin molestarse en charlar de cosas sin importancia.

—Necesito ayuda —reconoció Bruce.

—Eso está claro —pero Bruce necesitaba más ayuda de la que ella podía prestarle. Teri confiaba en que siguiera viendo al terapeuta.

Él suspiró.

—Lo he estropeado todo, ¿verdad? —no tenía sentido contestar a esa pregunta. Bruce ya sabía que estaba en apuros con su mujer—. ¿Te has enterado de lo que pasó el sábado pasado?

—Sí.

Él exhaló lentamente.

—Empezaba a creer que quizá Rachel quisiera volver a casa. Así podríamos ir los tres juntos a terapia. Tenemos que trabajar nuestra vida familiar, y el hecho de que Rachel viva en otra parte lo complica todo.

Teri ni siquiera se atrevió a sonreír, por miedo a darle su opinión, que no era muy halagüeña. Por lo que a ella respectaba, Jolene se merecía que la castigara hasta que cumpliera treinta años o madurara, lo que pasara primero. Tenía la impresión de que de ese modo vería antes la luz.

Bruce, por lo visto, pensaba que lo mejor era intentar razonar con ella. ¡Qué risa! ¿Razonar con una adolescente? Con razón su matrimonio se estaba viniendo abajo.

—¿Has hablado con Rachel esta semana? —preguntó él.

—Sí —Teri cerró la boca mentalmente. Se negaba a divulgar un solo detalle de su conversación. Ni uno solo.

—¿Cómo está?

Una pregunta peliaguda.

—Bien... supongo.

Bruce se inclinó hacia delante.

—Cenamos juntos hace dos semanas y todo iba tan bien que empezamos a hablar por teléfono.

Teri también lo sabía, pero no dijo nada. Rachel nunca se lo perdonaría, y era su mejor amiga. Bueno, aparte de su hermana. Rachel le había confiado un secreto que ella había prometido guardar. Ni siquiera se lo había dicho a Bobby.

—Pero después de lo del fin de semana pasado, ya no contesta a mis llamadas —concluyó Bruce.

Teri se había perdido parte de lo que había dicho, pero era mejor así: cuanto menos oyera, mejor.

—Estoy preocupado por ella.

Ella apretó los dientes. Si Bruce estaba preocupado, la culpa la tenía él. ¿Cómo era posible que hubiera vivido ajeno a las estratagemas de Jolene durante tanto tiempo?

—Como te decía, quiero que le des una cosa de mi parte.

—¿Qué? —Bruce se levantó y se sacó un fajo de billetes del bolsillo—. ¿Quieres darle dinero?

¿Así creía que iba a recuperar a su mujer? Ni siquiera a Bobby, que sólo pensaba en el ajedrez, se le ocurriría una cosa tan... tan tonta. Y eso que se le ocurrían algunas ideas absurdas, por adorable que fuese.

—Debe de andar escasa de dinero —explicó él—. Así que ¿puedes darle esto de mi parte?

—¿Qué te hace pensar que anda escasa de dinero?

Bruce le sostuvo la mirada y Teri se apresuró a desviar la suya, temiendo que viera en su expresión algo que no quería decirle.

—Sé que está trabajando, pero también paga un alquiler —dijo—. Y supongo que tendrá gastos extras. Creo que debería ayudarla económicamente.

—Eso deberías hablarlo con ella, no conmigo.

—Sí, pero se niega a hablar de dinero conmigo. De dinero y de todo lo demás.

Teri murmuró una evasiva.

—Sé que está trabajando —prosiguió él—, pero no dónde. He llamado a todos los salones de belleza de esta zona preguntando por ella —Teri seguía sin aceptar el dinero, aunque él continuaba tendiéndoselo—. Quiero asegurarme de que toma vitaminas, y de que come como es debido. Esas cosas. Quizá no quiera hablar conmigo, pero me sentiré mejor si sé que tiene lo que necesita.

—Bueno...

—Entiendo que esté enfadada, pero me siento responsable de ella y del bebé.

—Lógico —contestó ella sin reproche.

—Entonces ¿se lo darás de mi parte, por favor?

Teri aceptó el dinero a regañadientes. Estaba a punto de sugerirle que comprara algo para el bebé, pero logró morderse la lengua. Tenía que sopesar cuidadosamente todo lo que decía. No podía ofrecerle ayuda. Ni consejo. Ni información.

—Cuando hables con ella —dijo Bruce—, ¿puedes decirle lo mucho que la quiero? Dile que sigo yendo a terapia y que Jolene ha accedido a ir a ver al psicólogo.

Eso sí era una noticia prometedora.

—Se lo diré.

—Gracias, Teri —no dijo más, pero la gratitud que vio en sus ojos, su esperanza y su anhelo, bastaron para que Teri casi se echara a llorar.

Después de que Bruce se marchara, se quedó junto a la ventana y lo vio alejarse. En cuanto su coche se perdió de vista, corrió al teléfono y llamó al móvil de Rachel, pero respondió el buzón de voz.

—Rachel, soy Teri. Llámame en cuanto puedas. Bruce acaba de pasarse por casa.

Cinco minutos después su amiga le devolvió la llamada. Ni siquiera le dijo hola.

—¿Lo has dejado pasar?

—Claro que sí —contestó Teri—. Habría sido una grosería darle con la puerta en las narices.

—¿Qué quería? ¿Le has dicho algo?

—No, nada. Te juro que no sabe nada.

—Gracias —dijo Rachel, aliviada.

—¿Puedes pasarte por aquí esta tarde? Bobby no está y me vendría bien un poco de compañía —Rachel titubeó—. Además, Bruce me ha dado una cosa para ti.

—¿Sí? —preguntó, curiosa.

—Sí, pero no voy a decirte lo que es. Tendrás que venir.

Rachel llegó media hora después. Teri le dio un abrazo y la hizo pasar al vestíbulo.

—Gabrielle no está y sólo tenemos una media hora antes de que se despierten los niños.

A los trillizos habían empezado a salirles los dientes y Teri ya no era dueña de su vida. Rachel la siguió a la cocina y Teri comenzó a preparar un plato de galletas de pan y queso con uvas y trozos de manzana. Le apetecía merendar, y además era una buena excusa para que su amiga comiera algo. Había tenido que hacer un esfuerzo para no decirle a Bruce que le preocupaba que Rachel no estuviera tomando fruta y verdura suficientes, o proteínas de alta calidad. Por lo que había dejado caer Rachel, deducía que cenaba sola dos o tres noches por semana, lo cual significaba posiblemente que se alimentaba de comida rápida. Y eso no era lo mejor, estando embarazada.

—Has dicho que Bruce te había dado algo para mí —dijo Rachel. Se sentó en un taburete de la barra y apoyó los brazos sobre la encimera. Teri había lavado las uvas y cortado dos manzanas. Ahora estaba cortando en cubitos el queso y colocándolo en el plato. Pero sólo la mitad del cheddar llegaba al plato. La otra mitad parecía acabar automáticamente en su boca.

—Ten —dijo, ofreciéndole el plato a Rachel, que tomó un trozo de manzana y pinchó un poco de queso.

—¿Y lo de Bruce? —insistió.

—Ah, sí, Bruce —Teri se hurgó en el bolsillo de los vaqueros y sacó el fajo de billetes.

—¿Dinero?

—Quiere contribuir a tu cuidado y al del bebé. Te quiere. Se siente culpable, infeliz y perdido.

—¿No le habrás...?

Teri hizo un gesto señalando que sus labios estaban sellados.

—Te juro que no he dicho una palabra. Te dije que no lo haría y no lo he hecho —hizo una pausa—. Deberías aceptar el dinero —añadió. Lo dejó sobre la encimera y cruzó los brazos—. Parecía muy deprimido, Rach.

Rachel no dijo nada al principio.

—¿Ha dicho algo de lo que pasó el sábado? —preguntó por fin.

—Un poco. Pero también ha dicho que estaba yendo a terapia... y que Jolene había aceptado ir.

Rachel levantó la cabeza.

—¿Sí?

—Bueno, una vez, por lo menos.

Su amiga asintió con la cabeza, pero no parecía muy animada.

—Me pregunto qué ha tenido que prometerle Bruce para que acepte.

—No le ha prometido nada —Bruce no lo había dicho,

en realidad, pero Teri tenía la impresión de que no le había dado opción a su hija.

—Seguro que la ha sobornado, créeme.

—No estés tan segura.

Al fondo del pasillo se oyó llorar a un niño, y luego a otro, y a otro. Teri suspiró.

—¿Dónde está Christie? —preguntó Rachel.

Ahora que se había casado con James, su hermana vivía en el apartamento de encima del garaje, con su marido.

—Con James. Ya sabes cómo son los recién casados. Están juntos constantemente.

—Sí, ya me acuerdo —musitó Rachel—. Por desgracia, mi luna de miel con Bruce fue muy corta.

Contó el dinero. Cinco billetes de cien dólares nuevecitos. Volvió a dejarlos sobre la encimera.

—Por favor, devuélveselos de mi parte, ¿quieres?

—¿No los necesitas?

Rachel sacudió la cabeza y Teri comprendió enseguida que estaba mintiendo.

—Rachel, no seas terca. No hace ninguna falta. Bruce quiere que te quedes con ese dinero.

—No —insistió—. Dile que se lo gaste en terapia para Jolene y él.

CAPÍTULO 22

—Puedes poner esa caja en el dormitorio principal —dijo Lori Wyse a su cuñado, señalando el camino innecesariamente: Mack era el dueño del adosado y sabía perfectamente dónde estaba el dormitorio principal.

Mack desapareció por el pasillo y ella se puso a desempaquetar los platos y a colocarlos en el armario de la pequeña cocina. El adosado era más pequeño que su apartamento, pero bastaba.

—Creo que ya está —dijo Mack con las manos en los bolsillos traseros.

—¿Puedes acompañarme a devolver la furgoneta? —preguntó Linc.

—Claro.

Linc besó a Lori en la mejilla al salir.

—No tardaré. No trabajes demasiado.

—No pienso hacerlo —dijo ella, aunque estaba decidida a desembalar todo lo que pudiera.

—¿Necesitas ayuda? —preguntó Mary Jo con el bebé en brazos. Dejó a Noelle en el suelo de la cocina y la niña se puso a jugar tranquilamente con un gran conejo de peluche.

—Sí, gracias —Lori no pensaba rechazar una oferta tan generosa. Arrastró la caja de las cazuelas y las sartenes y enseñó a su cuñada dónde podía colocarlas. Trabajaron en silencio un rato, con la radio puesta de fondo, muy baja.

—Linc y yo estamos muy contentos de habernos librado de mi padre —comentó Lori—. No sé qué habríamos hecho sin Mack y sin ti —una alternativa era mudarse a Seattle, pero a ninguno de los dos le apetecía vivir en la casa familiar de Linc con sus dos hermanos pequeños.

—Para Mack y para mí también es una ayuda.

Lori aún no conocía mucho a Mary Jo, pero sentía que ya eran amigas. Mary Jo se sentó en el suelo de la cocina y echó mano de otra caja.

—¿Quieres poner estos cuencos aquí o en el armario de encima del lavaplatos?

—Encima del lavaplatos —le dijo Lori. Noelle arrojó a un lado su conejo y bostezó haciendo ruido—. Parece que es la hora de la siesta —comentó Lori. Pensándolo bien, ella también estaba cansada. Esa mañana, Linc se había marchado a las seis del apartamento para ir a recoger la furgoneta de alquiler. Pero estaban despiertos desde las cuatro, acabando de limpiar y embalar.

—Vamos, mi niña —dijo Mary Jo, y se inclinó para recoger el juguete y a su hija—. Voy a cambiarte el pañal y a dejarte en la cuna un par de horas.

—¿Tanto duerme?

—Casi todas las tardes, sí. Y todavía echa una cabezadita por la mañana, aunque pronto dejará de hacerlo.

Lori sabía que tenía mucho que aprender sobre bebés. Linc y ella habían hablado de tener hijos y habían decidido esperar un par de años. Estaban recién casados y aún tenían que acostumbrarse a vivir juntos y a las exigencias y compromisos de la vida conyugal. Durante el año anterior habían capeado juntos un par de temporales, de los que en buena medida era responsable su padre. Leonard Bellamy se negaba a dar a Linc una oportunidad de demostrar su valía y había hecho todo lo posible por sabotear sus esfuerzos. Su actitud la ponía furiosa. Linc era un hombre decente, honrado y trabajador. Su padre debería dar gracias a Dios por que se hubiera casado con un hombre tan maravilloso como Lincoln Wyse. Leonard, sin embargo, estaba empeñado en controlar su vida, y ella no pensaba permitírselo. Por eso su padre estaba castigando a Linc y, de paso, a ella.

Linc pensaba que se había excedido al llamar a su familia para cortar cualquier relación con ella. Había actuado movida por un impulso, eso era cierto, pero no se arrepentía de nada de lo que había dicho.

Linc llegó a casa justo cuando acababa de ordenar los cubiertos.

—Parece que estás haciendo progresos —dijo.

—Me sorprende la cantidad de cosas que he acumulado.

—Es increíble, ¿verdad? —Linc la rodeó con sus brazos desde atrás y apoyó la cara en su cuello—. ¿Crees que podremos estrenar nuestra nueva casa esta misma noche? —susurró.

—Es muy posible —respondió Lori en voz baja.

Alguien llamó a la puerta abierta. Linc bajó enseguida los brazos. Al darse la vuelta, vieron a Kate Bellamy de pie al otro lado de la puerta, con una bolsita en la mano.

—Mamá —dijo Lori, olvidando por un momento que no se hablaba con su familia.

—He pasado por el apartamento y un vecino me ha dicho dónde os habíais mudado —dijo Kate—. Os he traído un regalo para la nueva casa —parecía estar esperando que la invitaran a pasar. Lori estaba tan atónita que no reaccionó.

—Señora Bellamy —dijo Linc—, pase, por favor —apartó una serie de cajas vacías para dejarle paso.

Kate Bellamy se acercó a la mesita del rincón del desayuno, donde Linc le apartó una silla. Lori no sabía qué decir. Se había enfrentado a su familia y el orgullo no le permitía dar marcha atrás. Pero Kate era su madre y no podía pedirle que se marchara. Sobre todo porque con quien de verdad tenía problemas era con su padre.

—¿Le apetece un té o un café? —preguntó Linc.

—Entonces, ¿ya habéis colocado las cosas de la cocina? —dijo Kate, mirando las cajas de cartón apiladas contra la pared.

—Sé dónde están las bolsitas de té y puedo hervir agua —respondió Lori. Mary Jo había desembalado las cacerolas y las sartenes, así que sabía dónde encontrarlas.

Su madre sonrió.

—Te he enseñado bien —dijo en broma.

—Pues sí, la verdad —contestó Linc con suavidad—. Está claro que Lori aprendió de usted sus artes culinarias.

—Vamos, Linc. Antes comías lo que cocinaban tus hermanos. Cualquier cosa es mejor que eso.

—Mary Jo también cocinaba —se apresuró a decir él.

Lori no le hizo caso.

—La verdad —dijo a su madre— es que podría darle hierbajos salteados y no se quejaría.

—Recuerdo cuando tu padre y yo estábamos recién casados —dijo Kate con expresión melancólica—. Yo cocinaba fatal. Echaba a perder casi todo lo que hacía y sin embargo él se comía todas esas cenas quemadas y espantosas y decía que estaban deliciosas. Es lo que tiene el amor.

Lori puso al fuego la tetera y sacó tres tazas. Las bolsas de té estaban en una lata, en el armario.

—Abre tu regalo —dijo su madre, dándole la bolsa.

—No hacía falta que trajeras nada —dijo Lori al tomarla. El papel de seda que había dentro estaba doblado formando picos. Su madre siempre había sido una mujer con estilo cuyo sentido de la elegancia y la belleza lo transformaba todo a su alrededor. Desde aquellos primeros días de matrimonio, había aprendido a cocinar, y todo lo que hacía no sólo estaba delicioso, sino que lo parecía. En ese momento, vestida con pantalones, sudadera y chubasquero, parecía una modelo. Era alta y delgada y Lori rara vez la había visto mal peinada o maquillada.

Habría deseado parecerse más a su madre, aunque creía que había heredado de ella su interés por la moda.

—Es una cosita de nada —murmuró Kate.

Lori apartó el papel y vio una batidora de mano. No tenía ninguna.

—Qué bien, mamá. Muchísimas gracias.

—A mí me encanta la mía, y esperaba que no hubieras comprado una todavía.

—No, no la había comprado. ¡Qué considerada eres siempre! —sabía que su padre no lo habría aprobado—. ¿Sabe papá que nos has comprado un regalo?

El silencio de su madre la convenció de lo que ya sabía. Pasado un momento, Kate levantó la barbilla y anunció:

—Tu padre y yo ya no nos hablamos.

Lori se sentó en una de las mesas de la cocina.

—¿No os habláis? —silbó la tetera y Linc la retiró del fuego.

Se acercó a Lori por detrás y le puso las manos sobre los hombros.

—¿Es por Lori y por mí? —preguntó.

Kate Bellamy los miró y asintió con un gesto.

—Todos sabemos que tu padre es un hombre muy terco.

Lori esbozó una sonrisa.

—Terco es poco.

—Cuando se le mete una idea en la cabeza, nadie puede convencerlo de que se equivoca. Nadie.

Lori observó a su madre atentamente. Kate no era una mujer emotiva, pero sus ojos se llenaron de lágrimas. Parpadeó para ahuyentarlas.

—¿Qué ha pasado, mamá?

—El mes pasado, cuando llamaste y le dijiste a tu padre que habías acabado con la familia... Me llevé un gran disgusto, como puedes suponer. No quería perder a mi hija.

—Mamá, sólo estaba enfadada. Seguramente no debería haber hablado con él hasta haberme calmado —lamentaba haber hecho sufrir a su madre, que siempre la había querido y apoyado. Y no sólo eso: Kate había aceptado a Linc, a pesar de las órdenes de Leonard.

—Tu padre se niega a entrar en razón. Y es absurdo. Cuando nos conocimos, no era rico. Tuvo que demostrarle a mi padre cuánto valía y lo hizo. Y a pesar de todo no quiere darle a Linc la oportunidad que mi familia le dio a él.

—No me sorprende que papá no quiera dar su brazo a torcer. Cree saber lo que me conviene, pero no lo sabe. He elegido bien a mi marido y nada de lo que diga o haga papá va a hacerme cambiar de idea —Lori levantó el brazo y apoyó la mano sobre la de Linc.

Kate bajó la mirada.

—Después de que llamaras, tu padre dijo que era mejor así y que iba a desheredarte.

Lori se echó a reír. Su padre había amenazado con desheredarla más de una vez a lo largo de los años. Estaba harta de que esgrimiera contra ella esa amenaza, intentando manipularla.

—Si eso es lo que quiere, a mí no me importa, mamá. Tengo todo lo que necesito y lo que quiero aquí, con Linc.

Su marido se inclinó y la besó en la coronilla.

—Le dije que estaba haciendo el ridículo y que, si te desheredaba, me marcharía —Kate hizo una pausa y respiró hondo—. Por desgracia, no me creyó.

—¿Mamá? —Lori no sabía muy bien qué quería decirle su madre—. ¿Me estás diciendo...?

Su madre la interrumpió:

—Tu padre llamó a nuestro abogado y, mientras hablaba con Matt, hice las maletas. Pensó que era una pataleta y que volvería a la mañana siguiente.

—¿No estás con papá? —si no hubiera estado sentada, Lori se habría dejado caer en la silla de la impresión.

—Como te decía, tu padre y yo ya no nos hablamos. Ni vivimos juntos.

—¿Dónde vive ahora? —preguntó Linc.

—Con mi hermana.

—¿Con la tía Hilary? —preguntó Lori.

Kate asintió con la cabeza.

—Mi hermana es viuda —le explicó a Linc—. Y lo pasamos muy bien juntas.

—¿Y papá? —preguntó Lori. Su padre dependía de Kate en todo. Lori no se lo imaginaba sobreviviendo un solo día solo, y mucho menos semanas enteras.

—No sé —contestó Kate con la espalda recta y la barbilla levantada—. Eso es problema suyo.

—¿No has tenido ningún contacto con él?

—No, ninguno.

Sin duda su padre culpaba también de aquello a Linc.

—¿Puedo hacer algo por ti, mamá? —preguntó. Se sentía muy mal por que las cosas hubieran llegado a aquel extremo.

—¿Por mí? —repitió Kate—. ¡Santo cielo, no! Como te decía, tu padre es incapaz de comportarse razonablemente. Lo he aguantado todos estos años, lo he apoyado incluso cuando no estaba de acuerdo con él, pero esta vez ha ido demasiado lejos.

—Ay, mamá, me siento fatal.

—¿Por qué? Cualquiera que pase media hora con Linc sabe que es como tú dices. Y se nota cuánto te quiere. Puede que a tu padre no le guste porque no es un abogado de alto copete o el presidente de un banco, pero debería dar gracias por que su hija haya encontrado a un hombre que la quiere y la hace feliz.

Lori no podría haberlo dicho mejor.

—Soy feliz casada con Linc. Más feliz de lo que podía imaginar.

—Siento que nuestra boda les haya causado tantos problemas —dijo Linc.

Kate intentó quitarle importancia al asunto.

—No es ningún problema, excepto para Leonard.

Linc asintió lentamente.

—¿Qué haría falta para que volviera usted a casa?

—¿Que qué haría falta? —preguntó Kate—. Pues primero Leonard tendría que disculparse contigo por todo lo que ha hecho para minar tu negocio. Luego tendría que disculparse con nuestra hija por su comportamiento. Y por último... por último tendría que disculparse conmigo.

Lori sabía que era difícil sacarle a su padre una disculpa; cuanto más tres.

—Ay, mamá.

—La verdad es que Hilary y yo nos llevamos muy bien.

—¡Pero mamá! —su madre podía ser tan terca como su padre. Aquello estaba abocado al desastre. Lori temía que alguno de los dos hiciera una tontería, como pedir el divorcio. No sabía si podría soportar su mala conciencia si eso llegaba a ocurrir, al margen de que Leonard tuviera la culpa de lo ocurrido. Tal vez debería haberle dado la oportunidad de volver a ver a Linc, más tiempo para hacerse a la idea de que se habían casado. Pero aun así, se recordó, era una mujer adulta y tenía derecho a decidir sobre su vida.

Su madre se marchó poco después, tras hacerles prometer que no le dirían a nadie de la familia que había estado allí.

Lori se dejó caer en la silla después de acompañarla al coche.

—No puedo creerlo. Tengo que hacer algo —le dijo a Linc, angustiada.

—¿Qué puedes hacer?

—No estoy segura.

—¿Crees que tus hermanos saben que tu madre se ha ido de casa? —preguntó Linc.

—Lo dudo. Me lo habrían dicho.

Linc arrugó el ceño y asintió.

—Voy a llamar a mi padre y a intentar razonar con él. Todas estas semanas sin mamá... Debe de estar volviéndose loco.

—¿Te parece sensato? —preguntó su marido.
—Tengo que intentarlo.

Linc parecía estar de acuerdo. Acercó su silla a la de Lori y tomó su mano libre mientras ella llamaba a casa de su padre. Para su sorpresa, respondió el propio Leonard.

—¿Dónde está Lou Lou? —preguntó Lori, sorprendida por que no hubiera contestado la que era su ama de llaves desde hacía más de veinte años.

—Ya no trabaja aquí.
—¿Se ha despedido?

Su padre ignoró la pregunta.

—¿Quién es?
—Vamos, papá, ya sabes quién soy. Lori.
—¿Qué Lori?
—Lori, tu hija —respondió, haciendo un esfuerzo por refrenar su mal genio.
—Por desgracia no tengo ninguna hija llamada Lori.

Sus palabras fueron como una bofetada.

—De acuerdo, papá, si eso es lo que quieres... —cortó la comunicación y escondió la cara en el pecho de Linc.

Él la rodeó con los brazos.

—Lo siento mucho, cariño —susurró, besando su pelo.
—Yo también —murmuró ella, llorosa—. Yo también.

CAPÍTULO 23

—¿Podemos vernos en la galería a las cinco pasadas? —preguntó Miranda a Shirley con la vista fija en el reloj de pared. Tenía que irse pronto a trabajar.
—¿En la galería? —repitió Shirley—. Pero los jueves no trabajas, ¿no?
—Hoy sí. Will me ha pedido que vaya.
—¿Otra vez?
—Tiene que hacer una cosa —Will había mencionado que iba a ir con su hermana a ver de nuevo dos de las residencias que ya habían visitado. Miranda imaginaba que la cita era esa tarde, aunque no entendía por qué no se lo había dicho antes.
—Me parece que Will Jefferson da muchas cosas por sentadas en lo que a ti respecta.
Miranda estaba de acuerdo, pero aquél no era momento de discutirlo. Podían hablar durante la cena.
—Entonces ¿puedes venir a eso de las cinco?
—Claro.
—Hasta luego, entonces —colgó, metió el teléfono en el bolso y se dirigió a la puerta. Si había algo que odiara, era llegar tarde.
Cuando llegó a la galería, encontró a Will sentado en la sala de exposiciones, trabajando en su ordenador. Su rela-

ción era un poco incómoda desde que se habían besado. Los dos se esforzaban por fingir que no había pasado nada.

Pero había pasado. E ignorar lo ocurrido la tarde de Halloween no servía de nada. El problema era, en parte, que Miranda no lograba disimular del todo lo que sentía por él. No solía ser tímida; prefería airear las desavenencias, hablar las cosas y evitar los malentendidos. Con Will no lo había hecho, pero no podía explicar por qué. Se estaba comportando como una tonta, se dijo. Él era un hombre de mundo y aquélla no podía ser la primera vez que una mujer se enamoraba de él. ¿Qué tenía ella que temer, en realidad, aparte de parecer una idiota? Seguramente a Will le parecía muy divertido que se sintiera tan atraída por él. Se había encaprichado de Shirley, tan menuda y encantadora, así que estaba claro que ella no era su tipo. Miranda tenía curiosidad por su matrimonio (y por su divorcio), pero Will nunca hablaba de su exmujer y ella nunca le hacía preguntas.

Will sonrió al verla.

—No sabes cuánto te agradezco que hayas venido —dijo.

Miranda dejó su abrigo y su bolso en la trastienda.

—Pues no te acostumbres. Tengo otras cosas que hacer, no puedo estar siempre a tu disposición.

Él levantó las cejas.

—Vaya, vaya, parece que estamos de mal humor.

—Tengo planes para esta tarde —respondió ella, sin explicar que había quedado con Shirley Knight. Imaginaba que ya se habrían ido cuando Will volviera de su cita. De todos modos, no era asunto de Will, aunque prefería dejarle pensar que tenía una cita con un hombre—. He tenido que cancelar otra vez mi cita en la peluquería.

—Podrías haberme dicho que no, pero te agradezco que no lo hayas hecho.

—No lo hago por ti —dijo ella, cortante—. Lo hago por Charlotte y Ben.

—¿Por mi madre y mi padrastro? —preguntó él, cruzando los brazos—. ¿Por qué?

—Dijiste que ibais a volver a ir a un par de residencias —le recordó ella.

—Puede que sí, pero...

—Lo dijiste, puedes estar seguro —Miranda no estaba muy contenta—. ¿Qué pasa? ¿Por qué me has hecho venir en mi día libre si no?

—Quizá me apetecía el placer de tu compañía —sonrió. No fallaba: Miranda siempre bajaba la guardia cuando veía su sonrisa seductora. Incapaz de mirarlo a los ojos sin sentir un revoloteo en el estómago, apartó la mirada—. Deberías haberme dicho que tenías que ir a la peluquería. Adelante, vete. Yo puedo cambiar de planes.

—Es un poco tarde ya —bufó ella. Entró un cliente y Will le indicó que lo atendiera ella. Matt Langley, un abogado local, quería un regalo de cumpleaños para su esposa, y le dijo a Miranda que Olivia Griffin le había recomendado la galería de su hermano. Miranda le vendió un cuadro, el más caro que tenían en ese momento.

—Vaya, sí que eres buena —dijo Will con admiración cuando se marchó Matt.

Miranda no respondió. Ya había empezado a hacer los preparativos para enviar el cuadro a casa del abogado el sábado por la tarde.

—¿Es que no puedes aceptar un cumplido? —preguntó Will con cierta aspereza.

—Sí, claro que puedo. Depende de quién lo haga.

Will rezongó en voz baja.

—¿Decías algo? —preguntó ella en tono afilado.

—Pues sí, decía algo.

—¿Y qué era? —dijo Miranda con aire desafiante.

—Me preguntaba por qué te resulta tan difícil decir simplemente «gracias». Es lo que suele hacer la gente cuando le hacen un cumplido. Pero tú no. Oh, no, sería demasiado.

¿Por qué me llevas continuamente la contraria, Miranda? ¿Tal mal jefe soy?

—No —reconoció ella con cierta renuencia.

—No pareces muy sincera. Mira, ha sido un error decirte que vinieras. Vete. No pasa nada. Puedo cambiar la cita con el dentista y la...

—¡La cita con el dentista! ¿Me has llamado porque tenías cita con el dentista?

Will sabía qué días tenía libres y estaba claro que había fijado aquella cita sabiendo perfectamente que tendría que pedirle que lo sustituyera.

Él le dio la espalda y entró en su despacho.

—Es a las tres, después de que Olivia y yo vayamos a ver a la gente de Stanford Suites.

Así que tenía una cita en la residencia geriátrica. ¿Por qué no lo había dicho?, pensó, enfadada. ¿A qué estaba jugando?

Miranda entró tras él en la otra habitación.

—Ya estoy aquí, así que puedes marcharte.

—No te preocupes. Le diré a Olivia que podemos ir otro día y cambiaré la cita con el dentista.

—He dicho que me quedo.

Él mantuvo la mano sobre el teléfono.

—Como te decía, podrías haberme dicho que no.

—Podría, sí —convino ella.

—¿Y por qué no lo hiciste?

—¿Y por qué lo dejas tú todo para el último momento, como si no tuviera planes ni responsabilidades?

—Tienes razón, me declaro culpable. Debí avisarte antes. Pero los de las residencias nos han avisado con muy poca antelación. Y el dentista tuvo una cancelación... Aun así, te pido disculpas —parecía creer que podía engatusarla con su encanto.

Miranda recordó la breve conversación que habían tenido unas horas antes. Will había llamado a su casa a eso de mediodía y, a pesar de todo, ella se había emocionado al oír su voz. Él le había preguntado si podía ir a trabajar un par de horas. Ella le había dicho que sí y hasta se había mostrado deseosa de hacerlo. Ahora, en cambio, se había enfadado porque... porque necesitaba mantener las distancias, emocionalmente y en todos los sentidos.

—¿No vas a regañarme? —preguntó él, entre sorprendido y divertido.

—No, creo que no.

—No tendrás fiebre, ¿verdad?

—No —contestó, crispada—. Como si a ti te importara.

Él suspiró de inmediato.

—Vaya, ya vuelves a la normalidad.

Tenía razón. Lo normal era que le contestara con aspereza, sobre todo desde que se habían besado. Hasta ese instante, no había entendido qué hacía ella ni por qué. Se preguntaba si Will había llegado a la misma conclusión. Seguramente no. Después del incidente el día de Halloween, ella había redoblado sus esfuerzos por ocultar su atracción; por ocultársela a él, al menos, no a sí misma.

—No anules tus citas —insistió—. Ya he cambiado de planes, así que no hace falta que canceles nada —salió a toda prisa del despacho y lo evitó hasta que se marchó. Se dijeron adiós secamente y se acabó.

Will estuvo fuera dos horas y media. Regresó a las cuatro menos cuarto, pero podría haber sido invisible. Entró directamente en su despacho y se encerró en él. Tras cerrar la galería unos minutos antes de lo habitual, Miranda llamó a su puerta con la esperanza de aliviar un poco la tensión antes de su siguiente encontronazo.

—Pasa —dijo Will.

—Me marcho —quería escapar en cuanto llegara Shirley para evitarse un momento embarazoso. Quizá deberían haber quedado en el restaurante...

Él miró su reloj, sorprendido al parecer de que fuera hora de cerrar. Luego asintió con la cabeza.

—Gracias por venir esta tarde —dijo ceremoniosamente. Ella titubeó.

—Yo... eh... quería asegurarme de que va todo bien entre nosotros.

—¿Por qué no iba a ir bien? —preguntó él en tono cordial.

—Por nada, supongo.

Will se levantó, le dedicó otra de sus sonrisas irresistibles y le tendió la mano.

—¿Qué haces? —preguntó ella, inclinándose para darle la suya.

Él le dio un apretón firme y enérgico. Su sonrisa no vaciló cuando la miró a los ojos.

—¿Amigos?

—Amigos —repitió ella, pero su voz sonaba extraña.

—Prometo no pedirte que vengas en tus días libres. Te pido disculpas otra vez. Debí avisarte mucho antes. No sé en qué estaba pensando.

Miranda sabía muy bien en qué estaba pensando. Estaba pensando en sí mismo, como casi siempre. No, se dijo, eso no era del todo cierto. Era capaz de ser muy generoso. Sólo que para ella (para su cordura y bienestar) era peligroso dejar de verlo como un hombre egoísta y enfrascado en sí mismo.

Logró de algún modo asentir con la cabeza y sonreír. Pero antes de que pudiera salir del despacho y cerrar la puerta, llegó Shirley. Will se animó nada más verla.

—¡Shirley! ¡Qué alegría verte! —tomó la mano de Shirley entre las suyas. No parecía capaz de quitarle ojo.

Miranda tuvo que apartar la mirada por miedo a que notara su reacción.

—He venido a buscar a Miranda —dijo Shirley, retirando la mano.

—¿Dónde está Larry? —preguntó Will sin hacerle caso.

—En Londres.

—¿Sin ti? —Miranda rechinó los dientes al oír su tono compasivo.

—Tanni todavía está en el instituto —le recordó Shirley—. Y yo tengo que acabar un trabajo aquí.

Will asintió con aquel mismo aire de empalagosa comprensión.

—Larry viaja a menudo a Inglaterra. Espero que la próxima vez podamos ir juntos —continuó diciendo Shirley.

—He pensado que podíamos ir a cenar al D.D.'s, dando un paseo —sugirió Miranda, cambiando de tema a propósito para que dejaran de hablar de la ausencia de Larry—. Está cerca y así no tendremos que preocuparnos de buscar aparcamiento.

—Muy bien.

Will arqueó ligeramente las cejas.

—¿Vais a ir a cenar? —preguntó. Parecía estar esperando una invitación. Se apartó de Shirley y se colocó junto a Miranda.

—Sí —contestó ella—. Las dos solas.

—¿Noche de chicas?

Shirley asintió con un gesto.

Will cambió de táctica: puso una mano sobre el hombro de Miranda.

—Pues que os divirtáis.

Miranda se apartó de él y lo miró con enfado. Ignoraba qué se proponía, pero no quería ser partícipe de ello.

Shirley echó a andar hacia la puerta.

—Enseguida voy —le dijo Miranda. Esperó a que se cerrara la puerta de la galería para volverse hacia él.

—¿Qué pasa? —preguntó Will con fingida inocencia.

—¿Por qué me has puesto la mano sobre el hombro? —preguntó ella ásperamente.

—No sé por qué te enfadas tanto. No significa nada.

—Intentabas poner celosa a Shirley, lo cual es ridículo. Por si lo has olvidado, está casada con Larry Knight y no siente nada por ti. Entiendo que teniendo un ego tan frágil te sea difícil aceptar que una mujer prefiera a otro hombre, pero...

—Tú me elegirías a mí —repuso él, interrumpiéndola.

—Eso... no es verdad —sintió que se ponía colorada.

—¿Tan raro es que te sientas atraída por mí? —preguntó él.

—No pienso reconocer semejante tontería —contestó ella, volviéndole la espalda. No podía ser sincera, ni siquiera quería serlo, y eso le había pasado pocas veces en su vida. Cuanto antes escapara de allí, mejor. Confiaba en que el aire de noviembre refrescara su cara colorada por la vergüenza.

—Miranda... —susurró él.

—¿Qué? —respondió ella secamente sin darse la vuelta.

—Tenemos que hablar del día que me besaste.

—No, no tenemos que hablar —dijo ella sin añadir que él también la había besado. Tenía la mano en el pomo de la puerta y seguía dándole la espalda. Estaba ansiosa por salir y encontrarse con Shirley.

—He pensado mucho en ello.

—Claro, cómo no —masculló ella con sarcasmo. Y sin duda se partía de risa cuando lo pensaba.

—Es la verdad —añadió él en voz baja y seductora. Puso de nuevo la mano sobre su hombro y lo acarició—. Tenemos que hablar de esto.

—Ya está todo dicho. Es agua pasada.

—Para ti, quizá, pero no para mí.

Aquello era el colmo. Miranda se giró bruscamente.

—No juegues conmigo, Will. Me necesitas porque tu ego ha sufrido un revés. ¿Qué mejor manera de demostrarle a Shirley que la has olvidado que liarte con su mejor amiga?

Will arrugó el ceño, pero no la contradijo.

—Está claro que me consideras un blanco fácil. Que crees que estoy tan necesitada de cariño que estaría dispuesta a meterme en la cama contigo aunque seas capaz de romperme el corazón sin pensártelo dos veces. Pero te equivocas, Will. No me interesa.

—De tu beso se deducía lo contrario.

—Lo siento, pero has malinterpretado la situación. No sé por qué te besé —una mentira descarada—. Pero créeme, fue uno de los mayores errores que he cometido.

—Yo no lo veo así.

—¡Basta! —gritó, cerrando los puños. Si seguían así, acabaría dándole un puñetazo—. ¿De veras crees que vas a persuadirme con... con mentiras? Si dices una sola palabra más, te juro que salgo por esa puerta y no vuelvo más. Lo digo en serio, Will. Lo digo en serio.

Él asintió con la cabeza, apesadumbrado. Luego, para asombro de Miranda, se acercó, tomó su cara entre las manos y la besó. Cuando se apartó, ella estuvo a punto de caerse hacia atrás de la impresión.

—Yo... yo... me despido —tartamudeó.

—No, nada de eso. Te espero mañana aquí, a las diez en punto.

CAPÍTULO 24

La cafetería estaba decorada para Acción de Gracias. Gloria miraba las mazorcas secas y las calabazas que adornaban el local mientras bebía con nerviosismo su zumo y esperaba a Chad. Era él quien le había pedido que se vieran, y ella había accedido, a pesar de que no sabía si era buena idea.

Desde la ecografía no habían tenido contacto directo, pero habían intercambiado unos cuantos correos electrónicos durante las semanas anteriores. Solían ser mensajes cortos en los que ella respondía a las preguntas de Chad acerca del embarazo y de su estado de salud.

Gloria se resistía a preguntarle por Joni. Cada vez que se los imaginaba juntos, se le retorcía el estómago. Pero era ella quien había rechazado a Chad, así que no podía reprocharle que saliera con otra. A veces no entendía sus propios actos y se arrepentía de lo que había hecho. El verano anterior había huido de la habitación de Chad por vergüenza y por inseguridad, tras pasar la noche con él. Luego, cuando había ido a decirle lo del bebé (y quizás incluso a intentar reconciliarse con él) era ya demasiado tarde.

Se abrió la puerta y entró Chad. Miró a su alrededor hasta que la vio y sonrió, indeciso.

—Hola —dijo al acercarse.

—Hola —no lo miró a los ojos, pero le indicó que se sentara.

La camarera se acercó con una jarra de café y él dio la vuelta a su taza.

—¿Quiere ver la carta? —preguntó la camarera.

—No, gracias, sólo café.

La camarera asintió y los dejó solos. Ahora que estaban juntos, Gloria se sentía cada vez más nerviosa. Tenía náuseas y le temblaban las manos.

—Tienes un aspecto estupendo —dijo Chad.

No era el único que lo decía. Roy había comentado que las embarazadas emitían una especie de resplandor y había añadido que Gloria estaba más guapa cada vez que la veía. Su padre biológico no hacía cumplidos por las buenas y su comentario la había sorprendido. Ahora, las palabras de Chad la pillaron tan desprevenida como las de Roy.

Por fin logró decir:

—Gracias —y lo dejó así.

—¿Te importa levantarte? —preguntó él.

—No, claro —echó la silla hacia atrás y se levantó.

Chad posó los ojos en su vientre y una sonrisa se extendió lentamente por su cara. Una sonrisa cálida y sincera que hizo comprender a Gloria que iba a querer mucho a su hijo. Al ver su reacción, casi se le saltaron las lágrimas.

—¿Puedo? —preguntó, tendiendo la mano hacia ella.

Gloria se acercó y él apoyó la mano sobre su vientre redondeado.

—¿Ya notas cómo se mueve?

Ella sonrió.

—Constantemente.

—¡Qué bien!

Gloria se sentó y tomó su bebida para disimular su turbación. Notó que a él le temblaban las manos cuando tomó su café.

—Bueno —dijo Chad pasado un momento—, ¿has vuelto a pensar en el nombre?

—Un poco. ¿Y tú?

—Pues sí, mucho, la verdad.

Al ver que no hacía ninguna sugerencia, Gloria preguntó:

—¿No quieres contármelo?

—No. Creo que es mejor esperar a que tomes una decisión.

—¿Sobre qué?

—Sobre dar al niño en adopción. ¿Lo has decidido ya?

Gloria se rodeó el vientre con los brazos en actitud protectora.

—Creo que la adopción es una alternativa viable. A mí me adoptó una pareja que deseaba enormemente tener un hijo y he tenido un buen hogar.

Chad bajó los ojos como si no soportara la idea pero no quisiera discutir con ella.

—Mi madre me dio porque todavía era una adolescente y ni siquiera había terminado los estudios. Roy no se enteró de que estaba embarazada.

—Lo sé. Pero gracias a tu padre sé lo del bebé —Chad se puso rígido. Parecía incapaz de seguir guardando silencio—. Y creo que tengo derecho a opinar sobre el destino de mi hijo —añadió con énfasis—. Si decides que no lo quieres...

—¿Crees que se trata de eso? —preguntó Gloria—. ¿De veras piensas que una madre que entrega a su hijo a otra familia actúa por egoísmo? ¿Crees que eso fue lo que hizo Corrie conmigo?

—No.

—Me quería lo suficiente para ofrecerme una vida mejor, con dos padres que ansiaban tener una hija propia.

—Nuestro hijo tiene un padre y una madre.

—Todos los bebés los tienen, Chad —dijo ella, confiando en que notara su nota de humor.

—Cierto. Todos los bebés tienen padre y madre, biológicamente hablando. Lo que quiero decir es que los tiempos han cambiado desde que tú naciste. Ahora el padre tiene derechos legales y yo pienso ejercer los míos. Si decides dar al niño en adopción, creo que es justo que te advierta que me haré cargo de él.

—¿Como padre soltero?

—Sí.

—¿Y tu trabajo en el hospital? ¿Quién cuidaría de él entre tanto? Lo dices como si fuera fácil. Y no lo es.

—¿Y tú cómo lo sabes?

—Porque soy mujer.

—Y yo médico. Estoy seguro de que he tenido más trato con bebés que tú.

—Tienes ventaja sobre la mayoría de los hombres —reconoció ella—. Pero no sabes lo que es pasarse las noches sin dormir si el bebé tiene cólicos...

—Oye, yo he sido médico interno y residente. Sé lo que es pasar una noche sin dormir.

—Pero...

—Quiero a nuestro bebé, Gloria.

—El caso es —dijo ella mirándose las manos— que yo también. Había decidido criarlo sola.

—Entiendo —Chad parecía desilusionado, y eso la puso aún más nerviosa.

—Lo querías para ti solo, ¿verdad?

—Igual que tú —él asintió con la cabeza—. Está bien, habrá que establecer un plan de crianza. Mi hijo va a conocer a su padre.

—¿Sigues saliendo con Joni? —balbució, incapaz de refrenarse.

Chad fijó los ojos en ella.

—Eso no tiene nada que ver contigo.

—Tienes razón. Perdona mi franqueza, pero ¿cómo llamará nuestro hijo a Joni?

—¿Qué importa eso? Lo decidiremos cuando llegue el momento.

A Gloria no le gustaba la idea, pero no podía decirlo sin parecer resentida. Por fijo dijo:

—De acuerdo.

Chad siguió bebiendo su café.

Ella bebió un sorbo de zumo.

Cuando no pudo soportar más el silencio, dijo:

—¿Querías verme por alguna otra cosa?

—¿Por qué tienes tanta prisa por irte? ¿Has quedado con alguien?

—Eso es asunto mío.

—¿Sales con alguien? —arrugó el ceño como si no se le hubiera ocurrido esa posibilidad.

—Como te decía...

—No es asunto mío —concluyó él.

Saltaba a la vista que la idea le inquietaba. Bueno, mejor. Eso esperaba Gloria. A Chad no le gustaba la idea de que saliera con otro hombre, y a ella no le gustaba que saliera con otra mujer.

—Vaya, hola —Roy apareció delante de la mesa. Gloria se sobresaltó. No lo había visto acercarse—. Me alegro de veros —añadió su padre.

Ella no supo qué responder.

—Eh, hola —masculló.

—Hola, Roy —Chad se levantó y se estrecharon las manos.

—¿Qué haces aquí? —preguntó Gloria.

—Una vez a la semana quedo aquí con Troy Davis para tomar un café. No esperaba encontrarme con vosotros.

Gloria sabía que su padre y el sheriff eran buenos amigos, pero ignoraba que solían quedar en aquel restaurante. Aunque trabajaba en la oficina del sheriff, desconocía las costumbres de Troy Davis.

—¿Os importa que me siente con vosotros unos minutos? —preguntó Roy. Sin esperar invitación, apartó una silla y se sentó—. Me alegra veros juntos —los miró como si esperara una explicación.

—No nos vemos a menudo —dijo Chad.

—De hecho, es la primera vez que quedamos desde la ecografía —añadió Gloria.

Roy meneó la cabeza.

—Lamento saberlo.

—Roy, por favor. Esto ya es bastante difícil —su padre estaba empeorando las cosas entrometiéndose en la conversación.

—No quiero ser grosero, ni meterme donde no me llaman, pero ¿podríais explicarme por qué se torció vuestra relación?

—No congeniamos —explicó Gloria, recurriendo a la respuesta más fácil.

—Pues a mí me parece que os lleváis bastante bien —murmuró Roy—. Antes, al menos.

—Esto es un asunto entre Gloria y yo —dijo Chad—. Hablarlo contigo no va a resolver nada.

—En otras palabras, que queréis que me esfume.

—Algo así —contestó Gloria.

—Está bien, mensaje recibido —se levantó y comenzó a alejarse, sonriendo. Dio un par de pasos y luego se volvió—. El caso es que ese niño merece una familia. Una madre y un padre que lo quieran y que lo críen para que sea un buen chico. Y merece tener abuelos, tíos, tías y primos.

—Sí, Roy —dijo Gloria.

—Mensaje recibido —contestó Chad.

Gloria sentía la necesidad de disculparse. En cuanto Roy se sentó a otra mesa, susurró:

—Lo siento.

—No es culpa tuya. Pero quizá sería buena idea que nos fuéramos a otra parte.

Ella asintió con un gesto.

—¿Alguna sugerencia? —preguntó.

—El Wok and Roll está en esta misma calle, más abajo.

Recordaba que a Chad le gustaba la comida china. El

olor a fritura le revolvía el estómago, pero seguramente no pasaría de ahí: hacía varias semanas que no vomitaba.

—Claro, vamos.

Pagaron y dijeron adiós con la mano a Roy. Luego, Chad puso la mano bajo el codo de Gloria y la condujo al restaurante chino. En cuanto entraron y sintió el aroma a especias y carne frita, se le revolvió el estómago. Respiró hondo y se agarró a una esquina del mostrador.

—¿Qué ocurre, Gloria? —preguntó Chad.

Ella cerró los ojos, intentando no vomitar. Ya no debía pasarle, pero llevaba todo el día nerviosa, pensando en su encuentro con Chad. Por suerte no había comido mucho.

—Estás pálida. ¿Quieres sentarte?

—No —corrió al aseo de señoras. Empujó la puerta y apenas le dio tiempo a entrar. Inclinándose sobre el lavabo, vomitó el poco zumo que había bebido. Cuando acabó y se volvió, vio que Chad estaba esperando junto al lavabo, con una toalla de papel en la mano.

—¿Estás mejor?

—Sí, perdona. No me lo esperaba. Debería haberlo imaginado —se limpió la boca y sonrió—. ¿Tienes por costumbre entrar en el aseo de señoras?

—Sólo cuando... —se paró en seco—. No —dijo—. Deja que te lleve a casa.

Gloria lo siguió obedientemente fuera del restaurante. Su apartamento estaba cerca de la biblioteca y del paseo marítimo. Chad había estado allí las veces suficientes para no necesitar indicaciones.

—No me quedaré mucho tiempo —dijo mientras ella abría la puerta.

Después de que se enjuagara de nuevo la boca, se sentaron en el sofá, él en un extremo y ella en el otro.

—¿Te sucede a menudo? —preguntó Chad.

—Ya no. Han sido los nervios, supongo —no le explicó por qué estaba nerviosa, pero él lo entendió, obviamente.

—Yo llevo varias noches durmiendo mal —confesó Chad.

—Somos penosos, ¿no crees? —susurró ella. Parecía que sólo podían comunicarse en la cama.

—¿Trabajas hoy? —preguntó él.

—No. He pedido el día libre. ¿Y tú?

—Libro los jueves.

Era lógico: por eso le había pedido que se vieran esa tarde.

Gloria intentó disimular un bostezo. No lo consiguió y él también bostezó. Se miraron y sonrieron. Chad se levantó.

—Te dejo para que duermas la siesta.

De pronto Gloria no quería que se marchara. Pero su instinto le decía que, si le pedía que se quedara, no lo haría. Se levantó y lo agarró de la mano. Él arrugó el ceño al ver que lo llevaba hacia el pasillo.

—Gloria, ¿adónde me llevas? —luego contestó a su propia pregunta—. ¿A tu cama? —respiró hondo y dijo—: Espero que recuerdes que si nos metimos en este lío fue por eso.

—No es lo que piensas.

—¿Qué es, entonces?

—Una siesta. Sólo quiero que me abraces, que sientas moverse a nuestro bebé. Nada más. Los dos estamos cansados y estresados. Quiero que durmamos. Después podremos hablar y tomar las decisiones que haya que tomar.

Él se quedó parado junto a la cama.

—¿Seguro que es lo que quieres?

—Dormir, Chad. Nada más. ¿Entendido?

—No —masculló—. Pero nunca he podido entenderte.

—¿Quieres marcharte?

—No —contestó—. La verdad es que me resulta imposible.

—Bien —retiró la colcha, se quitó los zapatos y se metió bajo las mantas. Se tumbó de lado, de espaldas a él y cerró los ojos. Chad tardó un minuto en reunirse con ella. Se metió en la cama completamente vestido y la abrazó desde atrás. Pasado un momento, pasó la mano por su costado y la apoyó sobre su vientre.

—El niño acaba de moverse.

Gloria sonrió, soñolienta.

—Lo sé.

—Lo he notado.

—Creo que va a jugar al fútbol.

—Y al béisbol.

—Ya veremos. Ahora, cierra los ojos y duérmete.

Gloria no tardó en oír su respiración profunda y pausada. Ella, sin embargo, permaneció despierta pese a lo cansada que estaba. Se lo había confesado a sí misma: sólo eran capaces de comunicarse en la cama. Y ahora que tenían cosas que decidir, era el mejor lugar para intentarlo.

CAPÍTULO 25

—Olivia, no sabes la ilusión que me hace estar en casa —dijo Charlotte mientras Ben abría la puerta del número 15 de Eagle Crest Avenue. La cocina estaba completamente reformada.

Olivia cambió una mirada con su hermano. No estaba convencida de que su madre y Ben debieran volver a su casa, pero al planteárle la idea de irse a vivir a una residencia, Charlotte la había rechazado de plano.

Ben tampoco la había aceptado. Decía que era «demasiado caro».

De momento, ninguna de las residencias que habían visitado Will y ella tenía apartamentos libres, pero se habían apuntado a un par de listas de espera. Tal vez, si surgía algo, Charlotte y Ben estuvieran dispuestos a reconsiderarlo. Les gustara o no, tendrían que acabar dejando su casa. Seguramente antes de que acabara el año.

—Quiero ver mi nueva cocina —dijo Charlotte al entrar en la casa, y se fue derecha a la cocina—. ¡Madre mía! —se llevó las manos a las mejillas—. ¡Qué nuevo está todo!

—Decidimos cambiar también los armarios —le recordó Olivia, a su lado.

—¿Sí? —Charlotte miró a Ben como si quisiera que se lo confirmara.

—Elegimos juntos los de haya blanca —dijo él.

—Claro, ya me acuerdo —Charlotte abrió un par de cajones que volvieron a cerrarse suavemente. A menos que se abrieran por completo, los cajones se cerraban por sí solos en cuanto se soltaban.

—Está todo exactamente como lo dejaste —dijo Olivia en tono tranquilizador. Había puesto especial cuidado en ello. Las cazuelas y las sartenes estropeadas las había cambiado por otras nuevas, muy parecidas. Charlotte arrugó el ceño como si no la creyera—. ¿Pasa algo, mamá?

—Es que parece todo tan distinto...

—La cocina también es nueva —dijo Will, y abrió la puerta del horno para enseñárselo.

Charlotte examinó atentamente las llaves de la cocina y los quemadores.

—Parece muy complicada.

—Leeré el manual de instrucciones y aprenderemos a manejarla juntos —dijo Ben.

—Eso sería de gran ayuda —dijo ella, indecisa—. Estaba tan acostumbrada a mi antigua cocina y ésta... En fin, parece mucho más moderna.

—No pasa nada —le dijo Ben, y puso la mano sobre su hombro.

—¿Tenéis que decirme algo más? —preguntó Charlotte a Olivia.

—Tienes nevera nueva —dijo Will, y la señaló con orgullo.

—Pero ¿por qué? La vieja funcionaba perfectamente y el fuego no la dañó, ¿no?

—Pensamos que te apetecería tener una nueva —dijo Will—, como todos los electrodomésticos eran nuevos... Es un regalo de Navidad anticipado. Creía que te gustaría.

—Y me gusta, me gusta —se apresuró a decirle Charlotte—. Es que estaba acostumbrada a ver la otra. ¿Qué habéis hecho con ella?

—Está en el porche de atrás, mamá —dijo Olivia—. Por si hace falta —al ver la expresión perpleja de su madre, añadió—: Para los refrescos y la cerveza, y cosas así.

—Ah.

—Podemos devolver la nevera si no te gusta —dijo Will.

—No, habéis sido muy considerados... Claro que vamos a quedarnos con vuestro regalo, Will. No se me ocurriría devolverlo.

—¿Puedo hacer algo más por ti, mamá? —preguntó Olivia. Jack y ella habían quedado para cenar con Grace y Cliff, pero aún faltaban varias horas para su cita.

—No, cariño, estamos perfectamente. Qué alegría estar de nuevo en casa... —se frotó las manos mientras observaba la cocina. Había visitado la casa con frecuencia desde el incendio, pero era la primera vez que lo veía todo acabado y en su sitio. Se acercó al bote de las galletas en forma de manzana y posó la mano sobre él. Eso, al menos, le resultaba familiar. Llevaba allí toda la vida. Por suerte había sobrevivido al fuego.

Antes de salir, Olivia y Will abrazaron a Charlotte y a Ben. Los hermanos se marcharon juntos. En cuanto se cerró la puerta, Will preguntó:

—Bueno, ¿qué opinas?

Habían repasado una y otra vez su plan de acción. Dejarían que Ben y Charlotte volvieran a casa una temporada y luego volverían a plantearles la idea de trasladarse a una residencia. Pese a sus temores, les parecía justo darles la oportunidad de acostumbrarse a su nuevo entorno, de ver cómo iban las cosas. Olivia confiaba en que, cuando estuvieran dispuestos a irse, hubiera plaza en alguna de las residencias que habían elegido.

—Es justamente lo que temía que ocurriera —contestó Olivia. Habían llegado a los coches, aparcados junto a la acera.

—¿Qué?

—Mamá. La cocina nueva la abruma.

—¿Temes que vuelva a dejarse encendido el fuego?

—No, la verdad es que no creo que vaya a encender ninguno, a no ser que sea absolutamente necesario. No querrá cocinar, porque no está familiarizada con la cocina.

—¿Que mamá no va a cocinar?

—Sí, ya sé que es una de sus principales objeciones para no irse a vivir a una residencia. Todavía disfruta trasteando en la cocina —había rechazado la idea tajantemente y luego había enumerado una serie de excusas, entre ellas ésa.

—Pero todavía puede cocinar —dijo Will, frustrado—. Y en Stanford Suites hay una cocina enorme, por si alguien quiere hacer dulces o preparar una comida.

Olivia asintió con la cabeza.

—Lo sé —pero a quien tenían que convencer era a su madre—. Es una cocina compartida —señaló—. Mamá está acostumbrada a sus cacerolas y sus sartenes y, en fin, a su cocina.

—Esa cocina ya no existe —repuso Will.

Tenía razón. El fuego no sólo había destruido unos cuantos armarios, las paredes y el suelo. Lo que antaño había sido el corazón del hogar de su infancia había quedado reducido a ceniza. En su lugar había una habitación aséptica a la que faltaban los recuerdos acumulados durante sesenta años. En muchos sentidos, Olivia sentía la misma desilusión que su madre. Quería que todo volviera a ser como antes, aunque fuera imposible.

—¿Qué sugieres que hagamos ahora? —preguntó Will.

—No sé —Olivia no esperaba que fuera fácil convencer a Charlotte para que abandonara la casa en la que había vivido siempre—. ¿Se te ocurre algo?

Su hermano negó con la cabeza. Se metió las manos en los bolsillos y se encogió de hombros.

—¡Qué difícil es esto!

—Y que lo digas.

—Yo confiaba en que Ben se diera cuenta de que lo más sensato es que se muden y que allanara el camino.

—Para él es tan perturbador como para mamá —comentó Olivia.

—Pertenecía a la Marina, se ha mudado muchas veces. Yo pensaba que le costaría menos.

—Sí, yo también —murmuró Olivia—. El caso es que no quiero que mamá crea que la estamos echando de su casa. No podemos obligarla a irse, ni debemos hacerlo. Ella tiene que aceptarlo y no lo ha hecho. Todavía, al menos.

—El problema es, en parte —dijo Will—, que teme lo que pasará con la casa cuando no esté.

Era un punto a tener en cuenta.

—Adora esta casa.

—Lo primero que preguntó fue si la venderíamos —le recordó Will, ceñudo—. Al final tendríamos que venderla, y tengo la sensación de que eso le preocupa más que la idea de tener que mudarse.

Olivia suspiró.

—No nos quedaría más remedio. Alquilarla podría ser una pesadilla —dijo casi para sí misma, acordándose de los problemas que había tenido Grace cuando alquiló su casa en Rosewood Lane. Odiaba pensar que alguien pudiera destrozar la casa de su familia, que era justo lo que le había pasado a Grace. No, no quería ni pensar en alquilarla.

—Puede que Ben esté más convencido de lo que nos ha hecho creer.

—¿En serio? —Olivia sólo podía esperar que su hermano tuviera razón—. ¿Te ha dicho algo?

—Directamente, no, pero he notado lo preocupado que estaba al ver cómo reaccionaba mamá. La quiere mucho, y enseguida se ha dado cuenta de lo insegura que se siente con tantos cambios.

Olivia asintió. La reacción de Charlotte al ver los cambios que se estaban obrando a su alrededor había sido casi infantil.

—Si se te ocurre alguna idea, avísame —dijo Will, y sacó las llaves del coche.

—¿Tienes planes para mañana? —preguntó Olivia.
—No. ¿Tú sí?
—Jack quiere ver el partido de los Seahawks en televisión. Si quieres, ven a verlo con nosotros.
—¿A la una? —preguntó su hermano.
—Perfecto. Hasta mañana, entonces.

Olivia confiaba en poder seguir hablando con Will al día siguiente. Seguro que se les ocurriría alguna solución. El problema parecía menos acuciante mientras Charlotte y Ben habían estado viviendo con ellos. A pesar de los diversos incidentes con la colada y otras cosas parecidas, se había acostumbrado a tener cerca de su madre. Era reconfortante que Charlotte estuviera esperándola al final del día con una taza de té y un dulce casero. A pesar de que sabía que era necesario que se fueran a vivir a una residencia, aquella transición le resultaba penosa. La pérdida de independencia de Charlotte y Ben, la pérdida del entorno al que estaban acostumbrados y, sobre todo, la pérdida de su madre tal y como había sido antaño... Detestaba todo aquello. Y sin embargo tenía que ser práctica y pensar en su seguridad y su bienestar por encima de todo.

Un momento después de que llegara a casa, Jack aparcó detrás de su coche. Había asistido a una reunión de Alcohólicos Anónimos y, como tenía por costumbre, luego había ido a tomar un café con su amigo Bob Beldon.

—¿Qué tal la reunión? —preguntó ella.
—Bien —Jack la enlazó por la cintura y la besó—. ¿Qué tal ha ido todo con tu madre y Ben?

A ella se le saltaron las lágrimas y Jack se inclinó para verla mejor.

—Liv...
—Muy mal.
—Ven, vamos a dentro y cuéntamelo.

La tarde nublada y gris reflejaba perfectamente sus sentimientos. Jack la hizo entrar en casa por la puerta trasera.

Mientras se quitaba el abrigo, ella puso a hervir agua para hacer té. Su madre había hecho lo mismo toda la vida. Cada vez que era hora de hablar en serio, Charlotte echaba mano del hervidor y de su tetera preferida, con mariposas pintadas. Olivia recordaba el día en que fue a decirle que Stan y ella iban a separarse. Estaba triste y llorosa. Aquél había sido el año más horrible de su vida, y su madre, con la tetera en la mano, había sido una fuente constante de cariño y apoyo. En el plazo de un año, el hijo mayor de Olivia se había ahogado y su matrimonio se había hecho añicos. No sabía qué habría hecho de no ser por su madre, y por Grace, claro.

—Olivia —dijo Jack suavemente—, llevas cinco minutos delante de la cocina.

—¿Sí? —se enjugó las lágrimas, avergonzada—. Estaba acordándome de todas las charlas que he tenido con mi madre delante de un té —susurró.

Jack la condujo a una silla y sacó dos tazas. En ese momento, Olivia se sentía incapaz de hacer la tarea más nimia. Estirando el brazo por encima de la mesa, agarró un pañuelo de papel y se sonó la nariz.

—Lo siento. Estoy haciendo el ridículo.

—No, nada de eso —dijo Jack.

—Estaba pensando en el día en que mi madre me preparó té, cuando Stan y yo decidimos que no podíamos seguir casados.

—¿Qué te ha hecho pensar en eso?

—No lo sé exactamente. Es sólo que fue tan maravillosa, me apoyó y me tranquilizó tanto... Y no fue la única vez. Siempre he podido contar con ella cuando surgía una crisis.

—¿Y ahora no?

Olivia sacudió la cabeza.

—Ahora todo es al revés. Soy yo quien tiene que cuidar de ella. Me necesita más que yo a ella. Y también Ben —se llevó el pañuelo a la boca y sofocó un sollozo.

Jack se puso tras ella y comenzó a masajearle los hombros.

—Me tienes a mí, y a tu hermano, y a tus hijos.

—Sí, lo sé. Pero esto es... distinto.

La tetera comenzó a silbar y Jack regresó junto a la cocina. Echó el agua en la tetera y la llevó a la mesa.

—¿Todo esto es por llevar a tu madre y a Ben a casa?

—Ay, Jack, es tan duro ver que mi madre se hace mayor... Ella intenta aparentar que todo sigue igual, pero no es verdad. Hoy se ha hecho aún más evidente que no pueden seguir viviendo en esa casa mucho más tiempo.

—¿Quieres que hable con ellos? —preguntó su marido tras una breve pausa—. Yo no he tenido que pasar por esto, pero...

—No. Te lo agradezco, pero esto tenemos que hacerlo Will y yo. No puedo reprochárselo a mi madre. Yo tampoco querría irme de mi casa. Y luego está el problema de qué hacer con la casa.

Al visitar las residencias, tanto Will como ella se habían sentido animados e incluso entusiasmados. Todo parecía tan positivo... Había multitud de actividades para que Ben y su madre estuvieran entretenidos y se sintieran vivos. Se imaginaba a su madre dirigiendo el grupo de punto y a Ben jugando a las cartas. Las residencias ofertaban programas de ejercicios y fisioterapia, veladas musicales, talleres de lectura y manualidades, excursiones y muchas más cosas. En cada una había al menos cinco actividades distintas todos los días. Los menús estaban bien diseñados y eran nutritivos y sabrosos. A Olivia no le habría importado comer allí. Pero convencer a su madre de que le convenía mudarse a una residencia le parecía una tarea insuperable.

Sonó el teléfono y Jack contestó, mirando el número que aparecía en la pantalla del móvil.

—Es Ben, o tu madre —dijo—. Hola, Charlotte —casi enseguida miró a su esposa—. Claro, Charlotte. No te preocupes, enseguida vamos.

Olivia se levantó casi de un salto.

—¿Qué ha pasado? —preguntó, asustada.

—Nada —contestó Jack con calma—. Por lo visto Ben se ha caído. No puede levantarse y Charlotte no puede ayudarlo.

—¡Cómo que nada! —ella respiró hondo—. ¿Por qué no le has dicho que llame a emergencias? ¿Ben está herido? Puede que se haya roto la cadera... Dios mío, Jack, esto es grave.

—Ben no se ha hecho nada. Pero tu madre está intentando levantarlo y no puede. Están los dos agotados.

—¿Cómo ha podido pasar una cosa así? —corrió a buscar su chaqueta, agarró su bolso y se dirigió a la puerta.

—Dice que Ben ha resbalado con la alfombra de la cocina.

Will había comprado la alfombrilla y la había puesto delante de la nevera nueva, pero la alfombra tenía la parte de debajo de goma y no resbalaba.

—Ben no se acordaba de que estaba ahí —prosiguió Jack como si le leyera el pensamiento—. Y ha tropezado con ella.

—Deberían llamar a emergencias —exclamó Olivia. Jack se puso su chaqueta y salió tras ella.

—Ben ya está bastante avergonzado —dijo—. Y Charlotte me ha dicho que no se ha hecho nada.

—Eso no lo sabemos.

—No, pero lo averiguaremos enseguida —corrieron al coche de Jack y arrancaron sin molestarse siquiera en cerrar la puerta de la casa.

Charlotte salió a recibirlos a la puerta, pálida y temblorosa. Jack pasó a su lado y entró en la cocina, donde Ben estaba sentado en el suelo, con las rodillas dobladas y la cabeza gacha.

—Me siento como un viejo tonto —masculló.

—Ha sido un accidente —dijo Jack—. Enseguida te levanto —puso las manos bajo sus axilas y lo levantó sin apenas esfuerzo.

—¿Estás bien? —preguntó Olivia.
—Sí, aunque con el orgullo bastante magullado.
Charlotte apartó una silla y se dejó caer en ella.
—No sabía qué hacer —dijo con voz trémula—. Menos mal que habéis podido venir.
Olivia se agachó junto a ella y la abrazó, susurrándole palabras tranquilizadoras. Era como le había dicho a Jack: de pronto, la mayor era ella. Se había convertido en la madre de su madre.

CAPÍTULO 26

El lunes por la tarde, Rachel salió pronto del trabajo. Fue a la biblioteca de Cedar Cove, se sentó en uno de sus mullidos sillones y esperó allí la llegada de su hijastra. Había llamado a Jolene al móvil para quedar con ella. La chica había accedido a verla, pero Rachel ignoraba qué podía esperar de su encuentro. Jolene había asistido a una sesión de terapia, y según Bruce, había sido una pérdida de tiempo. Había estado mohína y callada toda la sesión y se había negado a participar en la conversación.

Cuanto más tiempo pasaba separada de su marido y su hijastra, más evidente se le hacía que no podría regresar a casa. Era hora de hallar otra solución.

Se preguntaba si Jolene la dejaría plantada, y se sorprendió levemente cuando se abrió la puerta de la biblioteca y entró la muchacha. Iba sola, lo cual también sorprendió a Rachel, porque su hijastra solía ir siempre acompañada de un montón de amigas.

Jolene se quedó en el vestíbulo y paseó la mirada por la biblioteca hasta que posó los ojos en ella. En cuanto la vio, entornó los párpados. Cruzó la biblioteca, dejó caer la mochila con descuido al suelo y se sentó en el sillón de al lado.

—¿Querías hablar conmigo? —preguntó sin saludar. Su voz estaba desprovista de emoción.

Rachel prefirió ignorar su actitud.

—Sí, gracias por venir —contestó amablemente.

—¿Por qué me has pedido que venga aquí?

—Por varios motivos.

Jolene miró ostensiblemente su reloj.

—¿Cuánto tiempo nos va a llevar esto?

—No mucho —prometió Rachel. De momento, el encuentro estaba transcurriendo tal y como se temía. La chica no disimulaba su hostilidad. Las líneas de batalla estaban trazadas y las espadas listas. Pero Rachel estaba a punto de deponer su arma. Estaba agotada.

Respiró hondo y fue directa al grano.

—Principalmente, quería decirte que he decidido marcharme de esta zona.

Jolene la miró de repente.

—¿Lo sabe mi padre?

—Todavía no —más adelante se lo diría a Bruce.

—¿Por qué me lo cuentas a mí?

—Bueno —dijo Rachel—, he pensado que querrías celebrarlo. Me has vencido, Jolene. Tú ganas. Puedes quedarte con tu padre para ti sola. Yo voy a desaparecer.

—¿Y el bebé? —preguntó—. No puedes hacerle eso a mi hermano, o a mi hermana.

Rachel meneó la cabeza.

—Yo crecí sin familia. Mi tía lo intentó, pero no era nada cariñosa. Se crió en una época en la que los niños no hablaban, a menos que se les preguntara. Estaba convencida de que la limpieza era casi lo mismo que la santidad, y lo que más le importaba era tener la casa impecable. Yo no tenía muchas diversiones y...

—Eso ya me lo has contado —replicó Jolene, cruzando los brazos con aire desafiante.

—Tienes razón. Perdona, no hace falta que me repita, ¿verdad? Lo que quiero decir es que mi tía me enseñó qué no debía hacer, en qué no debía convertirme.

—¿Qué pasará con el bebé? —Jolene parecía un abogado defendiendo los intereses de su padre.
—¿Que qué pasará? —Rachel se encogió de hombros—. Pues que lo criaré con todo mi amor y lo mejor que pueda.
—¿Y mi padre?
—¿Qué pasa con él?
Jolene la miró con enfado.
—Él también tiene derecho al bebé.
—No voy a impedir que tu padre vea al bebé, Jolene. Sólo intento protegerlo.
—¿Protegerlo de qué?
Rachel no creía que fuera necesario contestar. La respuesta debía ser obvia, incluso para Jolene. Si su hijastra la odiaba tanto, era lógico que sintiera lo mismo hacia su hijo o hija.
Al ver que no contestaba, Jolene pareció cobrar conciencia de lo que quería decir y sus ojos se agrandaron.
—Yo jamás haría daño al bebé —afirmó, ofendida.
—Físicamente, no, quizá —convino Rachel—. Pero hay otros modos de hacer daño a las personas. Y yo no puedo correr ese riesgo.
Jolene miró más allá de ella y tragó saliva visiblemente.
—¿Adónde irás?
Rachel no lo había decidido aún.
—Estoy pensando en Pórtland.
—¿Oregón? —Rachel asintió—. ¿Por qué allí?
—Está cerca, pero no demasiado, y lo bastante lejos para que tu padre no tenga tentaciones de... —dejó la frase en suspenso.
—Papá está yendo a terapia.
—Sí, lo sé.
—Yo también he ido.
—Eso he oído.
Jolene desvió la mirada, avergonzada quizá por su conducta durante la sesión con el psicólogo.

Rachel no esperaba cambios de la noche a la mañana, pero todos tenían que poner de su parte y Jolene no parecía dispuesta a ceder.

—Tienes que hablar con papá.

—Lo haré —Rachel llevaba tres semanas sin hablar con Bruce. Habían intercambiado unos cuantos e-mails para mantenerse al corriente. Después de que Jolene se fingiera enferma y de la sesión de terapia desperdiciada, estaba convencida de que la situación no tenía remedio. Si Jolene prefería tomarse un emético antes que permitir que su padre la viera... ¿qué más había que decir?

—El psicólogo le ha dicho a papá que tiene que ponerme límites —dijo la adolescente con sarcasmo—. Menuda tontería.

—Ajá.

Jolene se miró los pies.

—También le devolviste el dinero a papá, ¿verdad?

A Rachel le sorprendió que también supiera eso.

—¿Te lo dijo tu padre?

—No, me lo dijo Teri Polgar. Fue a casa y se puso hecha una fiera.

Rachel se imaginaba perfectamente la escena. Teri no era de las que se mordían la lengua. Sin duda les había dicho a Bruce y a Jolene lo que opinaba de ellos, quisieran oírlo o no.

—Papá se llevó un disgusto. Porque no aceptaras el dinero, quiero decir.

—Dile, si es que quieres contarle algo sobre lo que hemos hablado, dile que el bebé y yo estamos bien. Que no necesito el dinero. Puedo cuidar del bebé sola —no quería nada de él. Al final, tendría que renunciar a su orgullo y pedirle ayuda, pero hasta entonces prefería arreglárselas sola, sin ayuda de Bruce o Jolene, ni económica ni de ninguna otra clase. Ya habían hecho bastante los dos.

—Mi padre te quiere.

Volvió a sentir un nudo en la garganta.

—Sí, lo sé.

—Si lo quisieras, no le harías esto —dijo Jolene en tono de reproche—. No le quitarías al bebé.

Rachel no estaba dispuesta a permitir que la atacara por haber tomado una decisión tan difícil. Pero en lugar de defenderse, obvió el comentario de la chica. Se levantó y se puso una mano sobre la tripa.

—Te agradezco que hayas accedido a verme una última vez —dijo en voz baja—. Adiós, Jolene —comenzó a alejarse.

—¡Espera! —exclamó Jolene.

—¿Que espere? —dijo Rachel—. ¿Por qué?

—Tengo... tengo una cosa para ti. Le dije a mi padre que habías llamado y que querías verme. Te ha escrito una carta. No iba a dártela, pero... creo que debo hacerlo —echó mano de su mochila, la abrió y hurgó dentro. Un momento después sacó un sobre y se lo pasó—. Adelante, léela —dijo.

—¿Tú la has leído? —una pregunta tonta. Claro que la había leído.

Jolene bajó los ojos tan rápidamente que bastó con eso como respuesta.

—Lee lo que ha escrito papá.

Rachel abrió el sobre en blanco.

Querida Rachel:

No sé por dónde empezar. He escrito esto veinte veces y otras tantas me he dado por vencido. Cuando me di cuenta de que habías bloqueado mis llamadas, al principio me enfurecí. Confiaba en que nos reconciliáramos. Después comprendí por qué lo hacías y debo decir que seguramente yo habría hecho lo mismo. Nada cambiaba, a pesar de todos nuestros esfuerzos. El problema era siempre el mismo, una y otra vez, sólo que peor. Te pido perdón por no haber intervenido a tiempo para ayudarte con mi hija. Jolene tiene pro-

blemas graves y yo debería haberme dado cuenta mucho antes. He hecho algunos cambios aquí, en casa, y ya he asistido a unas cuantas sesiones de terapia. También tenías razón en eso. Debería haber accedido a hablar con alguien mucho antes. Si lo hubiera hecho, quizá nada de esto habría pasado. Jolene también ha ido, no voluntariamente, pero al menos tuvo que escuchar. Creo que eso ha ayudado un poco, pero soy el primero en reconocer que nos queda mucho camino por recorrer.

Teri Polgar me devolvió el dinero. Me atendré a cualquier decisión que tomes.

Rachel, no dejo de pensar en ti y en el bebé. Nunca había sentido tanta tristeza. Cuando murió Stephanie, fue como si me arrancaran los dos brazos. Esto es distinto, pero igual de doloroso. Te he fallado y he fallado a nuestro bebé.

Creo que no puedo añadir nada más, aparte de decirte otra vez lo mucho que te quiero. Aunque Jolene no lo reconozca nunca, ella también te necesita.

Me resulta imposible poner fin a esta carta. No bastan las palabras. Sé que te he perdido, pero no puedo decirte adiós.

Bruce

Las dos últimas líneas parecían borrosas. Los ojos se le habían llenado de lágrimas. Tragó saliva y parpadeó con fuerza para que Jolene no supiera cuánto la había conmovido la carta.

—Gracias por dármela —le tembló la mano cuando dobló el papel y volvió a guardarlo en el sobre.

—Papá tiene razón —musitó Jolene.

Rachel levantó la vista y vio que tenía la cabeza gacha. Una lágrima cayó sobre su mochila y se pasó rápidamente la mano por la cara.

—¿Que tiene razón? —repitió Rachel suavemente—. ¿En qué?

Jolene sacudió la cabeza, negándose a contestar.

—Si alguna vez me necesitas, sólo tienes que avisar a Teri Polgar. Ella se pondrá en contacto conmigo y te llamaré.

—¿Harías eso? —preguntó Jolene.

—Sí.

—¿Después de cómo me he portado?

—Sí —contestó sin vacilar.

—¿Por qué?

—Primero, porque eres mi hijastra y, segundo, porque antes estábamos muy unidas —parecía haber pasado una eternidad, pero Rachel aún podía echar la vista atrás y aferrarse a los buenos recuerdos sin que los más recientes empañaran su perspectiva.

—El bebé... —comenzó a decir Jolene, y se detuvo—. Ya tienes tripa.

—Veo que te has fijado.

—¿Cómo no iba a fijarme? —dijo, y casi sonrió.

Se abrió la puerta del despacho de dirección y apareció Grace Harding. Detrás de ella iba un perrillo que cruzó corriendo la sala y se fue derecho a Jolene. La chica se agachó y lo tomó en brazos. El cachorro comenzó a lamer su barbilla. Jolene cerró los ojos, se echó a reír y lo apartó de su cara.

—Beau —lo llamó Grace, acercándose a ellas rápidamente—. Perdonad.

—No pasa nada —dijo Jolene—. Es una monada.

—Es un incordio. Siempre se me olvida cerrar la puerta del despacho cuando salgo. Hoy es la segunda vez —agarró a Beau, pero Jolene no lo soltó.

—¿Te importa que me lo quede un rato? —preguntó, mirando a la bibliotecaria.

Grace miró a Rachel como si le pidiera permiso.

—Por mí no hay problema —dijo Rachel.

Grace esperó un momento.

—¿Cuándo vas a volver a la peluquería, Rachel? —preguntó—. Ahora que os habéis ido Teri y tú, me está costando una barbaridad encontrar a alguien que me corte el pelo como me gusta.

—No... no voy a volver.

—Qué pena —hizo una pausa—. Y seguro que todas tus clientas piensan lo mismo.

Rachel no supo qué decir. Sabía por Jane que algunas clientas estaban buscándola. Le sabía muy mal decepcionarlas, pero dudaba mucho que estuvieran dispuestas a seguirla hasta Portland o allí donde aterrizara por fin.

—Llévame a Beau cuando te canses de jugar con él —dijo Grace.

—Vale —Beau se había acomodado en el regazo de Jolene y estaba mordisqueándole el dedo.

Rachel disfrutó viendo a su hijastra jugar con el perro. Unos minutos después, se levantó para marcharse, pero Jolene preguntó:

—¿Puedes quedarte un rato más?

—De acuerdo —esperó, sin saber si Jolene tenía algo más que decirle. Se inclinó para acariciar al cachorro, que enseguida intentó morderle el dedo.

—Cuidado, tiene unos dientecillos muy afilados.

Rachel ya lo había descubierto.

—Ay —apartó la mano y se examinó el dedo para ver si le había hecho sangre. Por suerte, no.

—Nunca he tenido perro —comentó Jolene—. Quería uno, pero papá decía que tendríamos que dejarlo solo todo el día y que no le parecía bien.

—Yo tampoco tuve nunca perro —a su tía no le gustaban los animales; ella, en cambio, había ansiado tener uno.

—¿Porque eran un engorro? —preguntó Jolene.

—Sí —respondió, y dedicó a su hijastra una sonrisa indecisa.

Jolene acunaba al perrillo como si ello requiriera toda su atención.

—Rachel —murmuró pasados unos minutos—, no te vayas a Portland.

—¿Quieres que me vaya a otro sitio? —frunció el ceño, algo confusa.

—No.

—¿A otro pueblo, más lejos?

—No —repitió la chica con énfasis—. No quiero que te vayas a ningún sitio.

Rachel no dijo nada. Temía no estar entendiéndola bien.

—¿Me estás pidiendo que me quede en Cedar Cove?

—No... no lo sé —no era ésa la respuesta que confiaba en oír—. Lo único que puedo decir es que no sé qué hará mi padre cuando se entere de que vas a marcharte.

Rachel era consciente de que su decisión sería un duro golpe para Bruce, pero creía no tener elección.

—Yo... yo tampoco quiero que te vayas —dijo Jolene.

Quizás eso sí fuera un principio.

CAPÍTULO 27

«¿Sigues librando los jueves?», preguntó Gloria a Chad por mensaje de texto. Era una forma de comunicarse menos embarazosa que llamar por teléfono.

La respuesta no tardó en llegar. «Sí».

Gloria se mordió el labio y escribió: «¿Podrías pasarte por casa?».

«¿Ahora?».

«Cuando sea».

Su respuesta fue casi instantánea. «Voy para allá».

Gloria confiaba en estar haciendo lo correcto.

Cuarenta minutos después, sonó el timbre. Gloria se secó las manos con nerviosismo en los pantalones de premamá y abrió la puerta.

—¿Va todo bien? —preguntó Chad enseguida.

—Sí.

—¿Querías verme?

Ella asintió y, al darse cuenta de que lo había dejado en la puerta, lo hizo pasar al apartamento.

Chad entró y echó un vistazo alrededor, como si fuera la primera vez que iba.

—¿Qué ocurre?

—Necesito ayuda —dijo ella.

—De acuerdo.

Gloria se había puesto en contacto con él movida por un impulso. Era cierto que necesitaba ayuda, pero Mack y Roy se la habrían prestado encantados. Pese a todo, no había podido resistir la tentación de pedírsela a Chad, aunque temía que fuera demasiado tarde para ellos.

—¿Qué necesitas?

—He... he comprado una cuna.

Chad la miró a los ojos.

—Yo también.

—Ah —no debería haberla sorprendido. Habían convenido más o menos en compartir la custodia del bebé—. ¿Ya las has montado? —preguntó.

—No. ¿Y tú?

—Bueno, lo he intentado y, francamente, no sé por dónde empezar. Quería saber si te importaría ayudarme —era una excusa para volver a verlo, para poner fin a la tensión que había entre ellos. Si iban a compartir la custodia, tenían que sentirse cómodos el uno con el otro. La desconfianza y la hostilidad no eran convenientes para el niño. Ni para ellos.

—¿Por eso me has pedido que venga?

Ella asintió. Sí, era una excusa, pero quería verlo otra vez. Todo había cambiado después de su... siesta. De eso hacía una semana. Esa tarde no había pasado nada, nada físico, y sin embargo lo había cambiado todo, al menos para ella. Ahora, cada vez que se metía en la cama y cerraba los ojos, sentía a Chad tendido a su lado, reconfortándola. Quería sentir de nuevo esa cercanía, esa sensación de estar protegida y de ser amada. Antes, entre ellos sólo había habido una potente atracción física. Pero esa tarde habían experimentado otra cosa: ternura el uno por el otro y amor por su futuro hijo. Gloria había sentido un vínculo con Chad, una sensación de plenitud que había perdido con la muerte de sus padres. Con los McAfee estaba emparentada por lazos de sangre, y ellos le habían dado la bienvenida a sus vidas. Pero no tenía los recuerdos, los momentos compartidos, las risas y los instantes de intimidad que conectaban a los miembros de una familia.

Chad le lanzó una mirada extrañada.

—¿Dónde está la cuna? —preguntó.

Enfrascada en sus pensamientos, Gloria se había quedado con la mirada perdida. Se sobresaltó y lo condujo por el pasillo, hasta la segunda habitación, que iba a ser la del bebé.

Chad se detuvo nada más entrar.

—Ya has comprado un montón de cosas.

Gloria apoyó la mano sobre el cambiador.

—Corrie vio esto de oferta y me llamó desde la tienda. Lo compré sin verlo y luego Mack y su cuñado fueron a recogerlo y me lo trajeron —el cambiador era de madera blanca, con seis cajones, tres a cada lado, y una colchoneta de colores encima—. Quiero pintar la habitación de un tono suave de azul —Mack se había ofrecido a pintarla. Ella le había dado las gracias, pero había declinado la oferta. Quería que se ofreciera Chad.

Pero Chad no se ofreció. Miró los dos extremos de la cuna apoyados contra la pared del fondo. Gloria lo había sacado todo de la caja de cartón, que había tirado al cubo de reciclaje.

—Las instrucciones están en varios idiomas —dijo, pasándole las hojas impresas—. Sospecho que la versión inglesa es un poco difícil de seguir.

—En otras palabras, que el inglés no es su lengua materna.

—Exacto.

—Mmm —Chad echó un vistazo a las instrucciones y pasó varias páginas—. Habrá que fiarse de los dibujos.

Eso había pensado Gloria, y al final había tenido que desistir.

—Tengo todas las herramientas que hacen falta.

—Bien. No se me ha ocurrido traer nada.

—¿Por qué se te iba a ocurrir?

Se sentaron en el suelo y a Gloria le sorprendió comprobar lo minucioso que era. Leyó el libro de instrucciones de cabo a rabo antes de echar mano del destornillador.

—Creo que no habrá problema.

Una hora después, Gloria tuvo que levantarse. Le dolía todo el cuerpo.

—¿Te apetece un café?

—Me apetece más un trago de whisky. ¿Crees que alguien habrá conseguido montar una de estas cunas?

—No lo sé. Lo siento, lo más fuerte que tengo es vino.

—¿Qué hora es? —preguntó él.

—Las seis pasadas —ni siquiera se le había ocurrido mirar la hora hasta que él se lo preguntó. Ya había oscurecido.

—¿Las seis? —repitió él, y se levantó con agilidad. Agarró su móvil y salió apresuradamente de la habitación.

—¿Tenías que ir a algún sitio? —preguntó ella, y supuso que había quedado con Joni. Sintió una opresión en el pecho al contener la respiración.

Chad salió al descansillo del segundo piso mientras hablaba por teléfono. Absorto en la conversación, se paseaba de un lado a otro. Pasaron varios minutos antes de que volviera.

—¿Tienes que irte? —preguntó Gloria, intentando disimular su desilusión.

—No, me quedo.

—Perdona. Debería haber pensado que quizá tuvieras otros planes.

—No te preocupes por eso. Voy a acabar aquí.

—No, no pasa nada, de veras —insistió ella—. No salgo de cuentas la semana que viene, ni nada por el estilo. Tenemos tiempo de sobra.

—He dicho que me quedo.

Gloria tragó saliva con esfuerzo y asintió.

—Gracias.

Chad regresó al cuarto del bebé y ella entró en la cocina. En el armario de encima de la nevera había una botella de vino. Gloria no recordaba cuánto tiempo llevaba allí. Más de un año, al menos. Pero se suponía que el vino tinto mejoraba con el tiempo. Le costó abrir la botella, pero lo consiguió. Sirvió una copa para Chad y se la llevó a la habitación.

—Ten, puede que esto te ayude —dijo al dársela.

—Gracias.

—Ojalá pudiera acompañarte, pero...

—En otra ocasión, quizá. Después de que nazca el bebé —le lanzó una cálida sonrisa de la que ella cayó víctima inmediatamente. Chad había surtido ese efecto sobre ella desde el principio.

—También he comprado un móvil para el bebé —balbució, intentando romper el hechizo.

—¿Hay que montarlo?

—No.

—Menos mal —contestó Chad con una sonrisa.

Ella también se rió.

Chad había conseguido ensamblar un lado de la cuna cuando a ella le sonó el estómago y recordó que la hora del almuerzo quedaba ya muy lejana. Si ella tenía hambre, era probable que Chad también la tuviera.

—Voy a preparar algo de cena —sugirió, ansiosa por hacer algo útil. No lo estaba ayudando mucho con la cuna, aparte de leerle las instrucciones en voz alta. De vez en cuando él le pedía que le repitiera algún párrafo y ella se esforzaba por dar sentido a la mala sintaxis y el confuso vocabulario de las instrucciones. En algún momento, Chad masculló que el inglés debía de ser la cuarta o quinta lengua del autor del manual. Gloria sonrió; estaba de acuerdo.

—Por mí no te molestes —dijo Chad.

—No es molestia.

Sólo cuando llegó a la cocina se dio cuenta de que aquélla era la primera vez que cocinaba para él. Pronto daría a luz a su hijo y sin embargo no habían compartido ni una sola comida casera. Se preguntó si Joni cocinaba para él alguna vez y llegó a la conclusión de que seguramente sí.

Ella no tenía un repertorio de recetas muy amplio. Una de sus preferidas era la pasta con marisco. La receta se la había dado Corrie, a la que a su vez se la había dado Peggy Beldon. Puso a hervir agua en una cazuela y sacó gambas y vieiras del congelador y almejas en conserva del armario. Había picado la cebolla y el perejil fresco cuando entró Chad.

—Necesito un descanso —dijo con la copa de vino medio llena en la mano.

—Espero que no seas alérgico al marisco —dijo ella, preocupada de pronto.

—No. Me encanta.

—Ah, estupendo —le parecía muy triste saber tan poco de él.

Chad se apoyó en la encimera y Gloria se preguntó si tenía idea de lo guapo que estaba.

Sonó el teléfono y contestó sin molestarse en mirar el número. Era su hermano.

—Sólo llamaba para asegurarme de que no necesitas ayuda para montar la cuna —dijo Mack.

—Lo tengo todo controlado. Pero gracias.

—No hay de qué. Linc también ha dicho que podía ayudar, si quieres.

—Gracias a los dos, de veras.

—Bueno, entonces llámame si necesitas algo.

—Lo haré.

Al colgar, vio que Chad estaba mirando su vino con el ceño fruncido. Estaba claro que creía que acababa de hablar con su novio. Gloria recordó lo mal que se había sentido al verlo hablar con Joni, y no dijo nada. Que pensara lo que quisiera. Él no preguntó y ella no lo sacó de su error.

Chad apuró el vino y volvió a llenar la copa.

—¿Quieres que ponga la radio? —preguntó ella.

Él se encogió de hombros.

—Claro.

Un rock suave llenó la cocina, seguido por la voz sedante de una locutora. Mientras se hervían los fetuchini, Gloria puso la mesa y preparó un cuenco de queso parmesano recién rayado. Puso además dos velas en el centro de la mesa.

—Parece que no es la primera vez que creas una escena tan íntima —comentó Chad mientras ella removía la pasta.

—¿Con mi horario de trabajo? —cuando trabajaba como patrullera, tenía turnos rotativos. A veces no sabía cuándo era de día y cuándo de noche. Chad lo sabía.

Su respuesta pareció alegrarlo. Cuando sonó la alarma del reloj, él apartó la cazuela del fuego y echó la pasta en el escurridor. Después pasó los tallarines calientes a una fuente de cerámica que ella había puesto sobre la encimera. Gloria vertió sobre ellos la salsa de marisco con aceite de oliva y hierbas frescas.

Chad llevó la fuente a la mesa.

—Huele de maravilla.

—En mi familia tiene mucho éxito —comentó ella—. Corrie lo preparó hace unos meses y a todos nos encantó.

Chad apartó una silla para ella.

—¿Sabes?, es la primera vez que te oigo hablar de Corrie y de Roy como de tu familia.

—¿Sí? —ahora era así como pensaba en ellos; sobre todo, desde que estaba embarazada. Aunque se había enfadado al enterarse de que su padre le había dicho a Chad lo del bebé, al echar la vista atrás se alegraba de ello.

Chad se sentó frente a ella.

—Ahora pareces sentirte más a gusto con ellos —dijo, pensativo.

Gloria envolvió tallarines alrededor de su tenedor y saboreó el aroma del orégano y la albahaca.

—Sí, supongo que así es.
—¿Por algún motivo en concreto?
Ella no tuvo que pensarse la respuesta.
—Por el bebé. Roy y Corrie se han portado de maravilla, y Mack también —luego, sintiéndose algo culpable, añadió—: Era él quien ha llamado antes.
—¿Tu hermano?
Tomó un primer bocado de pasta y asintió.
Chad también probó la cena.
—Oye, esto está buenísimo.
—No sé por qué te sorprendes tanto. Sé cocinar.
—Eso está claro —le dedicó otra de sus irresistibles sonrisas.
Gloria necesitó toda su fuerza de voluntad para apartar la mirada.
—¿Más vino? —preguntó al ver que tenía la copa vacía.
—No, gracias. Tengo que conducir.
Acabaron de cenar y llevaron los platos al fregadero.
—Gracias —dijo Chad al dejar el suyo—. Ha sido estupendo.
—Bueno, ya sabes lo que suele decirse —bromeó ella—. A los hombres se les conquista por el estómago.
De pronto, él tomó su mano y se la llevó a los labios.
—Tú ya sabes cómo conquistarme, Gloria. Siempre lo has sabido.
Ella apenas podía respirar cuando sus ojos se encontraron. Sentía que las piernas estaban a punto de fallarle. Se tambaleó hacia él y Chad la rodeó con sus brazos y la atrajo hacia sí.
Su beso fue mágico. Exquisito. Potente.
Cuando el bebé le dio una patada, Gloria se apartó y escondió la cara en su hombro.
—¿Lo has notado?
—Sí —parecía divertido.
—Creo que le gusta que estemos juntos.

—A mí me gusta, desde luego —la estrechó un poco más entre sus brazos—. Pero... tengo que irme.

Ella levantó la vista y se esforzó por sonreír.

—No importa —bajó los brazos y dio un paso atrás—. Gracias. Por todo.

Chad posó un momento la mano sobre su cara.

—La semana que viene volveré para acabar de montar la cuna.

—Claro, cuando quieras.

—¿El miércoles por la noche?

—Perfecto. Cocino yo, ¿de acuerdo?

Chad retrocedió un par de pasos, luego se acercó de pronto y volvió a besarla. Cuando se marchó, Gloria estaba trémula. Le faltaba la respiración.

Hacía meses que no se sentía tan feliz.

CAPÍTULO 28

—Esto es divertidísimo —dijo Charlotte al darle el brazo a Olivia. Era una lluviosa tarde de sábado y estaban visitando una feria de artesanía local.

Olivia procuraba ir al paso de su madre. El mercadillo principal estaba instalado en el instituto de Cedar Cove.

—¿No es increíble, las cosas que se le ocurren a la gente? —preguntó Charlotte.

—Ya lo creo —dijo Olivia. Se subió la capucha del impermeable para protegerse el pelo de la llovizna. Por malo que fuera el tiempo, no habría dejado de ir al mercadillo navideño. Habían visto multitud de piezas de artesanía, desde colchas de retales y bordados a cuadros, vidrio soplado y joyería.

—Estoy deseando que llegue esta tarde.

—Yo también, mamá —Olivia, sin embargo, esperaba la tarde con temor e ilusión en igual medida. Will se reuniría con ellas después, y juntos volverían a plantear la posibilidad de que Ben y su madre se trasladaran a vivir a una residencia.

—Antes me encantaba hacer punto para los mercadillos benéficos —comentó Charlotte mientras cruzaban el atiborrado aparcamiento del instituto—. Hace un par de años que no dono nada. No sé por qué. Parece que se me escapa el tiempo.

—Nos pasa a todos —respondió Olivia mientras caminaban.

Habían comprado varias cosas que llevaba en una bolsa de plástico, colgada del brazo libre.

—¿Adónde vamos ahora? —preguntó su madre.

—A Stanford Suites —dijo Olivia con forzada naturalidad.

—¿Ah, sí? Ahí es donde vive Bess ahora. Se mudó hace... hace un tiempo.

Olivia no sé había enterado, pero la noticia le pareció alentadora. Estaba claro que Charlotte había olvidado cuánto tiempo llevaba Bess Ferryman en la residencia, pero seguramente no hacía mucho.

—Han montado un mercadillo navideño —dijo—. Algunas personas mayores han hecho manualidades para venderlas.

—¡Qué bonito!

—¿Hace mucho que no ves a Bess?

—Desde el lunes. Todavía va al grupo de punto del Centro de Mayores.

Olivia se detuvo cuando estaba a punto de decirle que Bess podía visitar a sus amigas siempre que quisiera, aunque viviera en la residencia. Temía que, si decía demasiado, Charlotte empezara a sospechar. Le preocupaba desde que habían empezado a hacer los preparativos. Sólo confiaba en que su madre y Ben acogieran mejor la idea que la vez anterior.

El aparcamiento de Stanford Suites estaba casi lleno.

—Mira cuánta gente —comentó Charlotte cuando llegaron.

—¿Prefieres que nos lo saltemos y nos vayamos a comer?

Habían decidido comer en un mexicano. Saltaba a la vista que su madre estaba cansada, y ella también. Sólo hacía unos meses que había acabado el tratamiento de radio y quimioterapia, y se fatigaba antes de lo normal. Además, tenía que reconocer que le asustaba pensar en la conversación que tenían por delante.

—No me importaría entrar —dijo Charlotte—, si te parece bien.

—Como quieras, mamá.

—Entonces vamos. Será divertido ver qué venden. Estoy buscando un regalo especial para Ben. Es dificilísimo comprarle algo, ¿sabes?

Con Jack era al contrario. Libros, música, DVD... Todo le encantaba. Olivia sólo tenía que acordarse de lo que tenía ya. También se ocupaba de comprarle la ropa, y a él la parecía de perlas. Salvo en lo tocante a su gabardina. Olivia no había logrado convencerlo de que tirara aquella prenda vieja y astrosa. Le había comprado una nueva, que colgaba sin usar en el armario. Jack decía que era demasiado rígida e insistía en que la vieja no tenía nada de malo. Olivia sabía que al final se pondría la nueva, pero todas sus sugerencias y sus indirectas no servirían de nada hasta que Jack estuviera dispuesto a hacerlo, y sólo él decidiría cuándo había llegado el momento oportuno.

Curiosamente, pensar en la gabardina de Jack le hizo darse cuenta de que tal vez con su madre y Ben conviniera usar la misma táctica. Dicho de otra manera: lo único que podía hacer era mencionar Stanford Suites y asegurarse de que Ben y Charlotte conocían el lugar y sus ventajas. Presionarles sólo causaría resentimientos y, en todo caso, les haría obstinarse en su idea.

Condujo despacio por el aparcamiento. Por suerte, un coche aparcado cerca de la entrada se marchaba en ese momento. Olivia se apresuró a ocupar el sitio vacío. Corrió a ayudar a su madre a salir del coche, temiendo que resbalara en la acera.

—Vaya, qué jardín tan bonito —dijo Charlotte al ver los lechos de flores—. ¿Sabes?, me siento fatal por tener el jardín tan abandonado. Ben y yo estuvimos allí hace unos días. Hay tantas cosas que hacer...

—Jack y yo podemos pasarnos y...

—No, no —dijo Charlotte—. Ben y yo estamos pensando en contratar un servicio de jardinería. Pero la verdad es que hoy en día es todo tan caro...

—Jack y yo tenemos uno —y en opinión de Olivia merecía la pena. Le gustaba trabajar al aire libre, pero tenía poco tiempo. Mientras estaba de baja por enfermedad había pasado muchas horas en su jardín, sobre todo cuando empezó a sentirse mejor y recuperó algunas fuerzas. Hasta ese momento había olvidado cuánto disfrutaba de su jardín. Jack también la había ayudado, pero no por placer. No como ella. Su marido tenía otros motivos. Mientras quitaba malas hierbas y preparaba la tierra, la vigilaba constantemente. Le daba pánico que se mareara, o se desmayara o, peor aún, que sufriera un colapso.

Cuando le diagnosticaron el cáncer de mama, apenas la perdía la vista. Si alguna vez Olivia había dudado del amor de su marido (cosa que no había hecho), Jack le había demostrado mil veces que la quería durante el tratamiento contra el cáncer. Y, de paso, su jardín había salido ganando.

Un niño sujetó la puerta cuando entraron en la residencia.

—Feliz Navidad —dijo con su sonrisa mellada.

—Pero si hasta la semana que viene no es Acción de Gracias —respondió Charlotte.

—Pero aquí es Navidad —repuso el niño, muy serio—. Me lo ha dicho mi bisabuela.

—Entonces no hay nada más que decir —dijo Olivia mientras entraban.

La gran sala diáfana estaba llena de mesas colocadas en forma de U. Bess estaba sentada junto a la segunda, sobre la que había desplegado sus pasteles y las prendas de punto que ella misma había hecho.

—¡Charlotte! —exclamó. Dejó sus agujas de tricotar para inclinarse sobre la mesa y dar un abrazo a su amiga—. ¡Qué alegría que hayas venido! El lunes, cuando te dije lo del mercadillo, creías que no podrías venir.

Su madre no le había dicho nada de la muestra de artesanía, y Olivia supuso que se le había olvidado, o que no había querido brindarles a ella y a Will la oportunidad de volver a sacar a relucir el tema de la residencia.

—Quiero presentarte a mis amigas —dijo Bess, y señaló animadamente a varias mujeres—. Ésta es Eileen, y ésa de ahí, Rosemary. Y ésa es Eve —señaló a las demás señoras, que también tenían puestos. Levantaron las manos para saludar—. Veo que ya conoces a mi bisnieto.

—¿Ése es Billy? —preguntó Charlotte.

—Ya tiene ocho años. Increíble, ¿verdad?

—Ayudé a Bess a hacer el dibujo para un jersey cuando tenía dos años. Tenía un dinosaurio en la parte delantera —le explicó Charlotte a Olivia.

Era extraño que su madre recordara algo así y no una conversación que había tenido hacía apenas unos días.

—Bess habla de ti constantemente —comentó Eileen.

—¿Qué vendes? —preguntó Charlotte, acercándose a su mesa.

—Bueno, hago bolígrafos de madera pulida. A mi marido le encantaba escribir con bolígrafos de madera, pero ya no los hacen como los de antes. Un año decidí que no podían ser tan difíciles de hacer, así que fui a un curso de talla de madera en el centro de enseñanza para mayores y le hice varios para Navidad. Los usó hasta el día de su muerte.

—Un bolígrafo de madera —repitió Charlotte—. Vaya, a Ben le encantaría tener uno —miró a Olivia—. Ya sabes lo que le gusta hacer el crucigrama todas las mañanas. Pues lo hace a boli.

Olivia asintió.

—Es una idea fantástica comprarle uno. Son muy elegantes.

Charlotte compró un bolígrafo y Olivia otro. En todos los puestos vendían algo maravilloso, y Olivia acabó gastando más dinero en el mercadillo de la residencia que en los otros tres que ya habían visitado.

Se marcharon cargadas de regalos, además de varias tartas, caramelos caseros y sandía confitada para servir con la cena de Acción de Gracias. Olivia sabía, además, que a Ben iba a encantarle el turrón de cacahuete que había comprado su madre.

Mientras comían enchiladas de queso, repasaron juntas el menú de Acción de Gracias. Había cambiado muy poco con los años. Tomarían pavo, claro, con relleno de dos clases: el tradicional, hecho con pan, y una receta familiar muy querida a base de arroz. Salsa de carne hecha en casa. Ensalada y un panaché de verduras que no había cambiado nada desde que Olivia era una niña. Patatas, en puré y dulces. Y al menos tres tartas distintas de postre.

—Justine va a traer los aperitivos —le recordó Olivia a su madre.

—Ah, sí —Charlotte arrugó el ceño—. Vamos a cenar en tu casa, ¿no?

—Sí, mamá —hacía varios años que celebraban las fiestas todos juntos en casa de Olivia y Jack. Su casa era la más grande y la que tenía la cocina más espaciosa—. ¿Prefieres que cenemos en tu casa, mamá? Como ahora tienes cocina nueva y todo eso...

—No, no —sacudió la cabeza enérgicamente—. Sólo quería estar segura de que en tu casa estaba todo listo.

—Sí, está todo listo, así que no hay de qué preocuparse.

—Claro. Yo te ayudaré con la cena.

—Claro —repitió Olivia—. ¿Cómo iba a hacer la cena de Acción de Gracias sin ti?

Acabaron de comer y regresaron a casa de Charlotte y Ben.

—¿Os lo habéis pasado bien? —preguntó Ben cuando entraron.

Una ráfaga de viento estuvo a punto de cerrar la puerta tras ella. Seguía haciendo mal tiempo, estaba nublado y amenazaba lluvia. Pero Harry, el gato de su madre, no parecía notarlo. Estaba tranquilamente tumbado sobre el respaldo del sillón de Ben, con la larga y peluda cola enroscada sobre el cojín.

—Lo hemos pasado de maravilla —dijo Charlotte.

Sonó el teléfono móvil de Olivia y ella lo sacó de su bolso y vio que era su hermano.

—Hola —dijo, mirando su reloj. Se suponía que Will tenía que «pasarse por allí» media hora después.

—Hola. Oye, me ha surgido una cosa y no puedo ir.

—¿En toda la tarde? —así pues, su hermano iba a dejar aquello en sus manos.

—Seguramente podré pasarme, pero no a la hora que habíamos acordado.

—¿Cuándo, entonces? —preguntó Olivia, intentando ocultar su irritación.

—Eh, no estoy seguro. Tengo que ver a una persona y...

¿A una persona?

—¿Hombre o mujer?

—¿Importa?

—Puede que sí.

—Está bien. Hombre. Es un artista que me interesa mucho. Un pintor de Bellevue. Quiero que traiga su obra a la galería. Ha sido Miranda quien ha conseguido que hablara conmigo.

—¿Está ella contigo?

—¿Miranda? Ahora mismo no, pero vendrá luego. La verdad es que hemos decidido ir juntos a verlo para convencerlo de que venda sus cuadros a este lado del estuario. ¿Vas a enfadarte por eso?

Olivia suspiró.

—No —de hecho, tenía que reconocer que la excusa de Will era legítima y confiaba en que las cosas le salieran bien.

—¿Puedes arreglártelas sin mí o quieres que lo dejemos para más adelante?

—No. Cuando antes arreglemos esto, mejor.

—Yo también lo creo. Buena suerte. Luego hablamos.

—Gracias —cerró su móvil y lo guardó en el bolso.

—¿Quién era, cariño? —preguntó Charlotte.

—Will.

—Ah. No sabes lo contenta que estoy de que os llevéis tan bien desde que ha vuelto a vivir en el pueblo. Me hace mucho bien veros tan unidos.

Era cierto. Will y Olivia habían vuelto a conectar. Estaban más unidos que nunca. Olivia no se lo esperaba, y se sentía muy afortunada por ello.

—Estaba hablándole a Ben de nuestras compras en los mercadillos —prosiguió su madre—. Hemos pasado un día estupendo, ¿verdad que sí?

—Sí.

—Y Ben, el mejor sitio no ha sido ese rastro tan grande que habían montado en el instituto. ¿Te acuerdas que te hablé de él?

—Era el que tenías tantas ganas de ver.

—Sí... hasta que llegamos a Stanford Suites. Madre mía, no te creerías lo que he encontrado allí.

—Enséñamelo.

—No puedo, porque casi todo lo que he comprado es para ti, para Navidad.

—¿En esa residencia para mayores? —preguntó, incrédulo.

—Sí. Bess vive allí, ¿sabes?, y me ha dicho que le encanta. Su bisnieto era el encargado de dar la bienvenida a los visitantes. Y tenían las galletas decoradas con azúcar más bonitas que he visto nunca.

—¿Has comprado algunas?

—Claro que sí. Las hace el grupo de señoras. Los martes por la mañana tienen lectura de la Biblia y club de bridge, y también taller de punto y clases de pintura...

—¿En la residencia? —repitió Ben con el ceño fruncido—. No tenía ni idea de que ofrecieran todas esas cosas.

—Yo tampoco.

Olivia se refrenó para no decirles que Will y ella les habían detallado las actividades de la residencia más de una vez.

—Mamá, antes de irme —dijo—, Jack quería que te preguntara qué vas a hacer de cena esta noche.

Ben y Charlotte intercambiaron una mirada. Olivia lo preguntaba porque sospechaba que su madre ni siquiera había probado la cocina nueva.

—Anoche tomamos copos de maíz —reconoció Ben.

—¿Copos de maíz? —era peor de lo que pensaba—. Ay, mamá, me temía que pasara esto.

—Y la noche anterior palomitas hechas en el microondas —murmuró Charlotte, avergonzada—. El microondas es fácil de manejar. Sólo hay que pulsar el botón que pone «palomitas».

—Es culpa mía —dijo Ben—. Empecé a leer el manual de instrucciones, pero la cocina tiene tantos timbres y pitidos que, si te digo la verdad, me di por vencido.

Olivia no se sorprendió. El manual de instrucciones tenía cerca de cien páginas. Ella había leído novelas más cortas.

—Además, los jardines eran preciosos —dijo Charlotte, cambiando de tema a propósito.

—¿Te refieres a Stanford Suites, mamá?

Charlotte asintió y miró a Ben.

—Tienen un huerto para los residentes. Me lo ha dicho Bess. Los calabacines del pan de calabacín que he comprado son del huerto. Y los tomates verdes de la salsa de picadillo, también.

—¿De veras? —Ben levantó las cejas.

Olivia agarró las llaves de su coche. Ya no parecía necesario decir nada. Su madre lo estaba diciendo todo.

—Entonces ¿te ha gustado Stanford Suites? —preguntó Ben.

—Sí... me ha gustado.

Ben miró a Olivia.

—Charlotte, ¿crees que deberíamos irnos a vivir allí? Creía que te oponías en redondo.

—Bueno, sí, pero después de ir y conocer a las amigas de Bess, creo que quizá me gustaría. Jamás lo hubiera creído, pero ahora comprendo que tiene sus ventajas. Y la verdad, Ben, es que no cambiaría nada, aparte de nuestra dirección

—hizo una pausa—. Bess me ha dicho que pronto van a quedar dos plazas libres.

Ben no parecía muy convencido.

—Pero ¿y la casa?

Charlotte se quedó callada.

—Lo había olvidado.

—Puede que Will y yo tengamos la solución —dijo Olivia, intentando disimular su ansiedad. Su hermano y ella llevaban una semana hablando del asunto.

Charlotte y Ben se volvieron hacia ella.

—¿Sí? —preguntó su madre.

—Will quiere comprarla —era la noticia que se suponía que tenía que darles su hermano.

—¿Will quieres venirse a vivir a esta vieja casa?

—Los detalles podéis hablarlos con él. Habíamos pensado decíroslo esta tarde, pero Will no ha podido venir —dijo Olivia.

—Pero ¿y el apartamento que arregló en la galería? No querrá abandonarlo después de todo el trabajo que ha hecho allí.

—Bueno, no será trabajo desperdiciado. De hecho, ya tiene alguien que se lo alquile.

—¿Quién?

—Miranda Sullivan. Ahora trabaja en la galería casi a tiempo completo y dice que le encantaría alquilar el apartamento. Sería lo ideal —aquella posibilidad había surgido durante los días anteriores. Olivia se alegraba mucho de que su hermano y Miranda parecieran cada vez más unidos, tanto en lo profesional como, sospechaba ella, en lo personal.

—Para nosotros sería una buena solución —comentó Ben, pensativo.

—Yo me sentiría mucho mejor dejando la casa si se la quedara Will —Charlotte se rió—. Pero dile que tendrá que comprarme otro regalo de Navidad, o me llevo la nevera nueva.

CAPÍTULO 29

—Vamos, papá, es Acción de Gracias —dijo Jolene—. Eres un auténtico rollo.

Bruce forzó una sonrisa. Había pasado muchas otras cenas de Acción de Gracias solo con Jolene, pero ese año, sin Rachel, era distinto. Había comprado un pavo precocinado y algunos aderezos en el supermercado, y estaba todo calentándose en el horno. No era la cena que quería, pero por desgracia no había nada mejor.

Jolene había puesto la mesa. La había decorado con una calabaza de papel maché que había hecho en clase de manualidades y había puesto el mantel de hilo blanco y la vajilla buena. Bruce intentó demostrarle que se lo agradecía, pero sus esfuerzos no sirvieron de gran cosa. Jolene se dejó caer en el sofá, junto a él, y suspiró.

—No parece lo mismo sin Rachel, ¿verdad?

A Bruce le sorprendió que su hija estuviera dispuesta a reconocerlo.

—No. Ojalá estuviera aquí —a pesar de la inesperada concesión de Jolene, se preparó para su réplica. Aunque en realidad ya no le importaba: estaba harto de fingir, harto de hacerse el valiente. Sin Rachel, cada día era un esfuerzo.

—¿Podemos llamarla? —preguntó Jolene, sorprendiéndolo de nuevo.

Bruce negó con la cabeza.

—Ha bloqueado todos mis números.

—El mío no.

Bruce se quedó mirándola.

—¿Cómo lo sabes?

—Porque dijo que podía llamarla cuando quisiera.

Él exhaló lentamente. Ojalá Jolene se lo hubiera dicho antes.

—¿La has llamado?

La larga melena de su hija cayó hacia delante cuando bajó la cabeza.

—No. He estado a punto un par de veces, pero al final no la he llamado. Quiere... quiere mudarse.

Bruce se levantó de un salto. ¿Ahora se lo decía? Hacía una semana que había visto a Rachel, el lunes anterior. Él había confiado en sonsacarle alguna información, pero Jolene había mantenido un terco silencio. Al final, se había dado por vencido. Lo único que había averiguado era que Rachel había leído su carta.

—¿Mudarse? ¿Adónde?

—Habló de Pórtland.

—¿Cuándo?

Jolene se encogió de hombros.

—No sé. Le pedí que no se fuera.

—¿Qué te dijo? —ya le resultaba bastante difícil que Rachel viviera en Bremerton, al otro lado de la bahía. Si se iba a Pórtland, sería aún peor.

—Nada. No me dijo cuándo piensa marcharse.

—¿No tienes ni idea?

—Le pedí que se quedara —repitió Jolene.

—Gracias —musitó su padre.

Ella se resistía a mirarlo a los ojos.

—Pero preferiría que se fuera a Pórtland.

—¡Jolene! —Bruce no pudo evitarlo: estalló. Empezó a pasearse por la habitación tirándose del pelo como un loco.

Le daban ganas de ponerse a golpear la pared—. Si eso es lo que sientes, ¿por qué le pediste que se quedara? —preguntó con aspereza.

Jolene tardó en responder.

—Por ti —dijo en voz baja.

—Si de verdad te preocuparas tanto por mí, Rachel ya estaría de vuelta en esta casa, que es donde debe estar.

—Quieres que me marche, ¿verdad? —gritó su hija, ocultando la cara entre las manos.

—¡No digas tonterías! Quiero que te quedes. Eres mi hija y te quiero.

—Pero quieres más a Rachel.

—No la quiero más. La quiero también. Es mi mujer y va a tener un hijo —siguió paseándose de un lado a otro—. Un hijo al que tal vez no llegue a conocer por culpa de todo este lío —salió de la habitación hecho una furia. Como no tenía dónde ir, se metió en su habitación, cerró la puerta y se sentó al borde de la cama. Tenía ganas de llorar, pero estaba demasiado aturdido, demasiado agotado por la furia.

No sabía cuánto tiempo llevaba allí cuando oyó que llamaban a la puerta.

—¿Qué? —contestó.

Jolene abrió y se quedó en la puerta, iluminada por la luz del pasillo, con su móvil en la mano.

—Rachel está al teléfono. ¿Quieres hablar con ella?

—¿La has llamado?

—Sí. No deberías estar tan deprimido en Acción de Gracias. Sabía que querrías hablar con ella. Quieres, ¿no?

Bruce tragó saliva con esfuerzo y asintió.

—Claro que quiero —contestó, emocionado.

Jolene le pasó el teléfono y se marchó, cerrando la puerta sin hacer ruido.

Bruce esperó a que la puerta estuviera cerrada.

—Feliz día de Acción de Gracias —dijo, intentando parecer animado.

—Igualmente. Jolene me ha dicho que estáis a punto de cenar.

¿Cenar? Bruce no tenía apetito.

—He comprado uno de esos pavos preparados que venden en el supermercado. Dicen que no están mal del todo —aunque nada podía compararse con la cena casera que habrían tomado si Rachel estuviera allí.

—Eso he oído.

—¿Y tú? —preguntó. Se preguntaba si cenaría con Teri Polgar o con alguna de sus otras amigas.

Ella titubeó.

—Estoy cocinando.

—¿Pavo con toda su guarnición?

—Sí. Para la... gente con la que comparto piso y unos amigos.

—Qué bien —dijo sin inflexión.

—Están lejos de casa y no tienen familia aquí, así que decidimos juntarnos para celebrar Acción de Gracias.

—Entonces ¿vives con una...? ¿Con una oficial de la Marina? —en Bremerton vivía mucho personal del ejército.

—No exactamente.

—Pero es de la Marina, ¿verdad? —no pretendía convertir la llamada en un interrogatorio, pero no podía evitar sentir curiosidad. Rachel le había contado tan poco sobre su nueva vida...

—Sí, de la Marina.

—¿Es un hombre? —insistió él, y notó enseguida que le molestaba que siguiera interrogándola.

—En realidad importa poco, ¿no crees, Bruce?

—Sí, supongo que sí —hizo lo posible por fingir que no le importaba. Luego, de pronto, se dio cuenta de con quién vivía y fue un mazazo. Su mano casi aplastó el teléfono de Jolene—. Estás viviendo con Nate Olsen, ¿verdad? —preguntó entre dientes.

—Creía que habías dicho que no importaba.

—Importa, si es Nate —apretó la mandíbula. Rachel guardó silencio—. ¿Rachel? —más silencio. Bruce respiró hondo y soltó lentamente el aliento—. O confío en ti o no confío. Prefiero confiar. Si hubieras querido casarte con Nate, podrías haberlo hecho. Él te quería y yo también. Me elegiste a mí. No sé si tomaste la decisión correcta, pero eres mi mujer...

—Sí, lo soy. Confío en ti, Bruce, y espero que tú hagas lo mismo.

—Sí.

—Bien —un momento después añadió—: Se ha portado como un buen amigo. Nada más. Un amigo.

No era fácil, pero tenía que creer que le estaba diciendo la verdad.

—¿Has hablado con Jolene? —preguntó Bruce.

—Sí, hace un momento, cuando me ha llamado. Cuando nos vimos en la biblioteca le dije que podía llamarme cuando quisiera, de día o de noche.

—¿No te ha sorprendido que te llamara hoy?

—Un poco, pero no me ha llamado por ella. Me ha llamado por ti.

—Es un comienzo.

—Pequeño, pero sí.

Bruce no podía llevarle la contraria.

—¿Podemos vernos?

—No sé si es buena idea.

Bruce decidió no discutir.

—Jolene me ha dicho que estás pensando en mudarte a Pórtland.

—Lo estoy pensando —no dijo nada más.

—Estés donde estés, me gustaría estar a tu lado cuando nazca el bebé —no era pedir demasiado. Como padre del bebé, tenía derecho. Sólo podía confiar en que ella aceptara.

—Ya hablaremos de eso más adelante, ¿de acuerdo?

—De acuerdo —Bruce notó que ella quería poner fin a la conversación—. Es Acción de Gracias, Rachel, y antes de que colguemos quiero que sepas que, a pesar de todo, doy gracias por tenerte en mi vida. Siempre te querré.

—Gracias, Bruce.

—Adiós.

Bruce notó que no le había dicho que lo quería. Claro que no podía reprochárselo, si había renunciado a su matrimonio...

Volvió al cuarto de estar, donde Jolene estaba sentada delante del televisor. Le pasó el móvil.

—Gracias.

Ella lo miró.

—Me he portado como una mocosa, ¿verdad?

Al menos reconocía el papel que había desempeñado en todo aquello.

—Algo así —la alarma del horno les avisó de que el pavo estaba listo—. ¿Quieres que cenemos ya?

Ella lo miró con escepticismo.

—¿Tú quieres?

—Claro —haría un esfuerzo; Jolene se merecía eso, al menos—. ¿Quieres que después de la cena hagamos un puzle? O podemos jugar a las cartas, si quieres.

—Mejor un puzle. El de los perros jugando al póquer.

—Claro, ¿por qué no? —el año anterior habían hecho uno distinto. Rachel estaba con ellos, y había sido el mejor día de Acción de Gracias de los últimos tiempos. Jolene y ella habían hecho la cena juntas.

Se sentaron a la mesa con su cena precocinada. No comieron mucho, aunque fingieron estar contentos. Acababan de guardar las sobras en la nevera cuando sonó el teléfono.

—Ya voy yo —dijo Jolene, abalanzándose sobre el teléfono de la cocina como si temiera que fuera a huir.

Bruce sonrió. Tenía la impresión de que su hija se estaba comportando casi como antes de que se casara con Rachel.

Rachel... Se le cayó el alma a los pies. Podía fingir todo lo que quisiera, pero echaba de menos a su mujer.

—Papá —dijo Jolene, sujetando el teléfono contra su hombro. Sus ojos marrones oscuros parecían el doble de grandes—. Es... Rachel. Quiere saber si puede venir a pasar un rato con nosotros.

Su latido cardíaco se redobló automáticamente.

—Claro que puede. No hace falta que lo pregunte.

—Me lo está preguntando a mí. Me ha llamado al móvil, pero me lo he dejado en la habitación y no lo he oído sonar.

—Si te está preguntando a ti, eres tú quien tiene que contestar —se agarró al respaldo de su silla y esperó a ver qué respondía su hija.

—¿Y si digo que no?

Bruce cerró los ojos.

—No sé.

Jolene se quedó mirándolo, luego volvió a ponerse el teléfono al oído.

—Papá y yo estábamos a punto de ponernos a hacer un puzle.

Bruce sintió deseos de arrancarle el teléfono de las manos. Quería decirle a Rachel que aquélla era su casa y que podía ir cuando quisiera, al margen de lo que estuvieran haciendo Jolene y él.

—Hicimos uno juntos el año pasado, ¿te acuerdas? —prosiguió Jolene.

Rachel debió de decir algo, porque su hija se quedó callada un momento.

—No, todavía no. Papá ha comprado un pastel de calabaza para acompañar el pavo —un breve silencio y luego—: Estaba bien, supongo, pero el del año pasado estaba mucho mejor. El relleno era muy soso. El tuyo me gusta mucho más.

Bruce se relajó. Estaban teniendo una conversación normal.

—A mí me gusta el pastel de nueces y a papá también —añadió su hija—. Claro. Yo se lo digo. Adiós —colgó el teléfono—. Era Rachel —dijo como si su padre no lo supiera ya.

—Entonces ¿va a venir? —Bruce intentó aparentar naturalidad.

—Sí, dentro de una hora, más o menos. Ha dicho que empecemos a hacer el puzle y que pongamos todas las piezas del borde, que luego nos ayudará con el resto. Ay, y va a traer pastel de nueces. Tenemos nata montada, ¿verdad? Porque le he dicho que sí.

—Creo que sí. Y, si no, hay helado.

—Papá —dijo su hija en tono exasperado—, hay helado de fresa. Estará malísimo con pastel de nueces.

—Bueno, eso no lo sabrás hasta que lo pruebes.

Jolene puso los ojos en blanco, pero sonreía, igual que él. Su primera verdadera sonrisa en todo el día, y qué bien sentaba.

CAPÍTULO 30

—Menos mal que hemos vuelto a nuestro horario habitual —comentó Grace al sentarse a la mesa, en el Pancake Palace.

Olivia y ella habían salido de su clase de aeróbic de los miércoles por la noche (una tradición desde hacía años) y se habían parado a tomar un café y una ración de tarta de coco. Otra tradición.

Su cita semanal había quedado interrumpida durante meses por culpa de la operación de cáncer de mama a la que había sido sometida Olivia, y por las sesiones posteriores de radioterapia y quimioterapia. Olivia había perdido peso y estaba tan débil que durante un tiempo Grace había temido que su amiga no sobreviviera. Si algo había aprendido de aquella experiencia, era lo importante que era Olivia para ella. Lo importante que era la amistad. Grace valoraba como un tesoro a su amiga y los momentos especiales que pasaban juntas. Procuraban verse todas las semanas para contarse cómo iba todo. Habían compartido tantas cosas a lo largo de los años... Grace confiaba en Olivia para que se compadeciera de ella cuando lo necesitaba, para que le dijera la verdad y se riera con ella. Y Olivia esperaba lo mismo de Grace. Habían estado juntas en nacimientos y muertes, en bodas y divorcios, en triunfos y desengaños.

—¿Café, chicas? —preguntó Goldie al acercarse a la mesa.

—Para mí, té —dijo Olivia para sorpresa de Grace y Goldie.

—¿Té? —repitió Goldie—. ¿Desde cuándo?

Olivia se encogió de hombros.

—Ahora el café me deja mal sabor de boca. No sé si será por los medicamentos que estoy tomando o por qué, pero ahora prefiero el té.

Goldie soltó un bufido, sacudió la cabeza y, tras servirle un café a Grace, regresó a la cocina.

—Normalmente pides té cuando algo te preocupa —comentó Grace, observando detenidamente a su amiga. Olivia llevaba muy callada toda la tarde.

—Supongo que sí, pero la verdad es que ya no me apetece el café.

—Eres tú quien me dijo que las conversaciones más importantes de tu vida las habías tenido tomando un té, ¿recuerdas?

—Sí, imagino que sí. La mayoría, en la cocina. En la de mi madre o en la mía —se quedó pensando un momento—. Conversaciones con mi madre. Con Stan. Con Justine —sonrió—. Jack y yo hemos tenido algunas de las discusiones más íntimas de nuestro matrimonio en la cocina. Tiene gracia, ¿verdad?, que la cocina y una taza de té tengan un papel tan importante en mi vida.

—Quizá sea porque es un escenario muy confortable. Muy personal —dijo Grace—. Bueno, ¿qué es lo que te preocupa? —no veía razón para no ir al grano.

Olivia se inclinó hacia delante para responder, pero no tuvo ocasión porque Goldie regresó con una pequeña tetera de cerámica blanca.

—He pensado que convenía preguntar si vais a pedir tarta de coco o si eso también ha cambiado.

—Para mí, tarta de coco —dijo Grace. Era su único capricho en toda la semana y no estaba dispuesta a renunciar a él.

—¿Qué más tartas tenéis? —preguntó Olivia.

Grace tuvo que morderse el labio para no echarse a reír al ver la expresión horrorizada de Goldie.

—¿También vas a dejar la tarta de coco? Pero ¿qué te están haciendo esas medicinas?

—También me gusta la tarta de calabaza —contestó Olivia con calma—. Y creo que es más sana.

—Tú no eres de las que toman tarta de calabaza —repuso Goldie—. Si la pides, te juro que tendrá que servírtela otra camarera. No me explico qué han hecho esos doctores con la Olivia que yo conocía.

—Estoy aquí. Está bien, tú ganas, tomaré una ración de tarta de coco.

Goldie sonrió de oreja a oreja.

—Sólo estabas tomándome el pelo, ¿eh? —sin esperar respuesta, dio media vuelta y regresó a la cocina.

—Bueno —dijo Grace—, ahora cuéntame qué te ronda por la cabeza.

Olivia agarró su tenedor y se lo quedó mirando.

—Es por la mudanza de mi madre y todo lo demás. Cosas que pensé que no iban a afectarme.

Grace sabía que Olivia y Will llevaban algún tiempo preocupados por Charlotte y Ben.

—¿Los problemas de memoria de tu madre están empeorando? —preguntó.

—No. La verdad es que creo que está un poco mejor ahora que está en casa. Pero... ¿quién sabe cuánto va a durar así? Desde que Ben y ella decidieron mudarse a Stanford Suites, ha estado limpiando el sótano. Está obsesionada. Ya conoces a mi madre. Cuando toma una decisión, no hay quien la pare. Lleva desde Acción de Gracias ordenando cosas acumuladas durante sesenta años. Sé que es necesario, pero no me daba cuenta de que para mí iba a ser tan duro.

—¿Por qué? ¿Qué clase de cosas? —Grace había estado en el sótano e intentaba recordaba qué había guardado en él.

—Muchas no tienen importancia. Frascos de conservas, ropa vieja y cosas que mi madre guardaba por un motivo o por otro —respondió Olivia—. Pero algunas de esas cosas forman parte de mi infancia. Sé que no tiene sentido aferrarse a un examen de ortografía que hice en segundo curso y en el que saqué un diez. Mi madre dice que lo guardó porque estaba muy orgullosa de que hubiera escrito bien «Mississippi».

—Tú sacabas sobresaliente en todos los exámenes de ortografía —le recordó Grace—. Así que ése puede considerarse un ejemplo representativo —dijo, complacida con su explicación.

Olivia se rió.

—Supongo que lo que quiero decir es que, cuando mamá y Ben aceptaron irse a vivir a la residencia, me sentí tan aliviada que no entendí cuánto iba a afectarme. Cómo iba a sentirme.

Grace se quedó pensando un momento.

—Quieres decir que tú también vas a perder una parte de tu propia historia.

Olivia asintió con la cabeza y dijo:

—Mamá quiere que me quede con todo lo que ha salvado, claro. Ha guardado tantas cosas y está todo tan ordenado... Por una parte me dan tentaciones. Pero por otra... ¿de qué serviría? Sólo son un montón de recuerdos de infancia.

—Recuerdos felices —murmuró Grace.

—Sí, pero es ridículo guardar tantas cosas.

—Pues déjaselas a tus hijos y nietos.

Olivia pareció considerarlo mientras removía su té.

—Podría hacer eso, supongo, pero ¿para qué van a querer un viejo examen de ortografía?

—No sé. Tendrás que preguntárselo a Justine y James.

—No hace falta —contestó con energía—. Voy a tirarlo casi todo. Mis hijos tienen sus propios cachivaches, no necesitan los míos. Pero la verdad, Grace, cuesta desprenderse de todas esas... pruebas. Esos exámenes, esos dibujos y esas postales de San Valentín me traen tantos recuerdos de la infancia...

—¿Y Will?

Olivia levantó las cejas.

—¿Will? Lo tiró todo sin ningún escrúpulo. Fue todo directamente a la basura. Ni siquiera se lo pensó.

—Apuesto a que Cliff haría lo mismo —dijo Grace—. Hombres... Te juro que no tienen ni una pizca de sentimentalismo en todo el cuerpo.

—Algunos —convino Olivia y luego añadió—: Jack puede ser sorprendentemente romántico, a veces.

—Sí, pero tienes que admitir que es la excepción.

—Bueno, puede ser. El problema es que la mayoría no quieren que sepamos que pueden ser muy sentimentales.

Goldie apareció con la tarta de coco.

—Que disfrutéis —dijo, y parecía una orden.

—Sí, señora —Olivia hizo un saludo militar y cambió una sonrisa con Grace.

Tras beber un sorbo de café, Grace tomó su tenedor. Llevaba toda la semana esperando aquel momento. Había estado muy atareada en la biblioteca colocando adornos navideños y planificando actividades y eventos.

—Tu turno —dijo Olivia tras tomar el primer bocado—. ¿Cómo te va la vida?

Grace apenas sabía por dónde empezar.

—Bueno, he tenido noticias de Ian y Cecilia Randall. ¿Te acuerdas de ellos? Ian sigue en la Marina. Tienen dos niños y a Ian van a volver a destinarlo a la base de Bremerton.

—Claro que me acuerdo de ellos. Me alegrará volver a verlos.

—Se han interesado por la casa de Rosewood Lane y los inquilinos que tengo ahora se marchan este mes. Alquilaron la casa sólo para una temporada, cuando se marchó Faith Beckwith... digo Davis.

—Perfecto, entonces.

—Sí. Me caen bien los Randall.

—A mí también —dijo Olivia. Mientras cortaba otro pedazo de tarta preguntó tranquilamente—: ¿Qué tal Beau?

Grace arrugó el ceño. No le apetecía hablar del perro.

—Ese cachorro es un fastidio.

—¡Pero si es adorable, Grace!

—Sí, ya, es precioso, pero también es un incordio. No voy a quedármelo.

—¿En serio?

—En serio —insistió Grace. Nadie la creía, ni siquiera sus dos hijas y sus nietos. Pero no iba a quedarse con el perro. ¡Ni pensarlo! Y no había más que hablar. No tenía ni tiempo ni ganas de educar al cachorro. El hecho de que la siguiera a todas partes como si fuera su sombra no la conmovía lo más mínimo.

—¿Beth le ha encontrado casa?

—Sí, la mía. Se cree muy lista —contestó Grace, cada vez más animada—. Vino a verme con esa cantinela de que estaba ocupadísima mandando árboles de Navidad a Japón y a Hawái y que no había tenido tiempo de buscar otra casa. Cree que voy a quedármelo porque acepté cuidarlo. Pues se equivoca.

—¿Qué dice Cliff?

Grace entornó los ojos y la miró fijamente.

—Olivia... —murmuró, desanimada—. Tú no, por favor.

—¿Yo no qué?

—Tú también crees que debería quedármelo.

—Sólo si tú quieres.

—No quiero. Ese perro necesita un buen hogar y yo no puedo dárselo. Me niego a encariñarme con él. Además, no da más que problemas. ¿Te he dicho que el otro día lo encontré mordisqueando mis zapatos nuevos?

—Creo que lo has mencionado un par de veces.

—Pues eso —cuanto más pensaba en Beau, más se convencía de que no lo quería.

—¿Te das cuenta de que hablas mucho de él?

Olivia estaba exagerando, pero Grace prefirió dejarlo correr.

—Acuérdate de lo que te digo, Olivia: no voy a quedarme con ese perro. En todo caso, se lo daré a Maryellen y a Jon, para los niños. Si es que quieren. A Katie y a Drake les encantaría tener un cachorro, están en esa edad. Beau será feliz con ellos —antes de que su amiga pudiera insistir, cambió de tema—: ¿Qué tal le va a Will?

—De momento, bien.

—Comprar la casa de tu madre es una idea estupenda. ¿A quién se le ocurrió? ¿A Will o a ti?

—A Will. Para mamá y Ben ha sido una ayuda tremenda —respondió Olivia—. Todo está saliendo a pedir de boca. Will va a mudarse a casa de mi madre y Miranda tomará posesión de su apartamento en la galería de arte justo después de Año Nuevo —esbozó una sonrisa—. Estoy convencida de que mi hermano se siente atraído por Miranda. No es el tipo de mujer que suele interesarlo. No es menuda, ni recatada. Pero es su igual y no le da miedo plantarle cara. Se está enamorando de ella y me parece que no le hace ninguna gracia.

Grace no pudo reprimir una sonrisa.

—Tenía la sensación de que entre esos dos estaba pasando algo. ¿Quién iba a pensarlo?

—Grace, Miranda es perfecta para él —su amiga se echó hacia atrás y se rió como una colegiala—. Miranda no le pasa ni una —continuó Olivia—. Lo tiene perfectamente calado y siempre sabe cuándo va de farol. Creo que es la primera vez que una mujer le habla como lo hace Miranda.

Incluida su mujer. Al principio pensé que Will perdería los nervios. Estoy segura de que por lo menos la ha despedido una vez, y sé de hecho que un día Miranda le dijo que se iba.

—Seguro que se puso hecho una furia.

—Sí.

—Pero no tardó en darse cuenta de cuánto vale Miranda, así que tuvo que dar su brazo a torcer y pedirle que volviera.

—¿Dar su brazo a torcer, Will? Imposible.

—Sí, de ahí que mi madre y yo tengamos a Miranda en un pedestal.

Sí, Miranda era perfecta para Will. El hermano de Olivia era un hombre atractivo y sofisticado, un hombre que tenía mucho éxito y que se jactaba de que las mujeres caían rendidas a sus pies. Su ego parecía necesitarlo. Grace se preguntaba si era una de esas personas que amaban ser amadas, que eran adictas a lo emocionante y lo impredecible, a la búsqueda y el desafío. Ella misma se había enamorado de él después de la muerte de su primer marido. Will había estado a punto de arruinar su posterior relación con Cliff. Por suerte había roto con él, a pesar de que Will insistía en que la quería, lo cual había complicado más aún las cosas. Al echar la vista atrás, Grace se daba cuenta de que en realidad nunca la había querido. Le tenía cariño, sí, pero lo que le gustaba en realidad era tener la sartén por el mango.

Miranda no se dejaría manipular tan fácilmente y ello sin duda lo sacaría de quicio. Pero era lo mejor que podía pasarle.

—La verdad es que Will ha cambiado mucho de actitud desde que volvió a Cedar Cove. Ha sido una sorpresa —dijo Olivia.

—¿Sí?

—Tú sabes mejor que nadie que mi hermano y yo hemos tenido nuestras diferencias todos estos años. Me parecen mal algunas cosas que ha hecho, pero es su vida —

Olivia se encogió de hombros—. Cuando se mudó aquí, pensaba que no era de fiar —Grace sabía perfectamente lo que quería decir—. Pero se ha esforzado por integrarse en el pueblo. Y no sabes cuánto me alegro de no tener que enfrentarme sola a todo lo relativo a mi madre y Ben.

Grace estaba de acuerdo.

—Se ha portado muy bien con ellos.

—Ahora valoro mucho a mi hermano.

—Me alegro.

Goldie regresó con la cafetera en una mano y una jarra con agua caliente en la otra.

—¿Queréis más? —preguntó.

Grace miró a su amiga.

—Yo no. ¿Y tú?

Olivia negó con la cabeza.

—Yo también estoy llena.

Goldie miró la ración de tarta a medio comer.

—¿Quieres que te lo envuelva? —preguntó.

—No, gracias.

Goldie soltó un bufido exasperado.

—Muy bien, pues hasta la semana que viene, chicas.

«La semana que viene...». A la misma hora, en el mismo sitio. Grace volvería a encontrarse allí con Olivia, que siempre había estado con ella. Que había compartido sus penas y sus alegrías. Su amiga de toda la vida.

CAPÍTULO 31

Linc entró en su despacho y sonrió al ver las órdenes de trabajo que se amontonaban en su mesa. El sheriff Troy Davis lo había ayudado inmensamente mandándole trabajo. Colaboraba con varias diversas organizaciones sociales, y había hecho correr la voz. Al principio, el trabajo había llegado con cuentagotas, pero con el paso de las semanas el taller de chapa y pintura había ido recibiendo más y más encargos. En ese momento, Linc tenía trabajando a todos sus empleados cuarenta horas semanales.

Pero el negocio no era lo único que iba bien en la vida de Linc. Estaba encantado con el adosado y con su creciente amistad con Mack. Pero, sobre todo, amaba profundamente a Lori y esperaba con ansia cada minuto que pasaba con ella. Si hubiera sabido que el matrimonio podía ser tan satisfactorio, lo habría intentado mucho antes, le decía en broma a su mujer. Ella, por su parte, le había dicho riendo que no podría haber encontrado a nadie con quien congeniara mejor... y era cierto.

Mientras pensaba en Lori, sintió una punzada de tristeza al recordar cómo estaban las cosas con su familia. El conflicto con su suegro seguía sin resolverse. El hecho de que los Bellamy se hubieran separado por cómo había reaccionado Leonard ante la boda de su hija era una carga añadida.

Lori estaba en contacto permanente con su madre. Hablaban casi todos los días, pero aunque Kate ponía buena cara, Linc notaba lo dolida y lo decepcionada que estaba por que Leonard no hubiera hecho intento alguno de hablar con ella.

Sentándose a su mesa, Linc tomó el listín telefónico y lo hojeó. No tardó en localizar el número de Empresas Bellamy en Bremerton.

Contestó una mujer en tono enérgico y profesional.

—¿Con quién desea que le pase?

—Me gustaría hablar con la ayudante de Leonard Bellamy —respondió Linc en el mismo tono.

—Un momento, por favor.

—Helen al habla —dijo otra mujer un segundo después. Linc contuvo el aliento.

—Helen, soy Lincoln Wyse —hizo una pausa, esperando su reacción. Como ella no dijo nada, añadió—: ¿Sería posible fijar una cita con el señor Bellamy?

—Deje que compruebe su agenda.

Linc pasó unos minutos en espera. Después, la mujer volvió a ponerse.

—El señor Bellamy me ha dicho que está disponible dentro de media hora.

Linc no había contado con que la ayudante hablara directamente con su jefe. Consultó su reloj y preguntó:

—¿A las cuatro?

—Sí, a las cuatro.

—Allí estaré —eran ya las tres y media. Linc se dio cuenta de que, si no se marchaba enseguida, llegaría tarde. Y sin duda Bellamy sumaría su tardanza a su lista de defectos.

Se aseó y luego hizo todo el trayecto en coche por encima del límite de velocidad, aun a riesgo de que le pusieran una multa. Encontró un buen sitio para aparcar y corrió al edificio de oficinas situado en el centro de la ciudad. Sólo había estado allí otra vez, y en aquella ocasión había tenido lugar una fea escena con su suegro.

No había tenido tiempo de sopesar qué quería decirle a Bellamy. Lo único que podía hacer era ser lo más franco posible.

Subió corriendo la escalinata del edificio y encontró un ascensor abierto. Al apearse en el vestíbulo del último piso, consultó su reloj y exhaló un suspiro de alivio. Justo a tiempo.

La mujer de mediana edad sentada tras la mesa de recepción levantó la mirada cuando se acercó. La ayudante de Bellamy tenía el cabello corto y canoso y parecía tan eficiente como era en realidad. Según se leía en la chapa de su nombre, se llamaba Helen McDonald.

—Lincoln Wyse —dijo él.

—Voy a avisar al señor Bellamy de que está aquí —Helen levantó su teléfono y comunicó escuetamente su nombre. Cuando acabó, le indicó una silla—. Siéntese, por favor.

Linc obedeció. Pasaron cinco minutos y luego diez. Así pues, aquél era el juego al que había decidido jugar su suegro. Por lo visto Bellamy daba por sentado que perdería la paciencia y se marcharía. Pero Linc podía ser tan obstinado e inflexible como él. Tenían más en común de lo que creía Leonard Bellamy.

Pasó una hora entera antes de que sonara el teléfono. Helen respondió e inclinó la cabeza hacia Linc.

—El señor Bellamy va a recibirlo.

Linc se levantó.

—Gracias.

La ayudante lo condujo al despacho privado y abrió la puerta. Linc entró y miró las estanterías, las sillas tapizadas para los visitantes y el escritorio de madera oscura y bruñida. Bellamy estaba allí sentado, escribiendo con la cabeza gacha. No saludó a Linc, ni dio muestra alguna de saber que estaba en la habitación.

Linc aguardó delante del escritorio. Se entretuvo examinando las fotografías familiares que se alineaban sobre el aparador, detrás de su suegro.

—Me sorprende que sigas aquí —dijo Bellamy sin molestarse en levantar la vista. Dejó su pluma y se inclinó hacia atrás, frunciendo el ceño.

Linc deseó de pronto haber tenido tiempo de pasar por casa y cambiarse de ropa. Pero para llegar allí a las cuatro había tenido que montar de un salto en su camioneta. Sin duda, si hubiera llegado un solo minuto tarde, Bellamy se habría negado a verlo. Su suegro se había anotado un tanto por hacerle correr de aquella manera y otro por sorprenderlo vestido con un mono cubierto de grasa.

—Bueno —dijo Bellamy—, ¿qué tienes que decir?

—¿Qué quiere usted oír?

—Eres tú quien ha pedido esta cita, no yo —masculló Bellamy.

—Sí, en efecto —Linc intentó ordenar sus ideas—. La he pedido principalmente porque necesito saber por qué le parece tan mal que su hija se haya casado conmigo.

Bellamy se echó a reír.

—El hecho de que tengas que preguntarlo lo dice todo.

—Quizá pudiera entenderlo, si no supiera cuál es su historia —repuso Linc. Se sentó y cruzó las piernas con la esperanza de aparentar tranquilidad.

—¿Qué quieres decir? —preguntó Bellamy con aspereza.

—Ignoro por qué le desagradé nada más conocerme. Reconozco que las circunstancias que llevaron a mi boda con Lori dejaron mucho que desear. Fue una tontería casarnos tan precipitadamente...

—Eso es quedarse muy corto.

—Si pudiera, daría marcha atrás e iría a conocerles a usted y a su esposa para pedirles su bendición antes de casarme con Lori.

—Jamás te la habría dado —respondió Bellamy con delectación.

—Seguramente no, pero confío en que ahora lo haga.

Su suegro lo miró con enojo por encima de la mesa.

—¿Es que te has vuelto loco? ¿Qué te hace pensar que voy a daros mi bendición? Sobre todo ahora que Kate... —se detuvo de repente y tensó los labios como si lamentara haber mencionado el nombre de su esposa.

—Espero haberle demostrado mi valía —dijo Linc—. Puso en mi camino numerosos obstáculos cuando intentaba sacar adelante mi negocio en Cedar Cove —respiró hondo—. Y aun así lo estoy consiguiendo.

Bellamy no lo negó, lo cual sólo demostraba lo que Linc sabía ya: que su suegro había hecho todo lo posible por sabotear su taller y que había estado a punto de salirse con la suya. De no ser por su cuñado y por el sheriff Davis, lo habría logrado.

—Lo que más me asombra es que me tenga esa inquina, siendo como somos tan parecidos.

—Eso lo dudo mucho —replicó Bellamy.

—Por lo que sé, su padre trabajaba como soldador.

Bellamy se puso rígido.

—Eso no significa nada.

—Significa que procede de una familia muy trabajadora, igual que la mía. Da la casualidad de que yo seguí los pasos de mi padre. Quizás hubiera seguido mi propio camino, pero me vi privado de esa posibilidad cuando murieron mis padres y...

—Y viste una forma más rápida de conseguir lo que querías casándote con mi hija —lo interrumpió Bellamy.

Linc respiró hondo lentamente para refrenarse.

—Puede que le cueste creerlo, pero cuando me casé con Lori no tenía ni idea de que pertenecía a una familia rica.

—Te equivocas, no es que me cueste creerlo. Es que me resulta imposible.

En lugar de discutir, Linc dijo:

—Lo que quiero decir es que, al igual que usted, estoy dispuesto a trabajar duro. Soy ambicioso...

—Claro que lo eres. Por eso te has casado con Lori.

—Me casé con su hija porque estoy enamorado de ella. Lori es lo mejor que me ha pasado nunca —Bellamy soltó una risotada—. Lo único que tiene contra mí es que no esperamos a que nos diera su aprobación para casarnos. Usted mismo ha reconocido que es improbable que nos la hubiera dado, así que poco importa, ¿no cree?

—Importa y mucho —replicó él—. Y mi situación era completamente distinta de la tuya. Yo me enamoré de Kate nada más echarle la vista encima. Cuando supe que pertenecía a una de las familias más ricas del estado, se me cayó el alma a los pies. Temía que no quisiera salir conmigo.

—Pero quiso —ahora fue Linc quien lo interrumpió. Ahora conocía la historia familiar, gracias a Kate, y entendía mejor a Bellamy.

—Sí, Kate aceptó cuando la invité a ir un baile de la facultad.

—Estaban en primer curso.

Bellamy se detuvo y lo miró con enfado. Linc no se acobardó; por el contrario, sonrió amablemente y esperó a que su suegro continuara.

—Sé perfectamente cuándo nos conocimos —añadió éste, irritado.

—¿Cuánto tiempo salieron juntos?

—Cinco años —respondió Leonard, y se puso melancólico—. Yo tenía tres empleos y ahorraba cada penique que podía.

—¿Y el padre de Kate? ¿Cómo se tomó que su hija saliera con el hijo de un soldado?

—Ambrose y yo nos... nos llevábamos bien —Bellamy no quiso entrar en detalles.

—Puede que sí, al final, pero no es eso lo que me han contado. Kate dice que, cuando empezaron a salir, su padre se opuso a su relación.

—Le demostré que era digno de su hija, a él y también a la madre de Kate.

—Eso me dijo su esposa.

Bellamy ignoró la referencia a Kate.

—Cinco años esperé —añadió, cada vez más malhumorado—. Cinco años angustiosos. Cuando por fin me casé con Kate, había comprado mi primer edificio de oficinas y estaba ahorrando para el segundo.

—Yo estoy esperando la oportunidad de poder demostrarle mi valía —dijo Linc—. Como le demostró usted la suya a la familia de Kate —hizo una pausa—. Por desgracia empezamos con mal pie, pero estoy dispuesto a hacer borrón y cuenta nueva, si usted lo está.

Bellamy se rió sin ganas.

—Esperaré cinco años para tomar una decisión, como hizo Ambrose conmigo.

—Me parece bien, aunque le advierto que Lori y yo pensamos tener familia para entonces.

Bellamy ignoró el comentario.

—Kate quería que nos escapáramos —murmuró Leonard—. Pero yo no quise ni oír hablar del asunto. Primero tenía algo que demostrarle a su padre.

—Y lo hizo a lo grande.

—No intente halagarme, joven.

Linc levantó las manos.

—No era esa mi intención.

Bellamy se relajó en su sillón, con las manos unidas sobre el vientre.

—Antes de morir, Ambrose afirmó que no podría haber elegido mejor marido para su hija.

Linc sopesó cuidadosamente su respuesta.

—Confío en que algún día diga usted lo mismo de mí.

Leonard puso mala cara.

—Dudo que eso vaya a ocurrir.

Linc pensó de nuevo que no hacía falta discutir. Su suegro se removió en su asiento y evitó mirarlo a los ojos.

—Así que has estado hablando con Kate.

—Yo no mucho. Lori, sí.

Bellamy carraspeó.

—¿Cómo está?

—¿Lori o Kate?

—¡Kate, claro! —replicó.

Linc disfrutaba viéndolo tan incómodo.

—Bien, que yo sepa.

—Entiendo.

—¿Ha hablado con ella últimamente? —preguntó Linc, a pesar de que sabía que la respuesta era negativa.

—Eso no es asunto de tu incumbencia.

—Muy bien —sintiendo que la conversación había tocado a su fin, Linc se levantó—. Le agradezco que se haya tomado la molestia de recibirme, señor Bellamy. Confío en que ahora nos entendamos mutuamente.

Bellamy también se levantó.

—Todavía tienes que demostrarme lo que vales, joven.

—Lo considero un reto personal.

—Bien, y si por casualidad ves a... a Kate dentro de poco, dale recuerdos.

Linc vaciló camino de la puerta.

—Puede dudar de mí si quiere, señor Bellamy, pero una cosa que jamás podrá discutir es que quiero a su hija.

—Eso está por ver, ¿no crees? —lo acompañó hasta la puerta y la abrió.

—Puedo asegurarle que, si Lori y yo tuviéramos un desacuerdo y ella me dejara, removería cielo y tierra para recuperarla.

—Lori no es ni mucho menos tan terca como su madre —replicó Bellamy con aspereza.

—No, yo diría que en ese aspecto se parece mucho más a su padre —diciendo esto, Linc salió del despacho.

CAPÍTULO 32

«Papá y yo hemos pintado la habitación del bebé». El mensaje llegó al móvil de Rachel.
«¿De qué color?», respondió Rachel.
«Amarillo».
«Qué bonito».
Su vínculo con Jolene seguía siendo precario, pero había mejorado enormemente ese último mes. Repensar su relación era un proceso muy lento, pero Rachel no perdía la esperanza. Estaba tan ilusionada que quería estar en casa para Año Nuevo. El uno de enero era una fecha simbólica para empezar de cero. Antes no había creído que fuera posible, pero ahora... ahora creía que podía ser.
Jolene seguía yendo a ver al doctor Jenner, el psicólogo, y parecía estar abriéndose a él. La última vez que habían hablado, Bruce le había dicho que no tardarían en poder ir los tres, como familia. El hecho de que Jolene estuviera mandándole mensajes era una buena señal.
Nada más pulsar el botón de envío, sonó su teléfono. Era su hijastra. Rachel contestó enseguida.
—Hola, Jolene.
—Soy Bruce.
—Hola, Bruce.
—¿Podemos vernos esta noche? ¿Estás ocupada?

Rachel acababa de llegar a casa después del trabajo y había hecho poco más que colgar su abrigo.

—No tengo nada planeado.

—¿Qué te parece si cenamos juntos?

—Estaría bien —no veía motivo para negarse—. ¿Vendrá Jolene?

—No.

Rachel titubeó.

—¿Qué opina ella?

—Ni lo sé, ni me importa. Esto es cosa nuestra, tuya y mía.

No, también era cosa de Jolene.

—Deja que hable con ella, ¿de acuerdo?

—Está en su cuarto.

¿Por qué intentaba evitar Bruce que hablara con su hija?

—Dile que se ponga, por favor.

Pasaron unos minutos antes de que se pusiera Jolene.

—¿Querías hablar conmigo? —preguntó en voz baja.

—Sí. Tu padre me ha pedido que nos veamos para cenar.

—Lo sé.

—¿Qué vas a hacer esta tarde?

—Lindsey y yo hemos quedado para ir al cine. Es lo que solemos hacer los viernes por la noche.

Rachel oyó a Bruce de fondo.

—¿Y si salimos tú y yo? —sugirió. Tenían que esforzarse por sacar adelante su relación, por reconstruir la confianza que habían perdido.

—A papá no le gustaría.

—Seguramente no —convino Rachel—. Pero creo que es más importante que tú y yo pasemos tiempo juntas que que tu padre y yo salgamos una noche.

Oyó el suspiro de Jolene.

—Pero papá quiere hablar contigo.

—Puedo verlo cuando te deje en el cine.

—¿Adónde quieres ir? —preguntó Jolene con más entusiasmo.

—¿Qué te parece si vamos a un mexicano? —sugirió Rachel, sabiendo que a su hijastra le encantaba la comida mexicana.

—¡Genial!

Hablaron unos minutos de lo que pediría cada una.

—¿Puedes pasarme otra vez a tu padre? —preguntó Rachel cuando acabaron.

—Vale.

Un momento después se puso Bruce.

—¿Vas a cenar con Jolene y no conmigo? —preguntó, enojado.

—La dejaré en el cine después de la cena y luego me pasaré por casa.

—Si eso es lo que quieres —dijo él, aunque no parecía muy contento.

—Te llevaré algo de cenar, a ver si así mejora tu humor.

—No creo que nada pueda mejorarlo —masculló él.

Aquello no pintaba bien.

—¿Qué ocurre?

Bruce suspiró.

—Más de lo mismo. Hablaremos cuando llegues.

Invitar a cenar a Jolene había sido un golpe de inspiración, se dijo Rachel un rato después. La chica se mostraba más sincera y hasta dejaba entrever algún ribete del afecto que las había unido anteriormente. Su hijastra le habló de sus sesiones con el psicólogo y reconoció que había estado celosa de su relación con Bruce. Su disposición a reconocer el papel que había desempeñado en su separación era un gran paso adelante.

Jolene se quedó mirando su plato.

—Papá quiere que vuelvas a casa —dijo.

—Lo sé —Rachel apartó su cuenco de sopa a medio comer.

—¿Vas a volver?

—Seguramente. Espero que sí. Pero todavía no.

—Papá quiere que vuelvas antes de Navidad para que podamos ser como una verdadera familia.

Rachel no dijo nada.

—Me alegro de que no te vayas a vivir a Portland, Rachel —añadió Jolene.

Rachel, que estaba buscando la cartera dentro de su bolso, se detuvo y levantó la vista.

—Si te fueras, papá lo pasaría fatal... y yo también te echaría de menos.

Era una buena noticia.

—¿Me echas de menos ahora?

Jolene bajó la cabeza.

—Creía que no, pero sí. Antes de que te casaras con papá, estábamos solos él y yo. Pero tú siempre estabas ahí cuando quería hablar o hacer cosas. Después de la boda, todo cambió. No me gustaba tener que compartirte con él, ni compartir a mi padre contigo. Y... bueno, sentía que me estabais dando de lado porque sólo os necesitabais el uno al otro —tragó saliva ostensiblemente—. Odiaba... odiaba veros tan acaramelados.

Rachel entendía por qué había reaccionado así Jolene. Todos habían tenido su parte de culpa.

—Tu padre quiere que seamos una familia, y yo también.

—Lo sé, y ahora el bebé va a volver a cambiarlo todo. He hablado de eso con el psicólogo. Está bien que me escuche y que no me diga que soy mala por sentir lo que siento.

Rachel asintió.

—Tienes que entender tus sentimientos antes de poder modificarlos.

—Hablas igual que él —dijo Jolene con una rápida sonrisa. Luego se puso seria de nuevo—. Sé que cuando nazca el bebé voy a quererlo un montón, pero ahora mismo sólo siento... miedo.

—¿Miedo de qué?

—De que toda la atención sea para el bebé —balbució.

—Haremos todo lo posible para que no sea así —Rachel no sabía muy bien qué más responder—. Antes de que te lleve al cine, quiero que sepas que agradezco que hayas ayudado a tu padre a pintar el cuarto del bebé —añadió.

—Fue bastante divertido.

Rachel sonrió, miró la hora y se dio cuenta de que, si no se marchaban enseguida, Jolene llegaría tarde a su cita con Lindsey. Pagó la cuenta y se fueron rápidamente al coche.

Jolene guardó silencio durante el trayecto. Cuando Rachel se detuvo delante de los cines, su hijastra echó mano del tirador de la puerta.

—Me alegro de que hayamos cenado solas —murmuró.

—Yo también. Y también me alegro de que estés siendo sincera conmigo —añadió—. La verdad puede ser dolorosa, pero prefiero saber lo que te pasa.

Jolene abrió la puerta del coche y salió; luego se inclinó y dijo:

—Es dura, y a papá no le gusta que le diga lo que siento.

—Pero tiene que oírlo, y yo también —esperó a que su hijastra saludara a su amiga para alejarse.

Bruce estaba de pie junto a la ventana del cuarto de estar, esperándola, cuando aparcó en la entrada para coches de la casa. Salió del coche, y vio que él ya había abierto la puerta. En cuanto entró, la rodeó con sus brazos y se limitó a abrazarla. No habló, ni hizo intento alguno de besarla, sólo la estrechó con fuerza. Por fin retrocedió y le apartó el pelo de la cara como si quisiera verla mejor.

—Te he echado tanto de menos... —murmuró.

Rachel deslizó los brazos alrededor de su cintura y apoyó la cabeza contra su pecho. Sintió el latido de su corazón. No supo cuánto tiempo pasaron así, abrazados, en la pequeña entrada de la casa. Era tan delicioso estar de nuevo en brazos de su marido...

Bruce la soltó de mala gana.

—¿Qué tal la cena con Jolene?
—Lo hemos pasado bien.

Bruce arrugó el ceño ligeramente al tomarla de la mano para llevarla al cuarto de estar. Se sentaron en el sofá, tomados de las manos.

—¿No ha dicho nada que te haya ofendido? —preguntó él.
—No —contestó Rachel—. Ha sido franca y sincera, y se lo agradezco.
—¿Te ha dicho que quiere que vuelvas a casa?

Rachel no sabía hasta qué punto debía revelarle su conversación.

—Me ha dicho que se alegra de que no vaya a marcharme a Oregón.

Bruce puso mala cara.

—Eso no es lo mismo.
—No, pero es un avance.
—Quiero que vuelvas con nosotros. Sin ti todo va mal.
—A su debido tiempo —prometió ella.

Bruce la miraba con intensidad.

—¿A su debido tiempo? —repitió—. ¿Cuándo?

Rachel hizo un ademán vago. Se había marcado el uno de enero como plazo, pero no era una fecha fijada en firme. Aún no sabía si estaban listos para que volviera a casa.

—¿Antes de Navidad?

Incapaz de responder, exhaló lentamente. Bruce soltó su mano, se levantó y rodeó la mesa baja, intentando aclarar sus ideas.

—¿Cuándo lo sabrás? —preguntó al cabo de un momento.
—No puedo responder a eso, Bruce.

Él se quedó mirándola fijamente.

—¿Quieres volver?
—¡Claro que sí!
—A mí no me lo parece. De hecho, estoy empezando a pensar que Nate y tú...

—¡Basta! —lo señaló con el índice—. Ni siquiera lo insinúes. Nate ha sido un buen amigo cuando lo necesitaba y no voy a permitir que insinúes que hay algo entre nosotros.

—Eso yo no lo sé, ¿no crees?

Aquel ataque repentino de celos era absurdo. ¿No había dicho que confiaba en ella?

—Mírame, Bruce. Mírame de verdad. Estoy casada contigo y embarazada de ti. ¿Por qué iba a interesarle a Bruce, sobre todo ahora?

—Porque eres preciosa y... y maravillosa. Estuvo enamorado de ti y esos sentimientos nunca se borran del todo. No se borran. Cuando entregas tu corazón a alguien, es para siempre.

—Para ti, sí —contestó ella, consciente de que Bruce no entregaba su corazón a la ligera. Amaba profundamente, con todo su ser. Ella había sabido desde siempre que, si se casaba con Bruce, sería un compromiso de por vida para ambos. Él sacudió la cabeza como si no entendiera lo que decía—. Tú te entregas por entero, pero no todo el mundo hace lo mismo.

Bruce torció el gesto.

—¿Es ése tu modo de decirme que ya no me quieres?

—Bruce, ¿cómo puedes preguntar una cosa así?

—Has dicho...

—He dicho que algunas personas no tienen sentimientos tan fuertes como tú, y Nate es una de ellas. Yo no era la mujer con la que quería casarse, era simplemente un medio para alcanzar un fin. Su padre esté metido en política y Nate está siguiendo sus pasos. Así que quería tener una esposa con la que, según él, pudiera identificarse el votante de a pie —añadió en tono un poco sarcástico.

—Está bien, pero ¿qué tiene eso que ver con que vuelvas a casa o no?

—Absolutamente nada —veía que aquella conversación no conducía a ninguna parte. Se levantó y agarró su bolso—. Creo que será mejor que me vaya.

Bruce la tomó de la mano.

—No, por favor —respiró lentamente, con los ojos cerrados—. Lo siento, Rachel. Lo que he dicho de Nate estaba fuera de lugar —abrió los ojos, la miró y tiró suavemente de su mano—. Deja que te enseñe cómo ha quedado la habitación que hemos pintado para el bebé.

Rachel entró en una de las tres habitaciones. Cuando Bruce encendió la luz, sofocó una exclamación de sorpresa. El cuarto del bebé estaba completamente amueblado.

—Jolene me ayudó a elegir la cuna, la cómoda y el cambiador.

—Es... perfecto. Todo.

Bruce se acercó a la cómoda, abrió un cajón y sacó una camisetita.

—¿No es increíble que alguien pueda ser tan pequeño? —Rachel sonrió. Bruce y Jolene habían pensado en todo—. Cuando Jolene dijo que quizá te fueras a vivir a otro estado, sentí que tenía que hacer algo. Si no, me volvería loco. Así que concentré toda mi energía en prepararme para el bebé.

Rachel estaba en medio de la habitación, sobre la alfombra redonda y blanca, y miraba fijamente a su marido.

—Sé que es duro.

—¿Duro? —repitió él—. No tienes ni idea.

—Te equivocas, Bruce. ¿Crees que yo quería dejarte? ¿Crees que fue fácil hacer la maleta y salir por esa puerta? Te aseguro que no. Para mí fue horrible marcharme y dejaros a Jolene y a ti, pero tenía que hacerlo porque Jolene...

—Ahora se está portando mejor. Está yendo al psicólogo y...

—Y ha mejorado mucho —concluyó Rachel—. Pero aún no está lista y, si nos precipitamos como cuando nos casamos, el año pasado, podríamos cometer otro error. Prefiero asegurarme y esperar.

—Pero no podemos plegarnos a los caprichos de Jolene —insistió él—. Tu sitio está aquí. El tuyo y el del bebé.

—Y aquí es donde quiero estar. Pero no creo que dar tiempo a Jolene para que entienda que tiene que compartirte conmigo y con el bebé sea plegarnos a sus caprichos.

Sacudiendo la cabeza, Bruce salió de la habitación. Rachel sabía que no era lo que quería oír, pero no tenía más remedio que aceptar su decisión.

Lo encontró de pie delante de la chimenea, con una mano apoyada en la repisa, de espaldas a ella. Se situó tras él.

—Lo siento, Bruce, pero no podemos precipitarnos.

—Pensaba que sólo estarías fuera una semana o dos, y aun así me parecía insoportable. Han pasado tres meses y sigues diciendo que aún no ha llegado el momento. Temo que nunca llegue. Siento que te he perdido.

—No me has perdido —susurró ella, posando una mano sobre su espalda—. No voy a ir a ninguna parte. Deseo más que nada en el mundo estar contigo y con Jolene. Quiero que nuestro bebé forme parte de esta familia.

Bruce se volvió y se quedó mirándola un rato; después le tendió los brazos. Ella se deslizó en su abrazo.

—¿Volverás pronto a visitarnos? —preguntó él.

—De acuerdo. ¿Cuándo?

—El fin de semana que viene. Jolene y yo vamos a poner el árbol de Navidad y me gustaría que estuvieras aquí.

Rachel asintió. Sería un momento especialmente esclarecedor. Sería partícipe de tradiciones navideñas que siempre habían estado reservadas a Jolene y a su padre. Si podían superarlo sin que Jolene se enfadara y se creyera en la necesidad de defender su territorio, quizá, sólo quizá, pudiera volver a casa antes de Navidad.

CAPÍTULO 33

Gloria subió la escalera que llevaba a su apartamento en el primer piso. Había comido con su madre, que acababa de volver de Dakota del Norte. Habían charlado sobre las Navidades y sobre un par de acontecimientos familiares previstos para esa temporada. A Gloria le encantaba sentirse incluida en ellos.

Al meter la llave en la cerradura, notó que una mujer salía de un coche en el aparcamiento de abajo. No le dio importancia, aunque aquella mujer rubia le resultaba vagamente familiar.

Entró y acababa de colgar su abrigo cuando llamaron a la puerta. Al mirar por la mirilla, reconoció a la mujer del aparcamiento.

Enseguida se dio cuenta de por qué le resultaba familiar. Era Joni, la mujer a la que había visto besando a Chad aquel día en el hospital de Tacoma. Su novia.

Armándose de valor, cuadró los hombros y abrió la puerta. Se miraron un momento antes de que Joni posara los ojos en su vientre. A Gloria no le apetecía soltar un montón de banalidades.

—¿Quieres entrar para que hablemos? —preguntó, yendo derecha al grano. Se preguntaba cómo sabía Joni su nombre y cómo había averiguado dónde vivía. Decidió no preguntar. Podía habérselo dicho Chad. O quizá Joni lo hubiera seguido hasta allí. Podía haber visto su nombre en el móvil de Chad y haber buscado su dirección en Internet.

En realidad, poco importaba.

Joni vaciló un momento antes de responder:

—Sí, gracias.

Gloria se apartó y sostuvo la puerta para que pudiera entrar. Joni contempló la bahía desde la ventana del cuarto de estar, las manos hundidas en los bolsillos del abrigo.

—¡Qué vista tan bonita!

—Sí, a mí también me lo parece —cruzó los brazos, sin saber qué esperar—. ¿Te apetece tomar algo? —no quería ser maleducada, pero tenía la sensación de que Joni no había ido a hacerle una visita de cortesía.

—Sólo agua.

Gloria entró en la cocina, llenó un vaso y lo llevó al cuarto de estar. Joni se había sentado en el sofá. Al darle el vaso, notó que le temblaba visiblemente la mano.

Joni bebió un sorbito y luego rodeó el vaso con las dos manos.

—Chad no sabe que estoy aquí —a Gloria le hubiera sorprendido que fuera al contrario—. Me ha dicho que iba a pasarse por aquí esta tarde. Su turno no acaba hasta las cinco, así que no llegará hasta casi las seis y he pensado que... Confiaba en que pudiéramos hablar antes de que llegue.

—De acuerdo —Gloria intentó parecer relajada, pero notaba los hombros rígidos.

—Supongo que Chad te ha contado lo nuestro.

—Sí —Gloria no dio detalles.

—También me ha hablado de ti —Gloria asintió—. Y del bebé —añadió Joni.

—Va a ser un buen padre —afirmó Gloria.

—Yo también lo creo —se inclinó hacia delante y dejó el vaso sobre la mesa, sobre un posavasos. Después pareció no saber qué hacer con las manos. Las juntó sobre el regazo y se quedó mirando la alfombra.

—¿Quieres a Chad? —preguntó Gloria. Quería saber a qué atenerse antes de proseguir aquella extraña conversación.

Joni levantó la vista y sus ojos se llenaron de lágrimas.

—Me temo que sí.

A Gloria también le dieron ganas de llorar, pero luchó por mantener la compostura.

—Me temo que yo también —reconoció. Era extraño que estuviera dispuesta a decírselo a Joni, y no a él. Había tardado mucho tiempo en darse cuenta de lo profundos que eran sus sentimientos. Ahora quizá fuera demasiado tarde.

—Le has hecho mucho daño.

—Tenía problemas, no me encontraba bien... Lamento lo que pasó.

—¿También lamentas lo del bebé? —preguntó Joni.

—No —respondió Gloria—. De eso no me arrepentiré jamás.

Joni arrugó el ceño.

—Yo... Chad quiere al bebé. No habla de otra cosa cuando estamos juntos, y sospecho que te quiere. No, no lo sospecho. Lo sé.

Gloria no supo qué responder.

—Chad y yo nos conocimos cuando yo estaba atravesando un bache —comenzó a decir. De pronto sentía la necesidad de explicarse—. Acababa de perder a mis padres adoptivos. Era hija única y ellos también, así que no tenía a nadie. Ni tíos, ni tías, ni primos. Ninguna familia. Nosotros... Chad y yo sentimos una atracción física inmediata y bueno...

Joni desvió la mirada y pareció contemplar de nuevo la vista más allá de la ventana. El astillero de Bremerton se distinguía claramente a lo lejos. Sus portaaviones y submarinos se recortaban sobre el fondo gris metálico del cielo.

Gloria se obligó a concentrarse de nuevo.

—No entiendo muy bien por qué has venido —dijo.

—He venido porque necesito saber qué sientes por Chad.

—¿Importa eso?

—Sí, importa mucho —tomó el vaso de agua y bebió un largo trago—. Ahora sé lo que tengo que hacer —dejó el vaso con ademán decidido.

—¿Y qué es?

Joni se enjugó las lágrimas de las mejillas.

—Voy a poner fin a mi relación con Chad.

—A ponerle fin —repitió Gloria—. Pero... acabas de decirme que estás enamorada de él.

—Lo estoy... pero sé que no tengo las de ganar. Chad te quiere y muy pronto darás a luz a su hijo. Chad me importa lo suficiente como para saber que es mejor que me quite de en medio ahora.

A Gloria le costaba creer que estuviera siendo sincera, pero las lágrimas de Joni le hicieron comprender que sentía cada palabra.

—Lo único que quiero de ti —añadió Joni, y se detuvo un momento para reponerse—. Lo único que te pido es que quieras a Chad. Es un buen hombre y un médico maravilloso. Confío en que sepas valorar lo que tienes. Si no, créeme, alguna otra mujer hará todo lo posible por robártelo y... es muy posible que esa mujer sea yo.

Gloria se puso la mano sobre el corazón.

—No sé qué decir.

—Entonces no digas nada. Recuerda lo que te he dicho. Si vuelves a hacer daño a Chad, no digas que no te lo advertí —agarró su bolso y se dirigió a la puerta.

Gloria la siguió.

—Lo quieres mucho, ¿verdad? —era en realidad una afirmación, no una pregunta.

—Más de lo que sabréis nunca. Sólo porque lo quiero estoy dispuesta a renunciar a él. No creas que lo hago por ti, ni por el bebé. Lo hago por Chad. Tú hazle feliz.

—Sí... le haré feliz.

El apartamento parecía vibrar, sacudido por el eco de la declaración de Joni. Gloria se quedó junto a la puerta. Le costaba asimilar lo que acababa de ocurrir. Chad la quería. Ella había sentido que así era, a pesar de que él procuraba mantener las distancias.

Él llegó tres horas después. Por suerte, para entonces Gloria había tenido tiempo de pensar en la visita de Joni y de analizar sus propios sentimientos.

—Hola —dijo Chad al entrar. Parecía nervioso, cosa rara en él.

—Hola —contestó Gloria. Tenían pensado ir a comprar un árbol de Navidad. Chad no quería que lo acarreara hasta allí y que lo decorara sola, estando embarazada. Gloria sospechaba que en realidad era una excusa para volver a verla. No se quejaba. Agradecía cualquier ocasión de estar con él.

—¿Te importa que no vayamos a comprar el árbol? —preguntó Chad—. No estoy de humor.

—No, no me importa. Podemos hacerlo otro día.

Él se acercó a la ventana y se quedó allí, contemplando la noche. En el mar parpadeaban luces.

—¿Va todo bien? —preguntó ella, preguntándose si habría perdido a algún paciente. Chad sufría con cada muerte; especialmente, si era un niño.

—Esta tarde he tenido visita —dijo.

Gloria se acercó a él hasta que estuvieron separados por apenas un paso. Ambos miraban fijamente la oscuridad.

—Es curioso. Yo también.

—¿Alguien a quien yo conozca?

—Joni.

Chad se volvió bruscamente.

—¿Joni ha venido a verte?

Gloria cerró los puños y asintió.

—Necesitaba conocer la respuesta a una pregunta importante.

Chad aguardó a que continuara.

Gloria tardó un momento en encontrar el valor necesario para explicarse.

—Vino a preguntarme si estaba enamorada de ti.

—¿Qué le respondiste?

—Le conté lo que pasó cuando llegué a Cedar Cove... y por qué.

—Imagino que omitiste que nos fuimos a la cama un par de horas después de conocernos.

—Sí.

Él se dirigió hacia la puerta con expresión severa.

—¿Adónde vas? —preguntó Gloria.

—Creo que ya he oído todo lo que necesitaba oír.

—¿Quieres saber qué le respondí?

—Ya lo sé. Le diste una excusa para justificar tu comportamiento y nada más.

—La verdad es que no fue así. Contesté a su pregunta.

—¿Y? —preguntó él como si la conversación lo aburriera. Parecía ansioso por escapar.

—Le dije que estoy enamorada de ti —Gloria se mantuvo muy erguida. Temía su reacción. Chad podía reírse en su cara y decir que no la creía. Ella, desde luego, no había hecho nada que desvelara lo que sentía por él. Al contrario: había intentado una y otra vez demostrar que no le tenía ningún afecto.

Chad no dijo nada, pero dio media vuelta y la observó como si quisiera deducir si estaba diciendo la verdad. Gloria le sostuvo la mirada sin vacilar.

—Joni también ha ido a verme a mí —dijo él al cabo de un momento.

—Imaginaba que lo haría —Joni había dicho que iría a ver a Chad, pero Gloria no esperaba que fuera tan pronto.

—Ha roto conmigo.

—Lo siento.

—Ella sabía que lo nuestro se había acabado. Se acabó desde el momento en que supe que estabas embarazada. El problema era que yo mismo no me di cuenta, hasta hace muy poco. Nunca he dejado de quererte, Gloria. Intenté olvidarme de ti, pero no funcionó. Soñaba contigo por las noches. Y durante el día creía verte al doblar cada esquina. Te he querido desde la noche en que nos conocimos.

Gloria había sentido lo mismo, aunque no hubiera estado dispuesta a reconocerlo.

—Lo siento mucho, Chad —musitó. Se acercó y él hizo lo mismo—. Parece que contigo no doy pie con bola.

Él esbozó una sonrisa.

—No estoy de acuerdo. Vas a darme un hijo.

—Y mi corazón.

Chad abrió los brazos y Gloria se dejó rodear por ellos. La estrechó con fuerza y susurró contra su pelo:

—Te ha llevado bastante tiempo.

—No entiendo por qué me he resistido tanto.

—Yo tampoco —besó su coronilla y luego sus mejillas, hasta llegar a sus labios.

Unos minutos después, cuando se apartó, Gloria se sentía débil y sin aliento. Pensó en llevarlo a su dormitorio, pero no estaba dispuesta a permitir que su encuentro terminara de nuevo así. No podían dejar que el sexo los distrajera y les hiciera olvidar lo que tenían que solucionar.

—¿Por qué haces que me sienta así? —nunca había reaccionado físicamente ante un hombre como ante Chad.

—No lo sé. Ni me importa. Pero no cambies.

Se aferró a él y lo besó mientras las lágrimas corrían por sus mejillas.

—Quiero que nos casemos —dijo él.

—De acuerdo —no era la declaración romántica con la que siempre había soñado, pero estaba bastante bien.

—Pronto.

—De acuerdo.

—Antes de Navidad.

—¿Antes de Navidad? —¡faltaban tres semanas!

—Te vendrás a vivir conmigo —ordenó mientras seguía besándola apasionadamente.

—Contigo...

—Sí, conmigo —repitió.

—¿No puedes mudarte tú aquí?

—No.

—Mi familia está aquí. Y mi trabajo...

—Ahora tienes una nueva familia. Tú, yo y el niño. Y en Tacoma también hay trabajo.

—Sí. Quizá más adelante pueda entrar en su policía.

Chad asintió.

—Además, no estarás tan lejos de Cedar Cove y de los McAfee.

—Cierto.

Otro beso, aún más potente y apasionado.

—Chad —susurró ella—, te quiero.

—Lo sé. Siempre lo he sabido.

—¿Sí?

—Sí.

—Ah.

—Hablas demasiado.

—Perdona.

Él se rió.

—No te disculpes.

—Respecto a Joni...

La besó otra vez.

—Joni va a estar perfectamente. Otro médico está loco por ella.

Dijo más cosas, pero Gloria no le prestó atención. Lo único que sabía era lo feliz que se sentía.

CAPÍTULO 34

El domingo por la tarde, Grace y Cliff Harding estaban colgando luces de Navidad por el alero del tejado de su casa.

Cliff se había subido a la escalera y Grace sujetaba las luces y vigilaba atentamente a su marido. Beau estaba atado con su correa a la barandilla del porche.

Un coche apareció al final del largo camino que daba acceso a la casa, entre dos prados cercados. Los caballos de Cliff, que pastaban tranquilamente, levantaron la cabeza para mirarlo.

—¿Esperas a alguien? —preguntó Cliff.

—No —no era raro que alguna de sus hijas se pasara por allí sin avisar, pero ninguna de ellas tenía un todoterreno—. Es el coche de Beth Morehouse —dijo un momento después.

—¿Viene a buscar a Beau?

Grace se había mostrado inflexible desde el primer día: no quería quedarse con el cachorro. Mordía sus zapatos y los calcetines de Cliff, y estaba siempre estorbando. Además, se empeñaba en seguirla a todas partes.

—¿Grace? —repitió Cliff.

—No sé —dijo. No habían fijado una fecha para que Beth fuera a recoger al cachorro. Pero si le había encontrado un buen hogar... estupendo.

Beth aparcó delante del establo, salió del coche y se acercó a ellos. Cliff se bajó de la escalera y rodeó los hombros de Grace con el brazo mientras Beau gemía y ladraba, nervioso.

—Hola, Beth —dijo Grace. Se inclinó y recogió a Beau, que había estado escarbando en sus canteros de flores. Tenía la cara y las patas manchadas de tierra.

—¿Te apetece un vaso de ponche? —sugirió Cliff—. A Grace y a mí nos vendría bien un descanso.

—Gracias. Me encantaría, pero no puedo quedarme mucho tiempo. Debo volver al vivero. Tengo a todo el equipo trabajando, pero tenía que hacer un par de gestiones cerca de aquí y se me ha ocurrido venir a ver si estabais en casa.

—Pues aquí estamos —dijo Grace innecesariamente mientras entraban en la casa. Se detuvo en el cuartito que daba a la cocina y limpió la cara y las patas a Beau y se lavó las manos mientras Cliff llevaba a Beth a la cocina y le ofrecía asiento.

—Voy a sacar el ponche —dijo Cliff, sacando tres vasos del armario—. Es la receta de la familia de Grace.

—¿Lo hacéis vosotros? —preguntó Beth, y se volvió para mirar a Grace, que entró secándose las manos.

—Es muy sencillo. Te pasaré la receta si quieres.

—Sí, me encantaría.

Mientras Cliff llevaba los vasos a la mesa, Grace sacó las galletas que había hecho con sus nietos el día anterior.

—Imagino que vienes a buscar a Beau —dijo Cliff.

Al oír su nombre, el cachorro se acercó corriendo a Grace, estiró sus patas traseras y apoyó delanteras en sus rodillas. La miró con tanto amor que Grace tuvo que apartar los ojos. Casi a su pesar le acarició la cabeza y, al ver que se ponía a gemir, no pudo resistir la tentación de sentarlo sobre su regazo. Él le lamió la mano, se enroscó sobre sus rodillas y se quedó dormido.

—Pues... la verdad...

—¿Le has encontrado un buen hogar? —preguntó Cliff.

—No exactamente.

—¿Le has encontrado hogar, y punto? —insistió Grace.

Era su mayor miedo: que Beth diera por sentado que iba a quedarse con el cachorro. Cosa que no iba a hacer.

—La verdad es que no. No tengo un hogar para Beau.

—¿No? —exclamó Grace.

—No —repitió Beth—. Y ahora tengo otro problema.

Grace y Cliff se miraron.

—¿Respecto a Beau?

—No. Bueno, sí. Indirectamente. Como sabéis, he rescatado a unos cuantos perros y también me dedico al adiestramiento, porque me gusta y porque al parecer tengo cierto talento...

Eso era poco. Beth no sólo colaboraba en el taller de lectura de la biblioteca; también había empezado a adiestrar perros para que visitaran a personas ancianas y enfermas.

—Por lo visto se ha corrido la voz de que acojo a perros abandonados. Varias personas me han traído animales que han encontrado o con los que ya no pueden quedarse, y hago lo que puedo para encontrarles un buen hogar, pero... La verdad es que esto me está desbordando —se le quebró la voz.

—¿Qué quieres decir? ¿Ha pasado algo? —preguntó Grace, preocupada al ver lo angustiada que parecía su amiga.

—Sí. Dos cosas inesperadas y que no tienen nada que ver entre sí. Estoy intentando averiguar cómo afrontarlas. Siento meteros en esto, pero es que... no sé qué hacer.

—Cuéntanos qué ha pasado —dijo Grace con suavidad. Nunca había visto a su amiga tan confusa.

—Bueno, primero, parece que mi ex marido va a venir a pasar la Navidad. Las niñas van a venir de la universidad y su padre les ha preguntado si les parecía bien que viniera a visitarnos, y a ellas les apetece muchísimo, claro —suspiró—.

A él podía decirle que no, pero a mis hijas no. El caso es que hablé con los Beldon y me dijeron que Kent ha reservado habitación en su pensión.

Grace sabía que Beth estaba divorciada, pero no conocía las circunstancias de su divorcio.

Cliff bebió un sorbo de ponche y le dejó las preguntas a ella.

—¿Y eso es problema? —preguntó Grace.

—Sí —contestó Beth sin rodeos—. Kent y yo no hablamos desde hace tres años. Bueno, salvo cuando tenemos que tratar algo relativo a las niñas. Y como Bailey y Sophie están estudiando fuera, casi no hace falta que nos comuniquemos.

Beth nunca le había contado nada tan personal. Aunque Grace la consideraba una amiga, Beth nunca le había hablado con detalle de su vida antes de instalarse en Cedar Cove. Grace sabía que invertía su tiempo en dirigir el vivero y ocuparse de los perros.

Cliff habló por fin:

—¿Por qué querían tus hijas que viniera? —preguntó.

—No estoy segura. Kent y yo siempre hemos sido muy civilizados. El nuestro no fue un divorcio hostil, ni nada parecido. Sencillamente... no distanciamos. Y como os decía, desde entonces apenas hemos tenido relación.

—Quizá las chicas tengan la esperanza de que os reconciliéis —comentó Grace, pensativa, y no se dio cuenta de que lo había dicho en voz alta hasta que notó que Cliff y Beth la estaban mirando.

—Me parece buena idea que Kent se aloje en la pensión de los Beldon —dijo Beth sin responder a su comentario—. La verdad es que no podría tenerlo en casa. Sería... demasiado violento.

—Sí, me lo imagino.

—¿Cuándo llega? —preguntó Grace.

—El día veintitrés. Es todo tan inesperado... Y luego está lo de Ted.

El único Ted que conocía Grace era el veterinario del pueblo. Teniendo en cuenta la frecuencia con que lo visitaba Beth, era lógico que hubieran trabado amistad.

—El veterinario —dijo Beth, y se frotó las manos con nerviosismo—. Estamos... saliendo juntos, o algo así. Pero no es nada serio.

Grace no pudo evitar sonreír. Esperaba algo así. Ted Reynolds tenía más o menos la edad de Beth, era atractivo y estaba siempre de buen humor. Olivia y ella habían comentado medio en broma que era un desperdicio que no tuviera pareja.

—Luego, esta mañana... —Beth se quedó mirando el suelo—. ¿Recordáis que os he dicho que la gente me trae perros? —respiró hondo—. Pues esta mañana me esperaba una enorme sorpresa en el porche —dejó escapar el aire—. Una cesta llena de cachorros. Una cesta muy grande.

Grace notó que se le aceleraba el pulso. Si Beth tenía que encontrar hogar para una camada entera de cachorros, no podría llevarse a Beau.

—¿Cuánto cachorros? —preguntó Cliff—. ¿Y de qué raza?

—Diez. Parecen ser labradores negros. En parte, por lo menos.

—¿Diez cachorros?

Beth asintió.

—Son adorables, pero diez... ¿Cómo voy a encontrar casa para diez cachorros?

—Para once, en realidad —murmuró Grace.

—¿Once?

—No olvides que Beau también necesita un hogar.

—¿Beau? —Beth miró a Cliff.

Él se encogió de hombros.

—Beau —repitió Grace. Sospechaba desde hacía tiempo que Beth y su marido se habían confabulado contra ella, y aquello lo probaba. Pues que maquinaran todo lo que quisiera, que no la harían cambiar de opinión. El perro tenía que irse.

—Pero... ¿no dijiste que ibas a pedir a Maryellen y Jon que se lo quedaran? —Beth la miró con desánimo.

—Al final he pensado que no —contestó, crispada.

—El caso es —explicó Cliff— que Grace quiere que una buena familia adopte a Beau. Pero no quiere que viva con nuestros nietos por miedo a verlo con frecuencia. Porque, aunque se niegue a reconocerlo, quiere a ese perro.

—Eso no es cierto —insistió Grace, pero su respuesta cayó en saco roto. Era evidente que no la creían.

Hasta el suave ronquido de Beau parecía un bufido escéptico. Al verlo tranquilamente enroscado en su regazo, comprendió hasta qué punto había bajado la guardia.

—Está bien. Llamaré a Maryellen y le preguntaré si quiere llevarse a Beau para los niños —dijo—. Puede que lo quiera como regalo de Navidad.

—Gracias —dijo Beth sinceramente. Acabó de beberse su ponche y llevó el vaso vacío al fregadero—. Y gracias por el ponche. Avísame cuando sepas algo. Perdonad que me haya desahogado, pero es que estoy desbordada.

—Lo entendemos perfectamente —le aseguró Cliff.

Beth se fue unos minutos después y, en cuanto la puerta se cerró, Cliff le dio a Grace el teléfono.

—¿Para qué me das esto?

—¿No ibas a llamar a Maryellen y Jon? —preguntó arqueando las cejas—. Los niños tienen edad suficiente para tener un cachorro. Y Jon ha dicho más de una vez que le apetecía tener perro.

—Lo haré en otro momento —contestó. No entendía por qué tenía que llamar enseguida—. De hecho, creo que es preferible que esperemos hasta justo antes de Navidad.

—Pensaba que querías que se fuera lo antes posible.

—Maryellen está muy ocupada —dijo—. La llamaré la semana que viene.

—¿Para qué esperar? —Cliff seguía tendiéndole el teléfono, y Grace se irritó aún más.

—Está bien, ya que es tan importante para ti... —agarró el aparato y marcó el número de su hija mayor.

Maryellen contestó al primer pitido.

—Hola, mamá.

—Hola —Grace tragó saliva.

—¿Qué pasa?

Grace apoyó la mano sobre la cabeza de Beau.

—Cliff y yo queríamos preguntarte una cosa sobre el regalo de Navidad de los niños.

—Están haciendo una lista detallada de juguetes que quieren que les traigan Abuelo y Abuela Santa Claus.

—Me lo imagino —nada le gustaba más que mimar a sus nietos. El día anterior, mientras hacían galletas, Katie y Drake le habían dicho qué juguetes querían para Navidad—. ¿Qué te parecería que les regaláramos un perro?

Ya estaba, ya lo había dicho. Cliff no creía que fuera capaz de hacerlo, pero lo había hecho, y no había sido tan difícil. A Beau le encantarían los niños y sus nietos lo querrían muchísimo. Eso le había quedado claro viéndolos jugar el sábado anterior.

—¿Un perro, mamá, o un cachorro?

—Un cachorro —puntualizó ella—. Estaba pensando en regalarles a Beau.

—¿A Beau? —su hija pareció sorprendida—. ¿Vas a deshacerte de Beau?

—Claro. Nunca he tenido intención de quedármelo. Ya lo sabías.

—Bueno, sí, pero es tu perro, mamá. Te sigue a todas partes. Está claro que te considera su dueña.

—Ya se acostumbrará —repuso Grace, intentando que su resolución no se tambaleara.

—Supongo que sí, pero no sé si te acostumbrarás tú.

—¡Qué tontería! —no quería discutir, pero la sacaba de

sus casillas que todo el mundo se empeñara en decir que no era capaz de deshacerse de Beau. Se equivocaban. Todos y cada uno de ellos—. Bueno, ¿lo quieres o no? Porque si no, entonces... entonces tendremos que devolvérselo a Beth Morehouse.

—En ese caso, claro, nos quedamos con él.

Grace notó un nudo en la garganta.

—Bien. Os lo llevaremos el día de Nochebuena —Cliff levantó la mano para indicarle que quería decir algo—. Espera un momento —dijo Grace, y tapó el micro del teléfono.

—¿Para qué esperar hasta Nochebuena? —preguntó su marido—. Dile que podemos llevárselo esta misma tarde. Tenemos que pasar por allí, y estaría bien dejárselo ya.

—No hay por qué precipitarse, ¿no? —masculló Grace—. Es un regalo de Navidad.

—¿Mamá?

Grace volvió a pegarse el teléfono a la oreja.

—¿Sí?

—He oído lo que decía Cliff. Sería fantástico que lo trajerais hoy. Así distraerá a los niños de todo el ajetreo navideño y los mantendrá ocupados.

—Hoy —repitió Grace lentamente—. Está bien... ¿Por qué no? Nos pasaremos por allí esta tarde con Beau y toda sus parafernalia —le sorprendía cuántas cosas habían conseguido acumular para un cachorrito.

—Estupendo. Venid cuando queráis.

—De acuerdo. Luego nos vemos —colgó y devolvió el teléfono a Cliff—. Espero que estés contento —dijo con aspereza. Su marido sonrió—. Borra esa sonrisa de tu cara. ¿Crees que no voy a ser capaz de dárselo? Pues vas a llevarte una sorpresa, Cliff Harding. Vámonos ahora mismo. Cuanto antes salga de mi vida este perro, tanto mejor —dejó a Beau con cuidado en el suelo y luego corrió de habitación en habitación, recogiendo los juguetes y peluches del perro y metiéndolos en una gran bolsa de plástico.

Cliff no la ayudó, lo cual la puso furiosa. Aquella idea tan brillante era suya, así que lo menos que podía hacer era recoger la comida de Beau.

—¿Listo? —preguntó hoscamente cuando acabó. Llevaba los juguetes y la colchoneta de Beau, además de la bolsa nueva de pienso para cachorros que había comprado la víspera—. Ah, falta la cartilla de vacunación —dijo, y fue a buscarla.

Beau entró obedientemente en su transportín. Grace ya lo había llevado a la biblioteca varias veces. En cuanto veía el transportín, se daba cuenta de que iban a hacer un viaje, y le encantaba estar con Grace, fuera donde fuese.

Grace cerró el transportín y Beau se tendió y apoyó la cabeza en las patas, feliz y confiado.

—Vamos a llevarte a tu nuevo hogar —le dijo—. Un hogar con niños que correrán y jugarán contigo. ¿Te acuerdas de Katie y Drake? Te quieren mucho y puedes jugar con ellos y... y...

—Bueno, vámonos —dijo Cliff con la chaqueta puesta y las llaves del coche en la mano.

Grace se quedó allí, paralizada.

Él esperó en la puerta.

—¿Vienes?

—Sí —se obligó a dar un paso y luego otro. Cada uno le costó un gran esfuerzo. El transportín seguía en el suelo. Tendría que agacharse y recogerlo...

—¿Vienes o no? —preguntó Cliff.

—He dicho que sí —inclinándose, miró a Beau a los ojos e intentó convencerse de que aquello era lo mejor—. Katie y Drake van a quererte muchísimo.

El perrillo la miraba sin pestañear.

—Grace —dijo Cliff con voz suave—, ¿estás segura de que es lo que quieres?

Su mujer fue a decirle que sí, pero se dio cuenta de que no podía.

—No —musitó—. No es lo que quiero en absoluto —el solo hecho de decirlo en voz alta pareció liberarla—. Es verdad que quiero a Beau.

—Lo sé. No has podido evitarlo, igual que yo —Cliff se acercó y la rodeó con los brazos—. ¿Significa eso que podemos quedárnoslo?

—Pero no es Buttercup.

—No, no es Buttercup. Es Beau. Nuestro Beau.

—Nuestro Beau —convino ella. Se agarró y abrió la cremallera del transportín.

Beau saltó a sus brazos.

CAPÍTULO 35

—No sé si hacemos bien —le dijo Lori a Linc al dejar una bandeja con galletas decoradas sobre la mesa baja. Se frotó las manos, nerviosa.

Linc también tenía sus dudas, pero no pensaba confesarlo.

—No pasará nada —dijo con aplomo—. No te preocupes.

Lori no parecía muy convencida.

—Si es un desastre, entonces...

—Acepto toda la responsabilidad.

—No, nada de eso —dijo su mujer—. Yo te he seguido la corriente, así que si las cosas se tuercen, también será culpa mía.

Su mujer no parecía hacerse muchas ilusiones. Linc, en cambio, creía que cabía al menos la posibilidad de que la cosa funcionara.

—Puede que mi padre ni siquiera venga —dijo Lori. Ésa era una de las objeciones que había puesto al principio, cuando Linc le sugirió que organizaran un encuentro entre sus padres. Kate no sabía que su marido iba a ir; si no, no habría aceptado visitarles.

—Vendrá.

—Pero si sólo has hablado con él una vez, y dijiste que fue un desastre...

—Tu padre y yo todavía tenemos asuntos que resolver, pero una cosa me quedó clara: quiere a tu madre.

—Pero ella ya ha pedido el divorcio.

—Estoy seguro de que tu padre ya se habrá enterado —lo que más le preocupaba era que Kate se enfadara con Lori. Pero estaba dispuesto a arriesgarse.

—¿El café está listo? —preguntó ella, asomándose a la cocina.

—Está acabando de hacerse —de momento habían tenido pocas visitas, sin contar a Mary Jo, Mack y Noelle. Pero ellos eran familia... Bueno, Kate y Leonard, también, pero eso era distinto. Con ellos todo era mucho más tenso.

Lori había limpiado el adosado con tanto ahínco que Linc pensó que iba a arrancar la pintura de las paredes, a fuerza de restregarlas. El suelo de la cocina relucía tanto que casi veía su reflejo, y los muebles estaban tan lustrosos que brillaban. El día anterior habían sacado su arbolito de Navidad y Lori había pasado horas decorándolo. Había hecho un trabajo estupendo. Él había intentado echarle una mano, pero Lori quería hacerlo a su manera y a él le había parecido bien.

A las dos en punto sonó el timbre. Lori dio un brinco, como si la hubiera pillado completamente desprevenida. Se agarró al brazo de Linc.

—Contesta tú, ¿vale?

Él besó su mejilla.

—Relájate —susurró.

—Para ti es fácil decirlo —rezongó ella.

Linc se acercó a la puerta. Leonard estaba al otro lado, con el ceño fruncido.

—¿De qué va todo esto?

Linc no contestó al abrir la puerta mosquitera.

—Veo que llega puntual.

—No habría llegado donde estoy si no lo fuera.

—Hola, papá —Lori estaba en medio de la habitación, apretándose las manos—. Bienvenido a nuestra casa.

Leonard echó un vistazo alrededor, pero no dijo nada.

—¿Le apetece sentarse? —preguntó Linc.

—No. Dijiste que Kate estaría aquí.

—Y vendrá —dijo Lori—. A no ser que reconozca tu coche y decida marcharse.

Bellamy miró de repente a Linc.

—¿No sabe que yo también venía?

Linc sacudió la cabeza.

—Pensamos que era mejor no decírselo.

Leonard se acercó a la ventana y miró fuera.

—El viernes me llegaron los papeles del divorcio.

—Lo sé —dijo Lori.

—Se niega a hablar conmigo y tiene la desfachatez de mandarme a un empleaducho de no sé qué bufete de Seattle para que me presente unos papeles.

—¿No te alegras de tener la oportunidad de hablar con ella?

—Desde luego que sí. ¡Me va a oír! Tantos años casados ¿y no puede hablar conmigo? ¿Con su propio marido?

—Papá —dijo Lori con dulzura—, no creo que convenga que le grites.

—¡Yo no estoy gritando! —gritó.

Lori hizo una mueca y Linc se acercó a ella. La semana anterior había aprendido una valiosa lección acerca de su suegro: Bellamy ladraba mucho y mordía poco. Pero cuando mordía, mordía con fuerza. Linc aún tenía las marcas de sus dientes para demostrarlo.

—A mamá no le gusta que grites.

—Por lo visto no es eso lo único que no le gusta de mí —repuso Leonard bajando la voz.

—¿Puedo ofrecerle una taza de café? —preguntó Linc.

—¿No tenéis nada más fuerte?

—No, papá, y menos a estas horas de la tarde.

—Entonces me tomaré ese café —se sentó en el sofá y dejó caer las manos entre las rodillas separadas—. ¿A qué hora se espera a tu madre? —consultó su reloj.

—En cualquier momento —dijo Linc desde la cocina. Siempre optimista, sirvió cuatro tazas. Nada más terminar, sonó el timbre.

Esta vez abrió Lori. Linc se quedó en la cocina y vio que Bellamy se levantaba. Kate entró, pero se detuvo bruscamente al ver a su marido.

—No sabía que teníais otros invitados —dijo con frialdad. Se envaró como si se preparara para un enfrentamiento—. Ese coche me ha parecido el tuyo, pero he pensado que no podía ser. No puedo creer que mi propia hija me haya engañado de esta manera.

Lori parecía angustiada, pero Leonard ignoró el comentario.

—Hola, Kate.

Linc suspiró, aliviado. Al menos Leonard no se había puesto a gritar. Ella inclinó la cabeza secamente.

—Lenny.

Linc sospechaba que Kate era la única persona en el mundo que se atrevía a llamar a Bellamy «Lenny». Llevó el café al cuarto de estar y dio una taza a Leonard y Kate antes de regresar en busca de las otras dos. Ya antes había llevado dos sillas de la cocina al pequeño cuarto de estar para que pudieran sentarse los cuatro.

Linc y Lori se sentaron en las sillas y Kate y Leonard no tuvieron más remedio que ocupar el sofá. Se sentaron todo lo lejos que pudieron el uno del otro.

—¿A alguien le apetece una galleta? —preguntó Lori, y se levantó de un salto para recoger el plato.

Kate sacudió la cabeza.

—Yo no —Leonard levantó la mano.

Lori se sentó, desilusionada. Se volvió hacia Linc y le suplicó con la mirada que dijera o hiciera algo para aliviar la tensión.

—Me gustaría proponer un brindis —dijo Linc. Sus suegros lo miraron con escepticismo—. Por el matrimonio —se llevó su café a los labios sin esperar respuesta.

Bebieron todos un sorbito. Linc notó que Kate agarraba con fuerza el asa de la taza y concentraba toda su atención en el café. Leonard, en cambio, no quitaba ojo a su esposa.

—No sé si sabes que hace unos días fui a ver a Leonard —dijo Linc dirigiéndose a su suegra.

—No —contestó ella—. Lori no me ha dicho nada.

—Te lo habría dicho, mamá, pero cada vez que mencionaba a papá decías que no querías volver a oír hablar de él.

—Ni quería, ni quiero —replicó Kate.

—Tuvimos una charla larga y amena —prosiguió Linc rápidamente—. ¿Verdad, Leonard?

—Eh, sí —contestó Bellamy.

—Me pareció muy interesante la historia de vuestro noviazgo —hizo una pausa y esperó alguna reacción—. Kate me había contado algunas cosas, pero Leonard rellenó los huecos en blanco.

—Eso fue hace mucho tiempo —repuso Kate, y añadió puntillosamente—: Cuando yo era joven y estúpida y no sabía lo que hacía.

—Los dos éramos jóvenes y estúpidos —Leonard bebió otro sorbo de café y dejó la taza.

Linc temió por un instante que fuera a marcharse. Pero por suerte Leonard se echó hacia atrás y cruzó los brazos sobre el pecho.

—Esa conversación me hizo comprender por qué Leonard y yo empezamos con mal pie —Linc tomó la mano de Lori—. Leonard trabajó muy duro para demostrarle a tu familia que era digno de ti, ¿verdad, Kate?

—Sí —reconoció ella a regañadientes.

—¿Cuántos años tardó?

—Unos cuantos. Lo he olvidado.

Linc estaba seguro de que su suegra lo sabía perfectamente.

—Cinco —contestó Bellamy—. Cinco largos años.

—Lori y yo no esperamos —prosiguió Linc—. Los dos

sabíamos lo que queríamos y nos lanzamos de cabeza. Fue un error del que me arrepiento.

—¿Te arrepientes de haberte casado conmigo? —preguntó Lori con los ojos como platos.

Linc le apretó la mano.

—No, ni por un instante.

—Date tiempo —comentó Kate—. Ya te arrepentirás.

—Kate —dijo Leonard con energía—, ¿es que no ves lo enamorados que están? No los desilusiones.

—Lo que lamento, Lori —añadió Linc—, es no haber ido a ver a tus padres para que nos conociéramos primero.

—Yo no quería que los conocieras —insistió Lori.

—Lo sé —dijo él—. Pero no debí hacerte caso. Debí hacer caso a mi instinto.

—¿No querías que nos conociera? —preguntó Kate, mirando perpleja a su hija.

—No, no quería. Temía que me dijerais que me había equivocado con Geoff y que no confiabais en que fuera capaz de encontrar a un hombre decente y... Y no quería que intentarais convencerme de que no me casara con Linc.

—En otras palabras, que no te importaba lo que pensáramos —dijo Leonard, todavía con los brazos cruzados.

—No es eso, pero... —Lori no acabó.

—Eso ya no importa —continuó Linc—. Lori y yo estamos casados, y aunque Leonard y yo aún tenemos mucho camino por delante para cimentar nuestra relación, creo que hemos llegado a una especie de entendimiento.

—¿Ah, sí? —Bellamy arqueó las cejas.

—Creo que sí —contestó Linc con calma—. Lo que ocurre es que empezamos mal.

—¿Quieres decir que estás dispuesto a perdonar y olvidar todo lo que mi marido, o futuro ex marido, ha hecho para sabotear tu negocio y hacerte la vida imposible? —preguntó Kate en tono agresivo.

Linc miró de frente a su suegro.

—Estoy dispuesto a olvidarlo porque cuando me detuve a analizar sus argumentos me di cuenta de que tenía parte de razón —Leonard descruzó los brazos y se inclinó hacia delante—. Quiere tanto a su hija que decidió ponerme a prueba. Espero haber superado el examen.

—Francamente, no veo por qué creía que hacía falta ponerte a prueba —repuso Kate—. Para saber que eres un hombre decente, sólo tenía que leer el informe del detective privado. Pero no se lo creyó. No, claro. Prefirió poner en peligro la relación con nuestra hija sólo para demostrar que tenía razón. Estaba absolutamente convencido de que resultarías ser un sinvergüenza.

—¿Qué detective privado? —balbució Lori.

Leonard hizo caso omiso.

—Eso fue antes de...

—Antes de que habláramos esta semana —concluyó Linc por él. Leonard asintió—. Bueno, pues mientras hablaba con Leonard en su despacho, me di cuenta de otra cosa. De algo que me impresionó profundamente —Leonard se echó de nuevo hacia delante. Kate también parecía interesada—. Descubrí lo mucho que quiere a su mujer y a su familia. Es un ejemplo de la clase de marido y de padre que quiero ser para Lori y nuestros hijos —estaba exagerando un poco, pero hablaba sinceramente. Leonard podía ser arrogante y autoritario, pero en el fondo quería lo mejor para su familia. En su afán de proteger a sus seres queridos, a veces se olvidaba de sus deseos y de su derecho a tomar decisiones propias. Kate miró a su marido y Leonard le sostuvo la mirada.

—Es cierto —murmuró—. Quiero a mi mujer y a mis hijos —como si no pudiera seguir sentado, se levantó de un salto y empezó a pasearse por la habitación—. Supongo que por eso lo que pasó el viernes me resultó tan chocante. Nunca pensé que mi mujer dejaría de quererme.

—¿Cómo puedes decir eso? —replicó Kate—. ¿Es que no te he querido todos estos años?

—Lo dudo, teniendo en cuenta que me has mandado los papeles del divorcio.

—Espero que captaras el mensaje.

Leonard se volvió para mirarla.

—Lo capté, sí, alto y claro. Quieres poner fin a nuestro matrimonio y...

—Mamá —dijo Lori, interrumpiendo a su padre—, ¿todavía quieres a papá?

—Claro que sí. ¡Qué pregunta tan absurda!

—¿Seguirás queriéndome si nos divorciamos? —preguntó Leonard.

—Sí, pero aprenderé a no quererte.

—Pareces muy dispuesta a hacerlo.

—Será difícil, pero me las arreglaré.

—Difícil y absolutamente innecesario —terció Linc. Señaló a Leonard—. Cuando fui a su despacho, encontré a un hombre que se sentía perdido y triste sin su esposa.

Leonard abrió la boca para contradecirle, pero cambió de idea.

Kate sacudió la cabeza.

—Lenny nunca ha estado perdido, ni triste. Antes de admitir que se equivoca, prefiere vivir sólo de orgullo el resto de sus días.

—Conque sí, ¿eh? —dijo Leonard, mirándola desafiante.

Kate lo miró con enfado.

—¿Puedes reconocer que cometiste un error? ¿Y que lamentas haber tratado así a nuestra hija y a su marido? —preguntó con aspereza.

Leonard miró a Linc y Lori.

—Yo... puede que me precipitara un poco al juzgar los motivos de Linc para casarse con Lori.

—¿Veis lo que digo? —masculló Kate—. Sigue sin estar convencido —se levantó y llevó su taza a la cocina—. En más de treinta años, no ha sido capaz de reconocer que se equivoca ni una sola vez.

—Puede que... que de vez en cuando llegue a conclusiones precipitadas —dijo Leonard alzando la voz.

—No hace falta que grites, Lenny. Oigo perfectamente —salió de la cocina y se acercó a la puerta—. Es sencillamente incapaz de reconocer que ha metido la mata.

Linc miró a su suegro con el ceño fruncido. Si Leonard no detenía a Kate, él no podría hacer nada más. Kate estaba abriendo la puerta cuando su suegro gritó:

—¡Está bien! Está bien. De acuerdo, si tan importante es que lo diga, lo diré. Me he equivocado con Linc y Lori. Ya está. ¿Satisfecha?

Kate se quedó parada, un pie dentro y otro fuera de la puerta.

—¿Me has oído? —preguntó su marido.

Ella se giró lentamente hacia él con la cabeza muy alta.

—¿Puedes disculparte?

Leonard titubeó y apretó los dientes.

—¿Veis lo que os decía? —murmuró Kate.

—Está bien, está bien. Linc, te pido disculpas.

—Todo está olvidado —contestó su yerno, y se estrecharon las manos.

—¿Estás satisfecha ahora? —le preguntó Leonard a Kate. En lugar de responder, ella miró a su hija. Leonard suspiró—. A ti también, Lori.

—¿A ella también qué? —dijo Kate.

—Te pido disculpas.

—Gracias, papá —Lori se acercó y le dio un abrazo. Él la estrechó con fuerza.

—¿Algo más? —preguntó Leonard.

Kate le dedicó una sonrisa.

—No ha sido tan difícil, ¿verdad?

Leonard se encogió de hombros.

—La verdad es que sí, pero ahora que lo he hecho me siento mucho mejor —alargó el brazo y apretó la mano de Lori—. Te quiero, ¿sabes?

—Sí, papá, lo sé —se inclinó para darle un beso en la mejilla.

—Y también quiero a tu madre —añadió él—. Si me deja, yo...

—Podría dejarme convencer para reconsiderar mi postura —dijo Kate—. Con ciertas condiciones, desde luego.

El semblante de Leonard se suavizó.

—¿Podríamos hablar ahora mismo, solos los dos?

Kate sonrió y asintió con un gesto.

—Creo que sería muy agradable.

Unos minutos después se marcharon, cada uno en su coche. Linc no oyó dónde pensaban ir, pero no le habría sorprendido que fuera a su casa familiar.

—Ay, Linc —dijo Lori, rodeándole la cintura con los brazos—. Qué bien ha salido todo.

—Lo sabía —todo iría bien entre sus suegros, y también entre ellos. El año siguiente y treinta años después seguiría queriendo a Lori tanto como Leonard quería a Kate.

CAPÍTULO 36

El miércoles a última hora de la tarde, Will Jefferson y su hermana se encontraron en el vestíbulo de Stanford Suites. Por suerte había quedado libre un apartamento, y durante el fin de semana habían ayudado a Charlotte y Ben a mudarse a su nuevo hogar. Lo más difícil había sido decidir qué muebles llevarse. Había tantos que formaban parte de su historia familiar...

—Mamá —había dicho Will—, tienes que hacer algo con todos estos muebles de parientes muertos. Yo tengo mis cosas. No los necesito.

—Pero no puedo deshacerme de ellos —se había lamentado Charlotte.

Al final, metieron lo que pudieron en el pequeño apartamento y lo que no se lo repartieron entre Will, Olivia y Justine, más algunas piezas que reservaron para James. Charlotte pareció satisfecha con el arreglo. Lo único que quería era saber que aquellos sofás, sillas y aparadores antiguos seguirían en buenas manos. Para Olivia o para Will no tenían el mismo valor sentimental, pero Will tampoco pensaba venderlos en eBay.

Buena parte de lo que no se había repartido estaba guardado en su sótano. Por lo que a él respectaba, podía quedarse allí indefinidamente. Era soltero, no tenía hijos y no había acumulado muchas posesiones, a parte de los muebles imprescindibles, un televisor y otras cosas semejantes.

—¿Has hablado con mamá? —le preguntó a su hermana.

—Sí. De momento, está bien.

—¿Y Ben?

—Él también.

La venta de la casa de Eagle Crest era cuestión de un par de firmas y un cheque, nada más. La casa estaba en buen estado, sobre todo ahora que tenía cocina nueva. Will se alegraba de regresar a la casa de su niñez, y se alegraba más aún de estar ayudando a Ben y a su madre. Había recorrido el círculo completo, se dijo. Había vivido en aquella vieja casa durante su infancia, y ahora volvía a ella. Ello le producía una sensación de bienestar, de plenitud. Había vivido fuera de Cedar Cove casi toda su vida adulta, y había fracasado. Se había defraudado a sí mismo. Regresar a casa había sido como comenzar de nuevo, le había dado una nueva perspectiva, una oportunidad de convertirse en el hombre que siempre había querido ser.

Quizá no fuera lo ideal que Miranda se mudara a su pequeño apartamento. Frunció el ceño ligeramente. Tenía una verdadera relación de amor-odio con su ayudante. Miranda aportaba mucho a la galería y él había llegado a confiar ciegamente en ella. La mitad del tiempo estaba convencido de que Miranda no podía verlo ni en pintura. Pero luego hacía algo que le desconcertaba, como besarlo. Y por si eso fuera poco, él también la había besado. Y había disfrutado haciéndolo.

Miranda Sullivan no se parecía a ninguna mujer por la que se hubiera sentido atraído anteriormente. Incluida Shirley. De hecho, era lo opuesto. Eso le desconcertaba, aunque procuraba no pensar en ello. Unas veces Miranda y él se reían de las mismas cosas; otras, discutían acaloradamente. Puesto que estaban juntos casi todo el día, era comprensible que se hubieran acostumbrado el uno al otro. Se respetaban... y hasta se tenían cariño.

—Estás frunciendo el ceño —comentó Olivia—. ¿Estás preocupado por mamá?

—No. Estaba pensando en Miranda.

—Va a quedarse con el apartamento, ¿verdad?

—Eso dice.

Su hermana lo miró extrañada.

—Entonces ¿por qué frunces el ceño?

—Por nada —contestó.

La verdad era que prefería no hablar de Miranda. Ya le resultaba bastante difícil analizar sus propios sentimientos, cuanto más explicárselos a otra persona.

En cuanto Charlotte y Ben salieron del ascensor, su madre sonrió de oreja a oreja.

—¡Cuánto me alegro de que estéis los dos aquí!

—Habíamos quedado, mamá —le recordó Olivia al besarla en la mejilla. Miró a Will. A Charlotte seguía fallándole la memoria. La cita con el geriatra era en enero. Después sabrían hasta qué punto estaban dañadas sus facultades y qué podía hacerse.

—Pero yo me refería a la actuación del coro. Habrá galletas caseras y ponche.

—También hemos traído los papeles para que los firmes —dijo Olivia—. Para la venta de la casa.

—Sí, sí, lo sé, pero ¿tiene que ser ahora?

—Me gustaría dejarlo todo zanjado. No tardaremos mucho, te lo prometo —Olivia llevaba su maletín. Por suerte era abogada y podía ocuparse del papeleo.

Charlotte miró a Ben.

—No quiero llegar tarde al coro.

—Vuestra madre tiene una voz preciosa —les dijo Ben como si no lo supieran.

—Los miembros del coro me han pedido que me una a ellos —dijo Charlotte, complacida—. Cantamos en ocasiones especiales, como esta reunión de Navidad. También cantamos en los oficios religiosos todas las semanas aquí mismo, en la residencia.

Sólo tardaron unos minutos en firmar los papeles necesarios en el apartamento de Charlotte y Ben. Cuando acabaron, Olivia entregó a Will las llaves de la casa.

—Bueno, ¿cuándo te mudas? —preguntó una hora después, cuando se marcharon. Se habían quedado para las galletas y parte de la actuación del coro, pero se marcharon durante el descanso. Olivia tenía que volver a casa porque Jack y ella tenían un compromiso esa noche. Y Will estaba ansioso por empezar a llevar sus cosas a la casa. No le apetecía mudarse en diciembre, pero no le quedaba otro remedio. Tenía que estar fuera del apartamento el dos de enero, cuando se mudara Miranda.

La galería estaba oficialmente cerrada cuando llegó, pero Miranda estaba en su despacho revisando unas facturas.

—¿Qué tal ha ido todo con Charlotte y Ben? —preguntó, levantando la vista.

—Estupendamente. Hasta he escuchado unos villancicos y comido unas pastas.

Ella sonrió.

—¡Qué suerte la tuya!

—¿Qué tal ha ido la tarde?

—Muy bien. Mejor de lo que esperaba.

—Excelente —luego, antes de que pudiera cambiar de idea, preguntó—: ¿Te apetece ir a cenar?

Ella frunció el ceño.

—¿Con... contigo?

—¿Por qué no? Acabo de comprar una casa. Me apetece celebrarlo.

—Y Shirley está casada.

Will sacudió la cabeza.

—¿Qué tiene que ver Shirley con todo esto?

—Nada, supongo, sólo que es con ella con quien te apetecía echar una cana al aire, no conmigo.

Hacía tanto tiempo que él no oía esa expresión, que se echó a reír.

—¿Te hace gracia?

—Francamente, sí. ¿Echar una cana al aire? Venga, por favor —al ver que entornaba los ojos se apresuró a añadir—: Descuida, no estoy pensando en ti como sustituta.

—Eso espero.

—No pretendía ofenderte invitándote a cenar, Miranda. Pero en vista de tu reacción retiro la oferta.

—Muy bien.

—Bien —aquella mujer le desconcertaba continuamente. Pero él temía estar haciendo lo mismo.

—Entonces, me marcho.

—Sí. Gracias por quedarte —le dio la espalda y colgó su abrigo en una percha, junto a la puerta del despacho—. Nos vemos por la mañana.

—Sí —recogió su abrigo y su bolso y se marchó.

—En fin, qué se le va a hacer —masculló él. Seguramente era mejor no perder el tiempo cenando fuera, aunque no le apetecía ponerse a acarrear cajas de una casa a otra.

Después de cargar el coche y llegar a la casa, pasó media hora descargando. La casa estaba limpia y olía a limpiador de pino. Su hermana se había encargado de mandar a un equipo de limpieza profesional, y Will se lo agradecía.

Al entrar en el dormitorio que antes había sido de sus padres, tuvo que sonreír. De pequeño, cuando entraba en aquella habitación, solía ser para que su padre le diera una azotaina. Le había dado muchas de pequeño. Y a Olivia también, aunque su padre era siempre menos duro con ella que con Will.

Revivió otros recuerdos mientras pasaba de una habitación a otra, con una mezcla de nostalgia y melancolía. Había sido feliz en aquella casa, casi siempre. Sus padres tenían grandes expectativas en su hermana y en él, pero nada era más importante que la familia. Él...

Se sobresaltó al oír el timbre. Sospechó que podía ser

uno de los vecinos, que había ido a echar un vistazo. Sin duda su madre le había dicho a todo el vecindario que iba a instalarse en la casa.

Pero era Miranda Sullivan quien estaba en el porche. Llevaba una recipiente de pollo frito en la mano y parecía bastante incómoda.

—Te he traído la cena —dijo, dándole el recipiente.

—No hacía falta —aquel detalle lo había pillado desprevenido.

—Lo sé.

Estaba a punto de marcharse cuando Will la detuvo.

—¿Te apetece acompañarme?

Ella titubeó y luego asintió con un gesto.

—Claro.

—Me temo que todavía no tengo muchos muebles.

A ella no pareció importarle.

—He comido sentada en el suelo más de una vez.

—Yo también —aunque Will no recordaba cuándo había sido la última vez. En un picnic, posiblemente, y de eso hacía años. No le interesaban mucho esas cosas.

Se sentaron delante de la chimenea de gas. Will la encendió pulsando el interruptor. Era una suerte, porque no creía que fuera capaz de encender un fuego. Habían pasado muchos años desde su época de boy scout.

El pollo estaba delicioso. Will no tenía por costumbre comer cosas fritas, así que para él era una especie de golosina.

—¿A qué ha venido esto? —preguntó mientras echaba mano de otro muslo de pollo.

—No sé. Iba hacia casa pensando en lo que haría de cena cuando...

—Cuando te diste cuenta de que había sido una tontería rechazar mi invitación —concluyó Will.

—No. Te imaginé cargando todas esas cajas solo y... —se detuvo y sacudió la cabeza—. Seguramente no debería haber venido.

—Me alegro de que estés aquí —y para su asombro lo decía en serio.

Antes de que sonara el timbre, mientras recordaba su niñez, había cobrado conciencia de su propia soledad. Su madre tenía a Ben, además de a su hermana y a él. Olivia tenía a Jack, a sus dos hijos y un puñado de nietos. Recordar que estaba solo, que tenía más de sesenta años y carecía de familia propia, le había producido una especie de vacío en la boca del estómago.

Miranda acabó de comerse un trozo de pollo y se limpió la grasa de las manos con una servilleta de papel.

—Creo que la semana que viene ya habré acabado la mudanza —comentó Will.

—Entonces estarás instalado antes de Navidad.

—Ésa es la idea. Después podrás llevar tus cosas al apartamento cuando quieras —ella asintió—. ¿Y la Navidad? —preguntó Will, consciente de que Miranda no tenía hijos.

—¿Qué pasa con ella?

—¿Qué planes tienes?

—Aún... aún no estoy segura. Shirley va a irse a California con sus hijos para estar con Larry —parecía estar observando su reacción.

—Seguro que lo pasarán muy bien —contestó Will con cuidado—. Será su primera Navidad juntos.

—Sí. Y me alegro por Shirley, de verdad. Ha encontrado al hombre adecuado y...

Él estaría solo en Navidad. Olivia lo acogería en su casa, claro, pero por más que quisiera a su hermana, a Justine y a los demás, no podía evitar sentirse un invitado obligado. El tío Will, que no tenía dónde ir.

—Y —continuó Miranda, interrumpiendo sus cavilaciones—, bueno, la verdad es que es muy egoísta por mi parte admitir esto.

—Adelante —la animó Will. Empezaba a sentir que aquella cena improvisada iba a ser un punto de inflexión en su relación con Miranda.

—Bueno, Shirley casi siempre me invita por Navidad...
—Así que este año estarás sola.
—Tengo otras amigas —añadió ella a la defensiva.
—Claro que sí. Pero da la casualidad de que yo también estaré solo.
—¿Tú? —pareció sorprendida—. ¿Y Olivia?
—Me invitará a cenar, claro —contestó—. Pero no quiero ser una carga —todos se esforzarían por que participara en sus actividades. Pero no era lo mismo que tener familia propia, que estar unido a otra persona. Incluso durante los peores años de su matrimonio siempre había tenido la impresión de estar donde debía.
—Sé lo que quieres decir —dijo Miranda en voz baja. Se quedó mirando la moqueta y Will se dio cuenta de que entendía de verdad lo que sentía porque ella había vivido lo mismo.
—Supongo que no... —comenzó a decir—. No, no importa.
—¿Qué? —preguntó Miranda.
—Tú estás sola. Y yo también —hizo una pausa y esperó una réplica mordaz, un comentario negativo. Al ver que ella no decía nada añadió—: ¿Quieres que nos juntemos aquí, en mi casa, que preparemos la cena juntos y compartamos el día de Navidad?
—¿Los dos? —preguntó ella como si no pudiera creerlo.
—Pues sí. Si tú estás dispuesta, yo también.
—¿Con pavo relleno y el paquete completo?
—Como tú quieras —nunca se le había dado bien la cocina, pero estaba dispuesto a intentarlo.
Miranda pareció sopesar la idea.
—Creo que podría ser —dijo por fin.
—Entonces, trato hecho. Tú y yo, en Navidad.
—Tú y yo, en Navidad —repitió Miranda con una sonrisa.

CAPÍTULO 37

—¿Te acuerdas, papá, de cuando ensartábamos palomitas de maíz y las colgábamos alrededor del árbol? —preguntó Jolene, emocionada, al subir al asiento delantero del coche.

—Me acuerdo de que te comías muchas más palomitas de las que ensartabas —Bruce sonrió, se sentó tras el volante y encendió el motor.

Jolene soltó una risilla.

—¿Dónde vamos a comprar el árbol?

—¿Dónde va a ser? En Christmas Tree Lane —era una tradición entre ellos—. Pero primero vamos a buscar a Rachel.

—¿Ah, sí? —Jolene se puso seria de repente.

—La invitamos, ¿recuerdas?

—Sí, más o menos. Para decorarlo. Pero a buscar el árbol siempre hemos ido tú y yo solos.

Bruce procuró no demostrar cuánto lo decepcionaba su respuesta.

—Quiero que venga con nosotros. ¿Podrás soportarlo?

—Supongo que sí —pero dejó ver que no le apetecía nada.

En momentos como aquél, Bruce sentía ganas de bramar de frustración. Justo cuando parecía que estaban progresando, ocurría algo que le recordaba cuánto camino les quedaba aún por recorrer.

Condujo hasta la terminal en la que atracaba el ferry de Bremerton. Rachel le había enviado un mensaje de texto diciendo que tomaría el ferry de las once. Bruce le había respondido que iría con Jolene a recogerla. Luego irían al vivero a elegir el árbol.

Cuando llegaran a casa, lo colocarían y pasarían el resto de la tarde decorándolo. Como una familia.

Jolene había recibido un adorno especial cada año, desde su nacimiento. Esa tradición la había iniciado Stephanie, y él la había continuado. Ésos eran los adornos que sacaba primero, cada año. Jolene los colocaba con gran ceremonia en el árbol.

En cuanto le dijo a su hija que Rachel iría con ellos, Jolene sacó su móvil y empezó a escribir un mensaje.

—¿A quién estás escribiendo? —preguntó Bruce.

—A Carrie.

—¿La conozco?

—Papá, estuvo en casa ayer.

—¿Sí? —Bruce no recordaba haber visto a nadie en casa.

—Bueno, puede que se marchara antes de que llegaras del trabajo.

—Ah —no le gustaba que su hija de trece años llegara del colegio y no hubiera nadie en casa. Estaba mucho más tranquilo cuando Rachel vivía con ellos. Para empezar, Rachel tenía un día libre entre semana; y además procuraba saber lo que hacía Jolene después de clase. Pero mientras viviera en Bremerton no había alternativa.

Rachel estaba esperando junto al tótem de la terminal cuando Bruce aparcó. Éste esperó a que Jolene se bajara y se cambiara al asiento trasero. Pero su hija se quedó donde estaba.

—Jolene —dijo con impaciencia—, deja ese asiento a Rachel.

Rachel abrió la puerta de atrás y entró.

—No pasa nada —murmuró.

No parecía muy sincera, pero antes de que Bruce pudiera decir nada Jolene respondió:

—A Rachel no le importa.

Bruce sintió que su buen humor se disipaba rápidamente, pero tenía que escoger cuidadosamente qué batallas libraba, y había otras más grandes que afrontar. Así que lo dejó pasar.

Encendió la radio, que estaba emitiendo música navideña, y un momento después Jolene y él se pusieron a canturrear. Rachel no se unió a ellos. Bruce miró hacia atrás y ella lo obsequió con una sonrisa indecisa, que él le devolvió. Aun así, tenía la sensación de que algo no iba bien.

Cuando llegaron al vivero de Beth Morehouse en Christmas Tree Lane, Jolene fue la primera en salir del coche. Beth estaba sirviendo cacao caliente mientras sus empleados dirigían a los clientes hacia distintas zonas, dependiendo del tipo y tamaño del árbol que quisieran. Su hija se puso a la cola del cacao.

Cuando Bruce rodeó el coche para abrir la puerta de Rachel, ella tenía las manos sobre el vientre y estaba muy pálida.

—¿Estás bien? —preguntó, preocupado.

Rachel esbozó otra sonrisa indecisa.

—Creo que sí. He pasado mala noche, pero esta mañana estoy un poco mejor.

—¿Qué ocurre? —estaba cada vez más preocupado.

—Nada. Sólo que estoy un poco resfriada.

—Deberías haberte quedado en casa —dijo Bruce, agachándose junto al coche.

—¿Pasa algo, papá? —Jolene le tendió una taza de cacao caliente.

—Quería estar contigo y con Jolene —respondió Rachel—. Llevo toda la semana esperando este momento. Nunca he cortado mi propio árbol. Parece divertido.

—¡Papá! —Jolene otra vez.

Bruce miró hacia atrás.

—Adelante —dijo Rachel—. Yo me quedo en el coche.

Él se levantó de mala gana. No le apetecía dejarla sola, sobre todo si se encontraba mal. El vivero ocupaba varias hectáreas y podían estar fuera una hora entera, buscando el árbol perfecto.

Jolene se reunió con él y miró a Rachel con nerviosismo.

—¿Estás bien?

—Se me pasará enseguida. Seguid sin mí.

—¿Estás segura? —preguntó Jolene—. Puedes venir, en serio. No me importa.

Rachel sonrió.

—Te lo agradezco, pero no me encuentro muy bien.

—Creo que no deberíamos dejarte aquí —dijo Bruce.

—Estoy bien —insistió Rachel—. Seguiré aquí cuando volváis. Vamos, marchaos.

Bruce dudó todavía, preocupado por su tez pálida y sudorosa y su evidente malestar. Al final, se fue de mala gana con Jolene en busca del árbol. En mitad de la falda de la colina, se detuvo.

—¿Papá?

—Voy a volver.

—¿Es necesario? —preguntó Jolene, desilusionada.

—Rachel es mi mujer —contestó—. Y le pasa algo. Lo noto. Tú puedes seguir sola si quieres. Yo voy a llevar a Rachel al médico o al hospital, o lo que necesite. Siento que se haya estropeado el día, pero Rachel es más importante que un árbol de Navidad.

Jolene asintió, mordiéndose el labio.

—¿Quieres venir conmigo?

—Todavía no lo sé —dio media vuelta y se acercó a otro árbol.

Bruce no la esperó. Se dirigió hacia la carretera a paso rápido. El olor de los abetos cortados se mezclaba con la suave llovizna que caía, pero él apenas lo notaba. Cuando llegó al aparcamiento iba corriendo. En algún momento se había dado cuenta de que Jolene iba tras él. Al llegar al coche abrió bruscamente la puerta trasera y encontró a Rachel acurrucada en el asiento trasero. Ella lo miró y sollozó.

—Creo que será mejor que me lleves al hospital.

—¿Es el bebé? —preguntó Jolene detrás de él, asustada.

Rachel no respondió y Bruce vio que estaba llorando. Rodeó el coche corriendo, asustado, y subió de un salto al asiento delantero. Jolene se sentó a su lado y cerró la puerta.

—¡Deprisa, papá! —gritó—. Date prisa, por favor.

Inexplicablemente, llegaron al hospital de Bremerton sin causar un accidente y sin que les pusieran una multa. Se detuvo en seco frente a la entrada de urgencias y corrió dentro.

—¡Mi mujer está embarazada y necesita ayuda!

Un minuto después, Rachel fue conducida en camilla a una sala de examen donde la atendió un médico.

—¿Le pasa algo al bebé? —preguntó Jolene a su padre, tan angustiada como él.

Bruce se paseaba incansablemente por la sala de espera, preguntándose cuánto tiempo tardaría el médico en examinar a Rachel.

—No lo sé. No lo sé.

—Tengo mucho miedo, papá.

Él también, pero por el bien de su hija intentó aparentar tranquilidad. Pasó una eternidad antes de que el médico entrara en la sala de espera y lo llamara. Jolene fue con él.

—Su esposa sufre una intoxicación alimentaria —explicó el médico—. Es probable que fuera algo que comió ayer por la tarde. No es grave, pero está muy deshidratada. Conviene que se quede a pasar la noche.

—¿Y el bebé?

—Parece estar bien.

—Menos mal —Bruce cerró los ojos. Sentía un alivio tan grande que temió que le fallaran las piernas. Se dejó caer en una silla.

Jolene se sentó a su lado.

—¿Por qué ha venido Rachel si se encontraba mal? —preguntó.

Bruce rodeó sus hombros con el brazo.

—Porque quería estar con nosotros, hacer algo en familia. Nunca pudo hacerlo de pequeña. Su tía nunca compraba un árbol. En Navidad, le daba dinero y ella se compraba algún regalo.

Jolene bajó la cabeza.

—Lo siento, papá.

—Lo sé.

—¿Puedo comprarle unas flores a Rachel para pedirle perdón?

Bruce apretó sus hombros.

—Es buena idea, pero para Rachel y para mí lo más importante es que ella y el bebé formen parte de nuestra familia. Es el sitio que les corresponde.

Jolene se quedó pensando un momento. Luego asintió con la cabeza.

—Al principio, cuando creía que Rachel estaba de parto, me ha dado miedo que perdiera al bebé. Estoy deseando que nazca y me he sentido fatal, porque sé que todavía es muy pronto.

—No sólo podríamos haber perdido al bebé —dijo Bruce, apoyando la mejilla sobre el pelo de su hija—. Podríamos haber perdido a Rachel.

Ella se tapó la cara con las manos y empezó a llorar. Sus hombros temblaban cuando escondió la cara contra el costado de Bruce y dio rienda suelta a las lágrimas.

—Lo siento mucho —sollozó—. Lo siento muchísimo.

Él palmeó su espalda y le susurró palabras de consuelo. Habría dado cualquier cosa por que su mujer y su hija se llevaran bien. La terapia había ayudado un poco, pero por cada paso hacia delante parecían dar dos atrás.

Cuando llevaba unos minutos consolando a Jolene, se levantó y se acercó al puesto de enfermeras.

—¿Puedo ver a mi mujer? —preguntó.

—Sí, ahora mismo les acompaño. Estamos asignándole cama. No tardaremos mucho.

—Gracias —Bruce y Jolene siguieron a la enfermera hasta una consulta en la que Rachel yacía sobre una camilla. Estaba de lado, acurrucada, casi en la misma postura que había tenido en el asiento trasero del coche. Tenía un bote de suero conectado al brazo por una vía.

—Rachel —susurró Jolene, tocándole la mano.

Abrió los ojos.

—Hola —dijo en voz baja, e intentó sonreír.

—El médico dice que quieren tenerte en observación esta noche —dijo Bruce, y puso la mano sobre su frente. Necesitaba tocarla, sentir que iba a ponerse bien.

—Siento haberos arruinado la salida.

—Iremos otra vez cuando te encuentres mejor, ¿vale? —dijo Jolene como si hablara con una niña.

Rachel sonrió de nuevo.

—Y os ayudaré a decorar el árbol.

—Si quieres, puedes colocar conmigo mis adornos especiales. El año que viene quiero comprar uno para el bebé. Uno que diga: «Mi primera Navidad». Como el que me compró a mí mamá.

—Puede ser tu regalo de Navidad para tu hermanita.

—¡Voy a tener una hermana! —Jolene sonrió a su padre—. ¡Yo quería que fuera una niña!

—¿Una niña? —dijo Bruce—. Creía que querías que fuera una sorpresa.

—Sí, eso pensaba, pero en mi última ecografía lo pregunté. Os estaba reservando la noticia para Navidad. Pero ya casi estamos.

—Una niña —repitió Bruce, maravillado—. Rachel junior.

—Rachel junior —masculló Jolene, meneando la cabeza—. Ni pensarlo, a mi hermana no vais a llamarla «Junior».

—¿Qué nombre sugieres tú? —preguntó Rachel.

—Madison —respondió Jolene sin pensárselo dos veces.
—Ni hablar —dijo Bruce con la misma presteza.
—A mí siempre me ha gustado Corinne —les dijo Rachel.
—Corinne Rachel —dijo Bruce, pensativo—. No está mal.
—¿Puedes pasar en casa la Navidad? —preguntó Jolene—. Necesitas que alguien cuide de ti.
—¿Sí? —murmuró Rachel.
Bruce notó cómo se miraban a los ojos.
—Sí, y yo también quiero cuidarte. Papá te necesita, y la pequeña Corinne también.
—¿Y tú? —preguntó Rachel.
Los ojos de Jolene se llenaron de lágrimas. Asintió con la cabeza.
—Yo te necesito más que nadie.
Rachel abrió sus brazos y Jolene se dejó abrazar, enlazó su cuello y comenzó a llorar ruidosamente.
—Te he echado tanto de menos...
—Yo también —susurró Rachel.
La enfermera entró en la consulta.
—¿Qué pasa aquí? ¿Va todo bien?
—Mejor que nunca —Bruce sonrió. Y cuando llevaran a Rachel a casa, sería cierto al cien por cien.
—Ya podemos llevar a su esposa a la habitación —le informó la enfermera.
Jolene soltó a Rachel y se aferró a su mano mientras sacaban la camilla de la consulta y la llevaban por el pasillo del hospital. Al doblar la esquina, Rachel miró a los ojos a Bruce.
Faltaban dos semanas para Navidad. Estarían juntos, como una familia. Y cuando Rachel saliera del hospital, cuando recuperara sus fuerzas, regresarían a Christmas Tree Lane a cortar el abeto y pasarían las Navidades como una auténtica familia. Rachel y él, Jolene y... y su futura hija.